SUR TES YEUX

La Trilogie italienne, 1

Irene Cao est née à Pordenone en 1979. Elle a fait des études de lettres classiques à Venise, où elle a également soutenu un doctorat en histoire ancienne. Elle vit actuellement dans un petit village du Frioul.

IRENE CAO

Sur tes yeux

La Trilogie italienne, 1

ROMAN TRADUIT DE L'ITALIEN PAR LÉA TOZZI

JC LATTÈS

Titre original :

IO TI GUARDO
Publié par Rizzoli

ISBN : 978-2-253-00084-6 – 1re publication LGF

À Manuel, mon frère

1

Le jaune absorbe la lumière du soleil, vire à l'orange avant de se fondre dans un rouge vif. Une entaille, presque une blessure, laisse entrevoir de petites graines d'un violet brillant. Mes yeux fixent cette grenade depuis des heures. Ce n'est qu'un détail, bien sûr, mais c'est aussi la clé de la fresque.

Elle représente le rapt de Proserpine. C'est comme un instantané du moment où Pluton, l'impitoyable seigneur des Enfers, drapé dans un nuage pourpre, saisit violemment par la taille la déesse alors qu'elle cueille une énorme grenade au bord d'un lac.

Comme la fresque n'est pas signée, son auteur reste une énigme. Tout ce que je sais, c'est qu'il a vécu au début du XVIIIe siècle et que ce devait être un authentique génie, si l'on s'en tient au style du dessin, au grain de la couleur et au jeu délicat des ombres et des clairs-obscurs. Il a étudié chaque coup de pinceau. Deux cents ans plus tard, je dois interpréter son geste pour le reproduire à mon tour. À moi de ne pas trahir sa quête acharnée de perfection.

C'est la première restauration que je dois mener à bien toute seule. Du haut de mes vingt-neuf ans, c'est pour moi une grande responsabilité. Une fierté, aussi. J'attendais qu'une telle occasion se présente depuis la fin de mes études à l'École de restauration. Maintenant que c'est chose faite, je ferai tout pour aller jusqu'au bout.

Me voilà donc depuis des heures sur cet escabeau, dans ma tenue imperméable, à fixer le mur. Malgré mon bandana rouge censé retenir mes cheveux, deux ou trois mèches rebelles s'obstinent à me tomber sur les yeux. Heureusement qu'il n'y a pas de miroir dans les parages, j'imagine d'ici mes cernes et mes traits tirés de fatigue. Mais peu importe. Ce sont les marques de ma détermination.

Je me détache un instant de moi-même pour me regarder comme si j'étais quelqu'un d'autre : c'est bien moi, Elena Volpe, toute seule dans l'immense vestibule d'un ancien palais inhabité depuis des années, en plein cœur de Venise. Exactement là où je veux être.

Après une semaine entière à nettoyer le fond de la fresque, j'attaque pour la première fois les couleurs. C'est beaucoup, une semaine, peut-être trop même, mais je n'ai pas voulu prendre de risques. Il faut y aller en douceur : au moindre faux mouvement, le travail est fichu. Comme me disait un de mes professeurs : « Un bon nettoyage, c'est la moitié du travail de fait. »

Certaines parties de la fresque sont tellement abîmées que je devrai appliquer un nouveau revêtement en stuc. Pas moyen de faire autrement. La faute à l'humidité de Venise, qui s'infiltre partout

– dans la pierre, dans le bois, dans la brique. Tout autour des zones endommagées, en revanche, les couleurs ont gardé leur éclat.

Ce matin, en grimpant sur mon escabeau, je me suis dit que je ne descendrais pas avant d'avoir trouvé les tons justes pour la grenade. Mais peut-être me suis-je montrée un peu trop optimiste... Je n'ai pas vu le temps filer, et je suis encore là, à tester toute la gamme des rouges, des orange et des jaunes sans rien trouver de satisfaisant. J'ai déjà jeté huit des petits bols où je mélange des poudres pigmentées à un peu d'eau et quelques gouttes d'huile pour donner de la consistance à la préparation. Je m'apprête à attaquer mon neuvième bol quand je sens vibrer quelque chose dans ma poche. Hélas. Impossible de faire comme si je n'avais rien entendu. Au risque de me casser la figure, j'attrape mon téléphone et lis le nom qui clignote avec insistance sur l'écran.

C'est Gaia, ma meilleure amie.

— Salut Elé, ça va ? Je suis au campo Santa Margherita, tu viens boire un truc au Rosso ? C'est blindé de monde aujourd'hui, c'est de la folie ! Allez !

Elle me dit tout ça d'une traite, sans demander si elle me dérange ni me donner la possibilité d'en placer une.

Ça y est, elle est déjà en mode mondanités. Gaia travaille pour les bars et les boîtes de nuit les plus branchés de Venise et de la région, elle organise des événements et des fêtes VIP. Elle commence ses journées à quatre heures de l'après-midi et enchaîne sans s'arrêter jusque tard dans la nuit. Mais pour elle, ce n'est pas juste un travail : c'est une véritable vocation. Je parie qu'elle pourrait même faire ça gratuitement.

— Pardon, mais… il est quelle heure ? je lui demande, pour essayer d'interrompre son débit.

— Dix-huit heures trente. Alors, tu viens ?

Le Rosso est un bar où se retrouve la jeunesse vénitienne désœuvrée, le genre à avoir besoin d'une fille comme Gaia pour décider quoi faire de ses soirées.

Dix-huit heures trente… mon Dieu, il est déjà aussi tard ? Le temps a filé sans que je m'en aperçoive.

— Ohé, Elé, tu es là ? Tout va bien ? Dis un truc, mince !…

La voix stridente de Gaia me déchire les tympans.

— Ta fresque est en train de te bouffer le cerveau… Ramène-toi immédiatement ! C'est un ordre.

— S'il te plaît, Gaia, encore une demi-heure et j'arrête, promis, dis-je en prenant une grande respiration. Par contre, je rentre chez moi. Et pitié, ne te mets pas en colère.

— Mais évidemment que je me mets en colère ! Tu es vraiment nulle, lance-t-elle.

Un classique. Ça fait partie de notre petit jeu. Deux secondes, et elle retrouve son calme et sa gaieté. Une chance que Gaia oublie toutes les fois où je lui ai dit non.

— O.K., alors écoute. Là, tu rentres chez toi, tu te reposes un peu mais, plus tard, on va au Molocinque. Je te dis juste qu'on a deux entrées pour le salon VIP.

— C'est gentil d'avoir pensé à moi mais je ne me sens vraiment pas d'affronter cet enfer, lui dis-je suffisamment vite pour l'empêcher de poursuivre.

Elle sait que je ne supporte pas la foule, que je ne

bois quasiment pas une goutte d'alcool, et que pour moi danser se limite – dans le meilleur des cas – à taper du pied en suivant le rythme – un rythme très personnel, pour être tout à fait honnête. Je suis timide, je ne suis pas faite pour ce genre d'endroits, je ne me sens jamais à ma place. Mais pas question pour Gaia de baisser les bras : elle essaie systématiquement de me traîner à une de ses soirées. Et au fond, même si je ne le lui avouerai jamais, je l'en remercie.

— Tu as déjà fini de travailler ? je lui demande, histoire de ne pas entraîner la conversation sur des terrains potentiellement glissants.

— Oui, et j'ai déchiré, aujourd'hui. J'étais avec une manager russe. On a passé trois heures chez Bottega Veneta à regarder des sacs et des bottines en cuir, ensuite je l'ai emmenée chez Balbi et là, madame s'est décidée à s'acheter deux vases de Murano. À part ça, j'ai repéré deux robes de la nouvelle collection d'Alberta Ferretti qui avaient l'air faites rien que pour toi. D'un beige qui irait à merveille avec ta coupe au carré noisette. On ira un de ces jours, comme ça tu pourras les essayer…

Quand elle ne s'occupe pas d'indiquer aux gens où passer leur soirée, Gaia leur explique comment dépenser leur argent. Dans les faits, elle est *personal shopper*. C'est le genre de femme qui a les idées claires sur tout et un incroyable talent pour convaincre les autres. Au point que certains sont prêts à payer des fortunes pour se laisser convaincre.

Mais ça ne marche pas avec moi : j'ai eu le temps de développer des anticorps en vingt-trois ans d'amitié.

— Évidemment qu'on ira ! Et tu verras que tu les achèteras pour toi, comme d'habitude.

— Un jour ou l'autre, j'arriverai à ce que tu te fringues comme il faut. Et dis-toi bien que je suis loin d'en avoir fini avec toi, ma chère !

C'est depuis notre adolescence que Gaia mène une croisade contre ma façon – disons, un rien négligée – de m'habiller. Dans son esprit, on ne se balade pas en jean et en chaussures plates pour être à l'aise mais par une volonté délibérée et incompréhensible de s'autoflageller. Si j'écoutais Gaia, je devrais tous les jours aller au travail en minijupe et en talons de 12. Peu importe si je suis obligée en permanence de monter et descendre d'escabeaux casse-gueule, ou de rester pendant des heures dans des positions pas spécialement confortables. « Si j'avais tes jambes… », me répète-t-elle sans cesse, avant de réciter systématiquement le mantra de Coco Chanel : « Il faut toujours être élégante, chaque jour, car le destin pourrait bien vous attendre au tournant. » Et, effectivement, Gaia ne mettra jamais le nez dehors sans un maquillage, sans une coiffure et sans des accessoires impeccables.

C'est fou parfois de voir à quel point nous sommes à l'opposé l'une de l'autre, elle et moi. Si elle n'était pas ma meilleure amie, je ne la supporterais probablement pas.

— Allez, Elé…

Imperturbable, elle revient à la charge.

— Il faut que tu passes ce soir !

— Écoute, Gaia, inutile de t'énerver, je viens de te dire que je ne peux pas !

Elle me tape sur les nerfs, à s'obstiner comme ça.

— Mais il y aura Bob Sinclar !

— Qui ?

J'ai beau chercher, un message FICHIER INTROUVABLE s'affiche dans ma tête.

— Le DJ français, super connu, bougonne-t-elle d'un ton exaspéré. Il faisait partie du jury de la Mostra la semaine dernière…

— Ah, alors…

— Mais bref, poursuit-elle comme si rien ne pouvait l'atteindre, je sais de source sûre qu'il y aura pas mal de monde au salon VIP, et notamment… ouvre grand tes oreilles… – elle ménage adroitement le suspense – … Samuel Belotti !

— Oh non, ton cycliste, celui de Padoue ?

L'un des innombrables pseudo-petits copains « célèbres » que Gaia a semés aux quatre coins de l'Italie et du monde.

— Lui-même !

— Franchement, qu'est-ce que tu lui trouves ? C'est un débile prétentieux, je ne vois vraiment pas pourquoi tu le trouves aussi canon.

— Hé hé, moi je sais ce qu'il a de canon, ricane-t-elle.

— Bon…, dis-je sans relever l'allusion. Et il vient, lui ?

— Je lui ai écrit un texto. Il ne m'a pas encore répondu, il doit être avec sa potiche de la télé, lâche-t-elle. Mais hors de question de baisser les bras. Il ne m'a pas posé un lapin… je crois qu'il temporise, c'est tout.

— Je ne sais pas comment tu fais pour rencontrer

ce genre de personnes. D'ailleurs, je ne veux même pas le savoir.

— Le travail, ma chère, uniquement le travail, répond-elle.

Je m'imagine très bien son petit sourire malicieux à l'autre bout du fil.

— Les relations publiques, ça demande beaucoup d'investissement, c'est bien connu…

— Quand tu t'en sers, les mots « travail » et « investissement » ne veulent pas dire grand-chose. Ça sonne creux.

Derrière ma pique se cache une pointe d'envie. Je voudrais un peu lui ressembler sur ce point, je l'avoue. Si je suis consciencieuse et responsable, elle est l'insouciance et la légèreté incarnées.

— Tu ne m'aimes pas, Elé ! Tu es ma meilleure amie mais tu ne m'aimes pas ! rit-elle.

— C'est bon, va toute seule au Molocinque et éclate-toi. Mais attention, ne t'épuise pas trop, ma chérie !

— Comme d'habitude, c'est encore non… C'est pas grave, je vais encore devoir insister. Je ne suis pas du genre à baisser les bras, mon trésor.

Bien sûr que non… Ces petites scènes sont notre façon de nous dire que nous tenons l'une à l'autre.

— C'est-à-dire que j'ai pas mal de pain sur la planche en ce moment. Franchement, Gaia, si je me couche à trois heures du matin, je n'arriverai pas à me lever demain.

— O.K., cette fois je te laisse gagner…

Il était temps…

— Mais alors promets-moi qu'on se verra ce week-end !

Et voilà ! Elle est arrivée là où elle voulait en venir.

— Juré. À partir de samedi, tu pourras faire tout ce que tu veux de moi.

Le neuvième bol de rouge Titien est à jeter, lui aussi : en comparant une pointe de couleur à l'écorce de la grenade, j'ai vu que ce n'était toujours pas ça. Au moment où je me résigne à repartir de zéro, un bruit venant de derrière retient mon attention. Quelqu'un est entré par la porte principale et gravit l'escalier en marbre. Les pas d'un homme, aucun doute là-dessus – l'espace d'un instant, j'ai cru à une visite surprise de Gaia. Je me dépêche de descendre de mon escabeau en faisant bien attention à ne pas trébucher dans les bols de peinture que j'ai laissés tomber n'importe comment sur la bâche en dessous.

La porte du vestibule s'ouvre. Apparaît alors sur le pas de la porte le visage émacié de Jacopo Brandolini, le propriétaire du palais – et, accessoirement, mon employeur.

— Bonsoir ! dis-je en faisant un petit sourire de circonstance.

— Bonsoir Elena, me répond-il en souriant à son tour. Comment avance le travail ?

Son regard tombe sur le cimetière de bols éparpillés à nos pieds tandis qu'il noue sur sa poitrine le pull-over – certainement en cachemire – jeté sur ses épaules.

Je mens :

— Très bien.

Je suis étonnée de ma propre désinvolture, mais je ne me sens pas de lui expliquer des détails qu'il ne comprendrait pas de toute façon. Pourtant, quelque chose en moi me force à ajouter un mot pour me donner l'air d'une pro :

— J'ai fini le nettoyage hier. Maintenant, je peux m'occuper de la couleur.

— Parfait. Je vous fais confiance, cette fresque est entre vos mains, dit-il en levant la tête vers moi.

Il a de petits yeux bleus, deux éclats de glace.

— Comme vous le savez, j'y tiens beaucoup. Je veux qu'elle ressorte du mieux possible. Même si elle n'est pas signée, on voit qu'elle est de bonne facture.

Je m'empresse de lui répondre avec un hochement de tête :

— Celui qui l'a peinte était sans aucun doute un grand artiste.

Le sourire de Brandolini dénote une pointe de satisfaction. Il a quarante ans, mais il fait un peu plus que son âge. En plus d'être le rejeton d'une des plus anciennes familles de la noblesse vénitienne, il donne physiquement la sensation de venir d'une autre époque. Il est très maigre, il a une peau diaphane, un visage creusé et nerveux, des cheveux blond cendré. Et il s'habille en vieux. Plus exactement, c'est lui qui donne à ses vêtements une touche étrange, un petit côté rétro. Il donne presque l'impression de nager dans son Levi's et sa chemise à manches courtes bleu pâle, fluet comme il est. Bref, l'ensemble a quelque chose de démodé que je n'arrive pas à m'expliquer. On dit pourtant que le comte a son petit succès auprès des femmes.

Mise à part son immense fortune, je ne vois pas d'autre explication.

— Comment vous trouvez-vous ici ? demande-t-il en s'assurant d'un coup d'œil que chaque chose est à sa place.

— Très bien, dis-je en dénouant mon bandana, car je m'aperçois que je suis tout sauf présentable avec un look pareil.

— S'il vous faut quoi que ce soit, adressez-vous à Franco. Si vous avez besoin de pigments ou autre, il pourra aller vous en chercher.

Franco est le gardien du palais. C'est un petit homme trapu et fort sympathique, mais aussi discret et silencieux. Je ne l'ai rencontré que deux fois en dix jours de travail. La première fois dans le jardin de la cour intérieure, alors qu'il arrosait le massif d'agapanthes ; la seconde devant la porte d'entrée – il astiquait la poignée en laiton. Il est toujours à l'extérieur du palais jusqu'à quatorze heures environ, puis il s'en va. C'est une présence rassurante.

— Je me débrouille très bien toute seule, merci.

Mince, ma réponse a été un peu brusque, mais trop tard. Brandolini lève les bras, sans insister.

— Bref, dit-il après s'être éclairci la voix, je suis passé vous dire qu'il y aura un locataire au palais à partir de demain.

— Un locataire ?

Ah non. Ce n'est vraiment pas possible. Je ne suis pas habituée à travailler avec des gens qui s'agitent tout autour de moi.

— Il s'appelle Leonardo Ferrante, c'est ce célèbre chef d'origine sicilienne, m'explique-t-il d'un air réjoui. Il arrive directement de New York pour l'ouverture de notre nouveau restaurant à San Polo. Comme vous le savez, l'inauguration est dans trois semaines.

Le comte gère avec son père deux autres restaurants de Venise, l'un derrière la place Saint-Marc, l'autre, plus petit, tout près du pont du Rialto. Les Brandolini en possèdent un autre à Los Angeles, sans compter deux clubs privés, un café et une résidence. L'an dernier, ils se sont aussi implantés à Abu Dhabi et à Istanbul. Bref, il n'est pas rare de les voir en photo sur le papier glacé des magazines ou dans la presse people dont raffole Gaia.

Pour ma part, cette vie mondaine ne me fait ni chaud ni froid. Ce qui m'importe, en revanche, c'est de n'avoir personne dans les pattes.

Mais Brandolini poursuit, sans remarquer ma contrariété :

– Nous nous sommes mis en quatre pour tout organiser rapidement et, comme vous le savez, la logistique à la vénitienne n'aide pas beaucoup. Mais, après tout, quand on désire très fort quelque chose, on ne compte pas ses efforts.

Voilà qu'il me donne des leçons de vie, maintenant. Je fais mécaniquement oui de la tête. En réalité, l'idée de devoir travailler avec un inconnu qui vadrouille dans le palais m'énerve, et pas qu'un peu. Pourquoi Brandolini refuse-t-il de comprendre que j'exécute un travail de précision ? Qu'il suffit d'une broutille pour me déconcentrer ?

– Vous vous entendrez très bien avec Leonardo, vous verrez. C'est quelqu'un de très agréable.

— Je n'en doute pas. Le seul problème, c'est que ce vestibule…

Il m'empêche de finir ma phrase :

— Vous comprenez, je ne pouvais décemment pas le loger dans une chambre d'hôtel glaciale, poursuit-il avec l'assurance de celui qui n'a jamais à demander la permission de faire quelque chose. Leonardo est un esprit libre, il se sentira chez lui ici, il pourra cuisinier quand bon lui semblera, prendre son petit déjeuner en pleine nuit et déjeuner dans l'après-midi, lire un livre au jardin et profiter du Canal depuis la terrasse.

J'allais lui faire remarquer que le vestibule où je travaille donne accès à toutes les autres pièces du palais, ce qui conduira fatalement ce type à passer par là Dieu sait combien de fois dans la journée. Brandolini en est d'ailleurs parfaitement conscient ; c'est juste qu'il s'en fout royalement. Bon sang, je commence à bouillir.

— Combien de temps va-t-il rester ici, ce fameux chef ?

J'espère une réponse encourageante.

— Au moins deux mois.

— Deux mois ? dis-je en écho, sans même faire l'effort de cacher mon agacement.

— Oui, deux mois, et peut-être davantage, au moins le temps de mettre le restaurant sur de bons rails.

Le comte réajuste son pull sur ses épaules avant de plonger ses yeux dans les miens, l'air déterminé.

— Je veux croire que cela ne sera pas un problème pour vous.

Traduire : « Faites en sorte que cela se passe bien. »

— Bon, s'il n'y a pas d'autre solution…, dis-je d'une voix morne.

Ma façon à moi de dire que ça ne me va pas du tout mais que je n'ai pas le choix.

— Entendu, il ne me reste plus qu'à vous souhaiter une bonne continuation, conclut-il en me tendant sa main fine. Au revoir, Elena.

— Au revoir, monsieur le comte.

— Appelez-moi Jacopo, je vous en prie.

Cherche-t-il à faire passer la pilule en jouant la carte de la proximité ? Je lui accorde un sourire forcé :

— Au revoir, Jacopo.

À peine est-il sorti que je m'installe sur le canapé en velours rouge placé contre le mur. Je suis nerveuse, une vraie pile électrique. Avec tout ça, j'ai perdu l'inspiration. Je m'en moque pas mal de son restaurant, de son chef étoilé. Qu'est-ce que j'en ai à faire de son inauguration son et lumière ? Je veux travailler en paix, seule, en silence, c'est tout. C'est trop demander ? La tête entre les mains, je regarde les bols éparpillés qui ont l'air de me narguer. À l'intérieur, la peinture a séché. Je prends sur moi et décide de les ignorer. Et tant pis pour la fresque ! Il est dix-neuf heures trente, j'ai la tête vide. *Basta.* Je suis fatiguée. Je rentre chez moi.

Une fois dans la rue, je me laisse envelopper par l'air humide et douceâtre d'octobre. Le froid du soir commence à se faire sentir. Le soleil est presque complètement tombé sur la lagune, les lampadaires s'allument.

Je parcours les rues à vive allure sans pouvoir mettre de l'ordre dans ma tête. Mes pensées sont prisonnières de ce vestibule poussiéreux, et je crains qu'elles ne le restent encore un bon moment, vu mon talent pour ruminer jusqu'à plus soif. Gaia et ma mère me le font souvent remarquer : dès que quelque chose me tracasse, je m'absente, je deviens distraite, je suis dans les nuages. C'est vrai que je suis souvent perdue dans mes pensées, que je les laisse m'emporter sans opposer de résistance… Cela m'aide à fuir le présent l'espace d'un instant, rien de plus. C'est un défaut bien à moi, mais auquel je n'ai aucune envie de renoncer. Voilà pourquoi j'adore marcher seule à travers la ville : quand je laisse mes pieds me guider, quand mon esprit se libère enfin, rien ni personne n'arrive à me polluer la tête.

Une légère vibration accompagnée d'une sonnerie me ramène soudain à la réalité. Sur l'écran de mon iPhone, un message non lu.

> Bibi, ça te dit d'aller au ciné ?
> Ils passent le dernier Sorrentino ce soir au Giorgione.
> Bisou.

Filippo. Voilà quelqu'un avec qui j'ai envie de passer la soirée, même après une journée pareille. Mais je ne suis pas sûre d'avoir assez de force pour me traîner jusqu'au Giorgione. Je suis épuisée. Et l'idée de m'enfermer deux heures dans une salle de cinéma ne m'emballe pas franchement. J'ai juste besoin de me vautrer sur un canapé.

Je renchéris :

Et si on dînait chez moi ce soir ? On pourra regarder un film après.

Je suis raplapla, je ne pense pas apprécier le Sorrentino.

Réponse immédiate :

O.K. À très vite chez toi ;-)

Je connais Filippo depuis la fac. Nous nous sommes rencontrés au cours d'architecture d'intérieur. J'étais en première année et lui déjà en troisième année. Un jour, il m'a proposé qu'on révise ensemble, et j'ai accepté. Il m'inspirait confiance, je crois. Je sentais, mais de manière encore mystérieuse, qu'on avait des atomes crochus lui et moi. Sans raison particulière d'ailleurs : je le savais, c'est tout.

Nous sommes aussitôt devenus amis. Nous allions au musée ensemble, au cinéma, au théâtre. Ou bien nous passions des soirées entières à papoter. C'est depuis cette époque que Filippo m'appelle « Bibi ». Il n'arrêtait pas de me dire que je ressemblais à la Bibi d'un manga japonais, un personnage un peu maladroit, du genre à ruminer en permanence et à s'imaginer tout un tas d'histoires sans queue ni tête.

Après la fac – je ne me rappelle même plus pourquoi –, nous nous sommes un peu perdus de vue. L'an passé, j'avais appris par Gaia qu'il avait commencé à bosser pour Carlo Zonta, un des plus célèbres architectes d'Italie. Filippo s'était donc installé à Rome.

Et voilà qu'il y a un mois, après toutes ces années – mais moi j'avais l'impression que c'étaient des siècles –, Filippo a refait surface. Il m'a écrit un mail comme si nous nous étions quittés la veille : « Je suis de retour à Venise. Ça fait combien de temps qu'on n'est pas allés au musée Correr ? » Son invitation m'a tellement prise au dépourvu que j'ai réalisé d'un coup à quel point il m'avait manqué. J'ai accepté sans hésiter.

C'était la première fois que je le revoyais après toutes ces années, mais rien n'avait changé. Nous nous sommes promenés tranquillement dans les salles du musée, en nous arrêtant devant nos œuvres préférées – je me souvenais encore des siennes et lui des miennes – et en nous racontant nos vies depuis le moment où celles-ci s'étaient séparées.

Par la suite, nous nous sommes encore revus, une fois à dîner, une autre pour un ciné. Nous nous sommes également dit que ce serait chouette de faire une soirée *revival* avec tous nos camarades de fac, mais nous n'avons même pas essayé de l'organiser, Dieu sait pourquoi.

Il est près de neuf heures quand la sonnerie de l'interphone m'oblige à m'extirper de la salle de bains, un trait de maquillage sur les yeux, les cheveux relevés en un petit chignon approximatif – et bien aimable celui qui décrira ainsi ma coiffure. J'essaie de ne pas penser à la mine horrifiée qu'aurait Gaia si elle me voyait avec une tête pareille. J'ouvre la porte en jean, top blanc et tongs. J'ai juste le temps de me glisser dans un sweat-shirt trop grand pour moi avant qu'il n'arrive. C'est mon look spécial maison, mais je suis sûre que Filippo ne s'en formalisera pas.

Il grimpe les marches quatre à quatre, avec deux cartons à pizza dans les mains. Il est accueilli par la voix douce et chaude de Norah Jones – son dernier album.

— Vite, vite, ça va refroidir ! dit-il en entrant.

Il jette sa sacoche par terre, m'effleure la joue d'un baiser et file en cuisine comme un missile.

— Pressé de manger ?

— Je meurs de faim !

Je lui emboîte le pas avant de faire de la place sur la table.

Il a déjà ouvert un tiroir – devinant *illico* celui où chercher, alors qu'il n'avait pas mis les pieds dans mon appartement depuis des lustres – et trouvé ma roulette à pizza. Il s'occupe de la mienne en premier.

Je le regarde. Son visage a quelque chose d'ouvert et de lumineux, presque de rassurant : la voilà peut-être, la raison pour laquelle nous sommes devenus amis à l'époque de la fac. Si ses grands yeux profonds en amande n'étaient pas vert clair, et s'il n'avait pas cette masse de cheveux blonds ébouriffés, on pourrait le prendre pour un Asiatique.

— Quatre saisons sans poivron, comme tu aimes, me dit-il en me tendant ma pizza découpée en petites tranches.

Exact. Il se rappelle ça aussi. J'acquiesce d'un air satisfait tandis qu'il me fixe de ses yeux si étranges qu'ils m'hypnotisent. Nous restons une seconde à nous regarder comme ça, presque ébahis, avant que

Filippo ne retourne à sa pizza. Moi, histoire de faire quelque chose, je pars chercher deux verres.

Cela n'a duré qu'un instant, mais nous nous sommes aperçus tous les deux qu'il y a comme une drôle d'électricité dans l'air.

— Ce soir, je suis végétarien moi aussi. Tu te sentiras moins seule, comme ça, plaisante-t-il en ouvrant le deuxième carton.

Il sourit, découvrant ses dents blanches et régulières. Une autre chose qui me plaît chez lui. Avec la fossette qu'il a à la joue droite.

— Dis donc, Bibi, est-ce que je peux te dire que la pizzeria en bas de chez toi est vraiment dégueulasse ?

Tout en attaquant ma quatre saisons, je lui réponds :

— Oui, bien sûr, mais ça ne m'empêchera pas d'y retourner. C'est ça ou mourir de faim.

— Tout de même, est-ce qu'il n'est pas temps que tu apprennes à cuisiner ?

Je fais mine de réfléchir deux secondes avant de lui répondre :

— Non.

Il prend une olive et me la lance à la tête.

Après manger, tandis que je prépare ma tisane à la mélisse, Filippo passe en revue les DVD entassés sur la dernière étagère de ma bibliothèque.

— Et ça ? se met-il à rire. Ça sort d'où ? dit-il en agitant la boîte de *Shall We Dance*, avec Richard Gere et Jennifer Lopez.

— Oh mon Dieu, c'est encore Gaia qui a dû laisser traîner ça il y a je ne sais combien de temps !

Je me cache le visage derrière un bras.

Il me regarde d'un air compréhensif :

— Ça ne me gêne pas du tout, tu sais… Tu peux m'avouer que tu aimes ce genre de trucs, maintenant… Il ne faut pas avoir honte. Admettre ses problèmes, c'est faire le premier pas pour en sortir. Tu peux m'en parler, je suis ton ami… J'essaierai de t'aider, si tu veux.

— Couillon, va.

Le cinéma est une passion que nous avons toujours partagée, Filippo et moi. On se retrouvait souvent à certaines séances du ciné-club de la fac. On restait tout seuls dans la salle à regarder jusqu'au générique de fin des films inconnus de réalisateurs obscurs, souvent des avant-gardistes russes assez soporifiques et complètement oubliés. Nos camarades nous avaient lâchés depuis des heures pour aller boire un verre en ville.

Filippo continue de parcourir les titres de ma DVDthèque avant de sortir *Une journée particulière* d'Ettore Scola.

— J'ai dû le voir au moins quatre fois, mais ça ne me dérange pas de le revoir. Et toi ?

— Ce sera ma troisième. Ça marche.

Filippo se jette sur le canapé. Il bataille avec la télécommande tout en marmonnant quelque chose sur les nouvelles technologies. Il est drôle, il m'amuse. Je le rejoins avec deux mugs fumants dans les mains. Je les pose sur la table basse, balance mes tongs dans un coin et bois une gorgée de tisane. Elle est bouillante et je me brûle la langue… Puis je me laisse tomber sur le canapé à côté de lui.

Alors que le générique commence à défiler sur l'écran plasma, je sens le genou de Filippo contre le mien. Ce contact me met soudainement mal à l'aise, comme si je prenais enfin conscience que nous sommes presque collés l'un contre l'autre. Je me réinstalle sur le canapé en m'éloignant de quelques centimètres. Il n'a l'air de se rendre compte de rien, peut-être que je suis juste parano…

Le film se déroule dans cette douceur et cette amertume qui nous étaient restées en mémoire. Nous le suivons religieusement tout en sirotant notre tisane, quitte à nous repasser certaines scènes d'anthologie. Voilà que Marcello Mastroianni et Sophia Loren esquissent quelques pas de danse en suivant les motifs du sol.

Du coin de l'œil, je vois que Filippo m'observe. Mais c'est depuis le début du film que j'ai senti son regard sur moi. Chaud et enveloppant. Je me tourne vers lui et plonge mes yeux dans les siens :

— Qu'est-ce qu'il y a ?

Il sourit, comme pris en flagrant délit.

— Je me disais que tu n'as pas changé d'un poil depuis toutes ces années.

Il n'arrête pas de me fixer. Une drôle de gêne s'empare de moi. Vite, dédramatiser :

— Et moi qui espérais m'améliorer avec le temps.

— Bah, le seul défaut que tu avais, tu t'en es débarrassée, une chance.

Je lui adresse un regard interrogateur.

— Valerio, ton ex.

Je lui envoie un coup de poing sur le bras en faisant mine d'être blessée. Je m'étais mise avec Valerio lors de mon avant-dernière année à l'université. Filippo ne le supportait pas et ne faisait rien pour le cacher. « Trop superficiel et trop immature pour toi » : il avait dû me répéter ça des centaines de fois.

— J'ai mis un peu de temps à le comprendre, mais, en fin de compte, c'est toi qui avais raison, finis-je par admettre.

— Depuis combien de temps est-ce que vous avez rompu ?

— Un an et demi.

— Et tu n'as personne, en ce moment ?

Droit au but. Je ne m'y attendais pas.

— Non.

Dieu sait pourquoi le silence qui suit ma réponse me paraît insoutenable. J'aimerais lui sortir une petite phrase bien tournée pour désamorcer cette tension palpable, mais rien ne me vient. J'ignore ce que Filippo peut avoir en tête. Ce que je sais, moi, c'est que je n'y avais jamais pensé. Du moins jusqu'à présent. Toute à ma joie de l'avoir retrouvé comme ami, je n'avais pas imaginé une seconde qu'il puisse y avoir autre chose entre nous. D'un coup, l'ensemble de mes certitudes est sur le point de s'effondrer.

— Celle-là, c'est ma scène favorite, lance Filippo en se tournant de nouveau vers l'écran.

Mastroianni et Loren sont montés sur la terrasse et voilà qu'ils replient les draps qu'ils ont mis à sécher. Peut-être a-t-il compris ma gêne et décidé de venir à mon secours. Ce serait bien son genre.

J'étouffe un petit soupir de soulagement. Allez, pensons à autre chose. Si ça se trouve, je m'invente des histoires, Filippo n'a pas ce genre d'idées derrière la tête. Le temps passe, et, à force de me concentrer sur le film, je finis petit à petit par me détendre.

Dehors, il a commencé à pleuvoir. C'est comme si les gouttes qui tombent sur la lucarne effleuraient tout doucement mon cœur. C'est une sensation si agréable que j'ai envie de lâcher prise…

Soudain, comme si j'émergeais d'un coma profond, j'entends une voix délicate me susurrer :

— Bibi, je m'en vais.

En ouvrant les yeux, je vois Filippo debout, penché sur moi. Le générique de fin défile sur l'écran. Je fais mine de me lever.

— Mais pourquoi est-ce que tu ne m'as pas réveillée ?

— Chhh, ne bouge pas.

Il me pose délicatement un plaid sur les épaules.

— Je te vole ton parapluie cassé.

— Tu peux aussi prendre celui qui marche.

— Ne t'inquiète pas… Je ne vais pas loin.

Il me caresse la joue avec une tendresse que je ne lui ai jamais vue et m'effleure le front d'un baiser.

— Ciao, Bibi.

2

Ce matin, j'ai décidé de faire une pause dans mon travail sur la fresque. Et pour cause, je dois me débarrasser d'une ribambelle de tâches ménagères ennuyeuses au possible. Soyons honnête : question fée du logis, on a fait mieux. Mais vu la montagne de vêtements roulés en boule qui déborde de la panière à linge, je me résigne à faire deux, trois lessives. Puis je fais un saut au pressing retirer une petite robe noire que j'avais laissée là depuis l'été, avant de m'aventurer au supermarché. Je fais les courses à ma façon. En deux mots, j'achète un stock de plats cuisinés ou surgelés, ma spécialité de longue date. Une fois rentrée, je me laisse tenter par l'idée de ranger un peu la maison, mais l'envie me passe *illico* : autant travailler, en fait. J'attrape mes clés et je sors.

Sur le chemin du palais, je passe chez Nobili pour acheter cinquante grammes de poudre bleu outremer, au cas où mes réserves ne suffiraient pas. La couleur, je préfère la choisir toute seule et m'assurer moi-même qu'il n'y a pas d'erreur. Si j'envoyais

Franco, comme me le suggère Brandolini, il reviendrait avec la mauvaise teinte, à coup sûr.

À deux heures de l'après-midi, la rue sur laquelle s'ouvre l'entrée du palais est déserte. L'avantage de travailler dans un bâtiment dont je suis la seule à avoir les clés – enfin, c'était encore le cas hier –, c'est de pouvoir aussi venir le samedi en cas de retard sur le planning. Sans compter que les gens se font rares. Pas d'étudiants à l'horizon. Quant aux touristes, ils se pressent à Saint-Marc et au Rialto, assez loin d'ici.

J'enfonce la longue clé dans la serrure de la porte principale. Je donne un tour à gauche et deux à droite avant de me rendre compte qu'elle tourne dans le vide. La porte est ouverte et l'alarme désactivée. Tant mieux, il m'est déjà arrivé de la déclencher par erreur – c'est d'ailleurs la seule fois où j'ai dû demander de l'aide à Franco. C'est lui qui doit être à l'intérieur, j'imagine. En haut de la volée de marches en marbre, je pousse la porte de service qui s'ouvre sur le vestibule, digne d'une scène de théâtre.

Et voilà, le moment tant redouté est venu.

Face à moi se dresse un dos musclé, couvert d'une chemise rouge. C'est lui. Le locataire. Je ne m'attendais pas à le voir ici si tôt. Il observe la fresque, comme hypnotisé. Immobile. Immense. À ses pieds, un gros sac de voyage qui m'a tout l'air d'avoir été trimbalé dans plein d'aéroports et duquel dépasse une veste en jean.

Je toussote légèrement, histoire de signaler ma présence. Il se retourne et me jette un regard si profond que j'en recule presque de choc. Ses yeux ont beau être d'un noir impénétrable, il en émane une lumière qui, je ne sais comment, me laisse sans voix.

Je tâche de reprendre un peu d'assurance :

— Bonjour, je suis Elena, la restauratrice, dis-je en regardant la fresque.

— Salut, me lance-t-il dans un sourire. Leonardo, enchanté.

Il me serre la main, je sens sa peau rugueuse contre la mienne. Voilà des mains qui ont été habituées à travailler depuis longtemps.

— Jacopo m'a beaucoup parlé de toi.

Des yeux cernés, des lèvres charnues, un nez prononcé, une barbe foisonnante avec de légers reflets roux, des cheveux bruns qui n'ont pas dû voir des ciseaux depuis longtemps : il a l'air tout droit sorti d'un tableau de Goya. Il n'a pas encore la quarantaine, mais sa présence est aussi solide et imposante que celle d'un arbre centenaire.

— C'est une œuvre d'une sensualité unique, commente-t-il en se tournant vers le mur.

Un léger accent sicilien perce dans sa voix. J'en profite pour l'étudier en détail : il porte un pantalon noir, en lin, tout comme sa chemise boutonnée à moitié sous laquelle on devine une musculature puissante. Son torse bronzé me semble couvert d'une toison de poils bruns. Il porte des baskets déchirées. Je le sens animé d'une énergie mystérieuse et sauvage, prête à exploser à tout moment.

— Techniquement, il s'agit d'un viol, tiens-je à préciser.

Quand je suis mal à l'aise, j'ai tendance à jouer les maîtresses d'école pour garder mes distances, c'est plus fort que moi. Il me regarde, je baisse les yeux. Mon visage vire brutalement au rouge, comme s'il avait pris feu.

— Cette fresque représente une scène mythologique, le rapt de Proserpine.

J'apporte cette précision sur un ton nettement moins arrogant.

Il fait un mouvement de tête, toujours absorbé dans sa contemplation, avant d'ajouter :

— Pluton enlève Proserpine et l'emporte aux Enfers. Avant de la ramener dans le monde des vivants, il lui fait manger neuf graines de grenade. Elle passera ensuite six mois dans le monde des vivants, et les six autres dans le monde des morts. Bref, c'est un mythe lié au temps et aux saisons.

Un à zéro pour le chef sicilien, il connaît ses mythes de l'Antiquité : il m'a bien calmée, mais je l'avais cherché.

Leonardo regarde tout autour de lui d'un air émerveillé avant de pousser un long soupir. Il porte un petit anneau en argent à l'oreille droite.

— Franchement, ce palais est une pure merveille, c'est une chance d'être ici, pas vrai ?

Disons que ça l'était jusqu'à ce que tu arrives… Je le pense très fort mais je n'aurai jamais le courage de le lui dire.

— Tout est prêt, mon cher, nous pouvons y aller, nous interrompt une voix familière.

Jacopo est soudainement entré dans le vestibule par le couloir de gauche. Il remarque ma présence et s'empresse de me saluer.

— Bonjour, Elena.

— Bonjour, monsieur le comte, euh… Jacopo.

— Je vois que vous avez déjà fait connaissance.

— Oui, ajoute Leonardo. Elena, aimablement, était en train de m'expliquer son travail.

C'est évidemment faux – je n'ai absolument pas été aimable – mais il a préféré mentir. Il me lance un regard de connivence auquel je ne réponds pas.

Brandolini esquisse un sourire satisfait :

— Viens, Leo, ajoute-t-il en le prenant par le bras, je vais te montrer tes appartements. Olga est passée hier, tout est en ordre.

Leonardo ramasse son sac, se le passe à l'épaule, et emboîte le pas au comte.

Cette histoire de femme de ménage m'inquiète. J'interpelle le comte d'une voix involontairement suraiguë. Il se retourne, tout comme Leonardo.

— Oui ?

— Rien, je voulais juste vous demander un immense service.

Cette fois, j'arrive à prendre une intonation plus agréable à l'oreille.

— Si cela vous est possible, dites à Olga de ne pas nettoyer le vestibule, la poussière pourrait compromettre la restauration.

— Bien sûr, n'ayez crainte, me rassure-t-il. Elle est déjà au courant.

Je sens de nouveau les yeux de Leonardo braqués sur moi. J'essaie de les ignorer, mais impossible : ce sont de vrais aimants.

— Merci, dis-je en détournant le regard pour échapper à leur pouvoir magnétique.

Ils me saluent et s'en vont.

J'expire profondément pour essayer de me débarrasser de cette étrange sensation qui me tient au cœur, puis je me remets au travail. Je veux essayer le bleu que je viens tout juste d'acheter. Je passe à la cuisine pour remplir à moitié une carafe filtrante anti-impuretés. Vu la quantité de calcaire qu'il y a dans l'eau à Venise, le rendu des couleurs serait entièrement gâché. C'est une chose que j'ai apprise toute seule, hélas sur le terrain, mais je n'en suis pas peu fière.

J'entends les voix et les mouvements des deux intrus dans l'aile droite du palais. Je devrai m'y habituer mais comment ? J'espère que ce Leonardo saura se montrer discret. Si seulement il pouvait passer toutes ses journées dans son restaurant ou rester bien calmement dans sa chambre ! Je refuse de l'avoir dans les pattes, d'autant que sa présence me met mal à l'aise.

Je m'agenouille sur la bâche de protection et commence à préparer plusieurs mélanges de pigments blanc et bleu, avec différents dosages. La couleur du vêtement de Proserpine n'est pas trop compliquée, contrairement à celle de la grenade. La troisième préparation m'a l'air proche de la teinte originale. Ce n'est qu'un essai, mais pour la perfectionniste que je suis, ça me permettra de tester la qualité du pigment.

Brandolini repasse par le vestibule peu après, seul.

— Chère Elena, je m'en vais. Je vous laisse en bonne compagnie avec Leo. Vous vous entendrez très bien, vous allez voir.

C'est déjà la deuxième fois qu'il me le répète, mais, bizarrement, cela ne me dit rien qui vaille. Il passe un doigt sur la poignée de la porte de service comme pour enlever un voile de poussière – inexistant, d'ailleurs.

— Bon courage. Au revoir.

— Au revoir, monsieur le comte, je veux dire… Jacopo.

Il est presque dix-huit heures et Leonardo n'a pas encore montré le bout de son nez. Pendant un moment, j'ai entendu de la musique classique résonner à l'étage du dessus, mais cela n'a pas duré. J'imagine qu'il a passé l'après-midi à dormir. S'il débarque à peine de New York, il doit rattraper le décalage horaire. Mais peu importe, du moment qu'il reste au fond de sa tanière, moi ça me va très bien.

Le temps de passer à la salle de bains pour me décrasser, j'enlève mon tee-shirt de travail et mon jean pour enfiler un pantalon propre et un chemisier en coton que j'ai fourré dans un sac de sport. Gaia peut dire ce qu'elle veut, la voilà, mon idée de l'élégance.

Ce soir, je suis chez mes parents pour fêter en famille le départ à la retraite de mon père. Après quarante-cinq ans d'une carrière exemplaire dans la marine militaire, le lieutenant Lorenzo Volpe entame une nouvelle vie. Ironie du sort, mon père a beau être un ancien marin, je sais à peine nager. La faute à ma mère, sans doute, qui à chacune de nos vacances sur le Lido mourait de peur dès que je m'éloignais trop loin du rivage, craignant de ne jamais me voir revenir. Je suis certaine d'avoir hérité de son caractère anxieux et – je dois bien l'admettre – un peu paranoïaque. Mon père, lui, m'a transmis son obstination acharnée et son implication absolue dans le travail.

À coup sûr, j'aurai à peine franchi la porte d'entrée que maman me fera remarquer que je suis trop maigre, trop fatiguée, trop négligée, malgré mes pitoyables tentatives pour cacher mon stress sous des tonnes de fard et de rouge à lèvres. Papa, lui, m'observera en silence toute la soirée puis me raccompagnera jusqu'à la porte quand tout sera fini, le torse bombé et les mains dans le dos. Il me demandera « Tout va bien ? » avant de me laisser sortir. « Si tu as besoin de quoi que ce soit, tu sais que nous sommes là pour toi. » Après lui avoir dit de ne pas s'inquiéter, je lui donnerai un baiser sur la joue, comme d'habitude, et je rentrerai à la maison l'esprit tranquille et en paix avec moi-même, comme toujours quand je suis avec eux.

Cela fait une éternité que je ne les ai pas vus, et j'ai envie de me faire cajoler.

Après m'être frotté les lèvres devant le miroir pour uniformiser le rouge à lèvres que j'ai étalé à la va-vite, je range mes affaires dans mon sac. Fin prête. Avant de sortir, je jette un coup d'œil furtif en direction de l'escalier. Leonardo a l'air encore barricadé dans sa chambre, j'hésite à lui dire au revoir. Ce n'est peut-être pas la peine.

Non, ça ne l'est pas.

Je sors par le portail en bois massif en prenant bien garde de ne pas faire de bruit. Une fois dehors, je me retourne instinctivement vers le palais. La lumière est allumée au premier étage. Cela me fait tout drôle de savoir qu'à partir d'aujourd'hui je ne serai plus seule avec ma fresque.

Le soir commence à tomber sur Venise en ce dimanche morose mais inhabituellement chaud. Gaia et moi devons nous retrouver au Muro, dans le quartier du Rialto, pour prendre l'apéritif. Quand nous nous sommes appelées pour convenir du rendez-vous, elle m'a très clairement mise en garde : « Si tu ne viens pas habillée en femme, je te jure que je te fais jeter par le videur. » D'habitude j'ignore ses conseils, mais j'aime lui donner satisfaction de temps en temps.

Cela dit, pas question de porter des talons de 12 atroces. J'ai donc opté pour des sandales en satin vert, talons de 8. Pour le reste, une robe courte sans manches avec un perfecto noir. On peut dire que j'ai pris sur moi : je n'arrive pas à m'imaginer plus féminine que ça (même si j'aurais pu oser davantage avec mon petit carré de première communiante). Mais je sais déjà que je m'en mordrai les doigts. Traverser Venise en soirée, c'est forcément marcher sur des pavés avec toutes sortes de ponts à franchir. Les bateaux-taxis coûtent une fortune et les vaporettos fonctionnent au ralenti. Gaia sera bien forcée de reconnaître mes efforts.

Le Muro est déjà plein à craquer, tout le monde est massé entre le comptoir et les vitrines qui donnent sur la rue. L'idée de me glisser au milieu de ce tas de chair humaine ne m'exalte pas beaucoup, mais je dois le faire, ne serait-ce que pour donner un sens à l'effort inhumain d'avoir supporté mes talons aiguilles jusqu'ici. En jouant des coudes, je réussis à me frayer un chemin au milieu de la foule qui bloque l'entrée. En deux foulées de top model en fin de carrière, j'entre saine et sauve dans la boîte. Le chaos règne en maître – l'ambiance sonore n'est vraiment pas la plus raffinée qui soit – et il n'a beau être que dix-neuf heures, le taux d'ébriété a déjà atteint le seuil d'alerte. Ne buvant presque pas une goutte d'alcool, je ne parviens jamais à partager ces moments de pur plaisir éthylique, alors que Gaia, elle, est capable de s'enfiler trois mojitos en une heure sans donner le moindre signe de faiblesse.

Justement la voilà, la reine des nuits vénitiennes ! Elle est en train de naviguer d'une table à l'autre, gratifiant tout le monde de son plus beau sourire charmeur. Le tout ponctué de niaiseries braillées à une fréquence proche des ultrasons. Sa queue-de-cheval blonde se détache de la foule. Gaia est grande, mais, comme à son habitude, elle porte en plus des talons de combat. Elle vient maintenant de s'arrêter au milieu d'un petit groupe de gens que je connais. En me hissant sur la pointe des pieds, je lui fais signe de loin. Elle m'a repérée, ouf. Elle agite frénétiquement les bras pour m'inviter à la rejoindre. Après avoir bousculé une dizaine de personnes, je me jette dans la mêlée et arrive à sa hauteur.

— Il était temps ! Mince, où étais-tu passée ?

Elle me colle un bisou sur la joue avant de baisser les yeux au sol. C'était couru d'avance.

— Regarde-moi ces sandales ! Ultra-stylé, ce vert… Bravo, Elé, tu me plais !

Examen de passage réussi, au moins pour ce soir. Ça m'évitera d'avoir à m'expliquer avec les videurs.

— Alors, comment ça s'est passé avec ton cycliste, l'autre soir ? lui dis-je à l'oreille en lui pinçant la taille.

— Il n'est pas venu, me répond Gaia d'un air effondré qui est loin d'être crédible.

— Tu rigoles ? fais-je en feignant l'étonnement.

— Attention, je ne suis pas du tout en train de me faire avoir par Belotti ! Non, non, non, ne parlons pas de ça.

Une seconde pour reprendre du poil de la bête, elle m'épatera toujours.

— En fait… j'ai toujours une petite place pour lui dans mon cœur, mais je le laisse se décider. S'il me veut, il faudra qu'il vienne me prendre.

— Bon…

Je ne comprends toujours pas pourquoi ce type l'intéresse autant. Les mystères insondables de l'amour. Ou des hormones, dans le cas de Gaia.

— Bref, hier soir, au Piccolo Mondo, je suis tombée sur Thiago Mendoza. Le top model d'Armani, tu vois qui c'est ? On s'est échangé nos numéros.

— Tu ne perds pas de temps, hein ?

Je ne sais pas qui est ce nouveau contact dans son téléphone, mais se remettre d'une déception en se lançant dans une nouvelle conquête, c'est du Gaia tout craché.

Elle éclate d'un rire sonore avant de se tourner vers le groupe :

— Les gens, j'ai soif. Un autre spritz pour tout le monde ?

Réponse unanime, Gaia me prend sous le bras pour m'entraîner de nouveau dans la foule. Nous atteignons le comptoir.

— Nico, tu me fais huit spritz à l'Aperol ? demande-t-elle au barman en battant ses cils gonflés de mascara.

— Tout de suite, *mon amour.*

Les Vénitiens, femmes ou hommes, adorent s'appeler « mon amour » même s'ils ne se connaissent que depuis une heure. Et Nico, barman aspirant acteur, ne fait pas exception.

— Et aussi un Coca pour mon amie, ajoute Gaia en devinant ce que je m'apprête à dire.

Entre-temps, le reste de la bande s'est approché du comptoir. En un clin d'œil, tout le monde récupère son verre et trinque avec ses voisins.

— On va fumer ? propose quelqu'un.

Aussitôt le troupeau se dirige tranquillement vers la sortie. Gaia reste avec moi et s'assoit sur le tabouret face au mien. Mon Coca tarde à arriver.

— Filippo nous rejoint pour dîner ? demande Gaia.

— On dirait bien.

— Ça me fait plaisir de le revoir.

Quand j'ai connu Filippo, Gaia avait déjà quitté les bancs de la fac depuis un moment. Je les ai présentés l'un à l'autre mais ils se sont immédiatement aperçus qu'ils avaient des amis communs : Venise n'est pas bien grande, on peut finir par connaître presque tout le monde, surtout si, comme Gaia, on pousse la sociabilité jusqu'à la névrose.

Mais voilà que quelqu'un l'appelle du côté des banquettes.

— Excuse-moi, je dois dire bonjour à des gens, dit-elle en sautant de son tabouret.

— Vas-y, vas-y, puisque le devoir t'appelle !

Elle me fait un clin d'œil et s'élance dans un mini-défilé, moulée dans son jegging ultra-serré. J'ai découvert depuis peu – évidemment grâce à elle – qu'on donne ce nom à ces jeans qui vous compriment jusqu'à l'asphyxie. Gaia en porte souvent, malgré des mollets légèrement trop gros – son drame absolu. Profitant du spectacle depuis mon tabouret, j'observe ses mouvements de félin. Son top en coton effet transparent laisse peu de place à l'imagination, même si son soutien-gorge push-up rembourré y est en réalité pour beaucoup. Au naturel, Gaia n'a qu'un simple bonnet B – ce que tout le monde ignore, mis à part les hommes avec qui elle a couché, et moi.

Nico finit par me tendre mon Coca.

— Je pourrais avoir quelques glaçons ?

— Un peu de citron aussi, *mon amour* ?

— Oui, merci.

Au moment de boire ma première gorgée, je sens vibrer mon portable. Un SMS de Filippo.

Bibi, je serai en retard.
J'arrive dans une demi-heure.
Bisou.

Je lui réponds immédiatement, en espérant qu'il s'active un peu.

O.K., on t'attend !

Une seconde après lui avoir envoyé mon message, une main vient effleurer la peau de mon épaule. Je me retourne brusquement. Face à moi, Leonardo Ferrante, *le locataire*.

— Salut, Elena, me lance-t-il, le monde est petit…

Avec sa chemise dépassant de son pantalon froissé, il a toujours son allure négligée mais semble sincèrement content de me voir.

— Bonsoir…

Prise au dépourvu, j'essaie de m'asseoir de façon plus confortable. Est-ce que je suis contente de le voir moi aussi ? Je ne sais pas, cet homme me trouble. Sa présence m'empêche même de penser à ce que je voudrais dire. Ce n'est pas normal.

Il s'assied à mes côtés sans y être invité et braque sur moi ses yeux noirs.

— Tu es seule ? me demande-t-il en me frôlant le bras de sa main.

Son geste me cause une étrange sensation.

— Non, je suis avec des amis.

J'agite la main comme pour dire qu'ils sont juste partis faire un petit tour. Leonardo a quelque chose qui me remue au plus profond de moi-même, comme un coup de poing en plein ventre. J'aimerais qu'il s'en aille. Ou pas.

Soudain, il se tourne vers un groupe qui s'installe à une table.

— Passez commande, les gars, dit-il d'un ton autoritaire, je vous rejoins tout de suite.

Et il ajoute, en revenant vers moi :

— Je suis avec mes collaborateurs, toute la brigade du restaurant, m'explique-t-il en me les désignant du menton.

— Ah, alors si vous devez y aller..., dis-je sans attendre.

— Mais non, cela me fait plaisir de te voir.

C'est donc officiel : j'ai beau m'en tenir au vouvoiement, il a décidé unilatéralement de jouer la carte de la proximité.

— On peut se tutoyer, tu ne crois pas ? enchaîne-t-il.

Je plisse le front tout en me frottant les mains. En plus, il lit dans mes pensées !

— Oui, bien sûr..., dis-je dans un murmure.

Par politesse, mais aussi pour dissimuler ma gêne, je me force à faire la conversation :

— J'ai essayé de faire le moins de bruit possible en sortant du palais hier soir. Je ne t'ai pas réveillé, j'espère...

Je regrette immédiatement ce que je viens de dire. Au fond, ce serait plutôt à lui de s'inquiéter de me fiche la paix. Pourquoi suis-je en train de me justifier ?

— Ne t'en fais pas, j'ai le sommeil profond.

Il capte le regard du barman qui entre-temps s'est approché.

— Un Martini blanc pour moi.

Tandis que Nico lui sert à boire, il sort son portemonnaie.

— Je paye aussi pour elle, dit-il en me désignant.

— Non, ce n'est pas la peine...

Joignant le geste à la parole, je plonge le bras dans mon sac, mais il m'en empêche. Je sens de la douceur mais aussi de la fermeté dans son geste. Mon poignet est minuscule entre ses doigts. Son léger mouvement de tête me passe instantanément l'envie d'insister.

— D'accord… merci.

Il sirote son Martini tout en observant mon verre.

— Pas d'alcool, comment se fait-il ?

Je tente de me justifier en haussant les épaules :

— Je n'en bois jamais.

— C'est mal, très mal, sourit-il avec un rien d'ironie. Les buveurs d'eau ont toujours quelque chose à cacher.

— Mais je ne bois pas que de l'eau. Ça, c'est du Coca, par exemple.

Leonardo éclate de rire, découvrant ses dents blanches et féroces. J'ai comme l'impression qu'il ne rit pas de ce que je viens de dire, mais plutôt de moi. Il boit une nouvelle gorgée avant de planter ses yeux dans les miens. Il a retrouvé son air sérieux.

— Cela te dérange énormément que je vive au palais.

— Non…

Je réponds mécaniquement avant de me taire. Ce n'est pas une question, alors autant se dispenser d'une fausse politesse dont il doit d'ailleurs se moquer. Allez, courage :

— Effectivement j'aurais préféré rester seule, dis-je dans un soupir. Je suis comme ça, je n'arrive pas à me concentrer s'il y a tout un tas de gens autour de moi. Et, dans l'idéal, les travaux de restauration doivent être menés dans un cadre extrêmement protégé.

J'attends qu'il me lâche une phrase du type « Je comprends, j'essaierai de te déranger le moins possible », mais non. Il reste là à me dévisager comme s'il venait de comprendre quelque chose de fondamental mais qui m'échapperait.

Il avance soudain la main vers moi. D'instinct je me recule – quand lui ai-je donné la permission de me toucher ? – avant de m'apercevoir que ses doigts ne font que passer dans mes cheveux, tout près de la nuque.

— Attention, tu as failli perdre ça.

Il tient une de mes boucles d'oreilles entre le pouce et l'index. Je le regarde d'un air un peu ébahi avant de la récupérer pour me la raccrocher.

— Ça arrive souvent, elles sont mal fichues.

J'essaie une nouvelle fois de me justifier sans pouvoir soutenir son regard. Mon visage passe par toute la gamme des rouges. Bon, maintenant j'aimerais vraiment qu'il s'en aille.

Par bonheur, l'un de ses collaborateurs l'appelle depuis leur table. Après lui avoir adressé un signe, Leonardo se retourne vers moi.

— Excuse-moi, je dois rejoindre ma brigade. On se voit demain.

— Bien sûr. À demain.

Tout en le regardant regagner la table où se trouve son groupe, j'essaie de me débarrasser de cette absurde sensation de malaise, sans pouvoir détacher mes doigts de cette maudite boucle d'oreille.

Gaia me retrouve peu après. Elle s'est enfin libérée de ses impératifs mondains. Elle s'installe sur son tabouret, puis braque sur moi des yeux de flic. Je me prépare psychologiquement à un interrogatoire en bonne et due forme.

— Elé, *mon trésor*... – et là, je vois très bien où elle veut en venir – mais c'était qui, ce type ?

— Qui ?

— Ne fais pas l'innocente, réplique-t-elle, celui avec qui tu discutais il y a une minute.

— C'est le type que Brandolini a eu la délicatesse de me fourrer dans les pattes. Il s'appelle Leonardo, c'est un grand chef...

Ma voix laisse percer un rien d'agacement.

— Intéressant, dit Gaia en l'observant à distance. Quel âge a-t-il, au fait ?

— Comment veux-tu que je le sache ? On a juste échangé deux mots.

— Il fallait me le présenter, enfin... Il est carrément trop sexy !

Les bras m'en tombent.

— Non mais je rêve, Gaia, tu ne penses vraiment qu'à ça ! Et puis franchement, je ne vois pas ce que tu lui trouves, ce n'est qu'un gros bourrin, dis-je en le regardant à mon tour.

— Une chose est sûre, ce n'est pas un modèle standard. Lui c'est un homme, un vrai, tu peux me croire, Elé...

Tandis que Gaia se mord la lèvre, je cherche des arguments à opposer aux siens. Peine perdue. Soudain, une voix familière me sauve de la leçon d'anatomie masculine que Gaia s'apprête à me faire subir.

— Les filles !

Filippo se fraie un chemin au milieu de la foule et nous fait la bise.

— Désolé, j'ai eu une urgence au boulot. Avec un casse-couilles comme Zonta, on bosse même le dimanche. Tout ça pour faire plaisir aux clients blindés de fric de monsieur... Gaia, ça fait longtemps qu'on s'est pas vus !

— Pas loin de deux ans, Filippo. Je t'en supplie, dis-moi que je n'ai pas vieilli, même si tu penses le contraire.

Tout le monde éclate de rire. Gaia lui tend un spritz.

— Tiens, bois ça, ensuite on va dîner.

— Vous avez décidé où ? demande Filippo en dégustant bien sagement son cocktail.

— Pourquoi pas le restaurant végétarien du Ghetto ?

Leur regard me fait instantanément comprendre que ma proposition ne les emballe pas vraiment.

— Elé..., fait Gaia, comment dire... tu commences légèrement à nous les briser avec ta fixette sur la viande.

— Bon, fais comme si je n'avais rien dit. Sans cœur !

Je me mets à faire la tête – ou presque : je n'en veux jamais vraiment à Gaia de critiquer mes manies de végétarienne.

— Allons au Mirai, alors, propose Filippo, le japonais à Cannaregio !

— Oh oui ! s'exclame Gaia. J'adore les sushis, ils sont divins là-bas !

— O.K., au moins je pourrai manger un peu de riz et de légumes.

— Alors, tout le monde est d'accord ?

Filippo me regarde comme pour s'assurer d'avoir trouvé le bon compromis.

— C'est parti ! dis-je avec un sourire.

Ce dîner au Mirai a été très agréable. Nous avons fini par occuper une table de dix, Gaia en ayant profité pour inviter quelques personnes qu'elle avait croisées au Muro. Cela n'avait évidemment rien d'un hasard. Le repas terminé, la reine de la nuit a en effet fini par entraîner tout le monde au Piccolo Mondo, une des discothèques où elle est chargée des RP. Tout le monde sauf Filippo et moi.

Me voyant décliner l'invitation, Filippo m'a proposé de passer le reste de la soirée ensemble. Nous voilà donc à flâner dans les rues. Il y a encore du monde ; le temps est assez doux pour donner envie aux gens de rester dehors. On voit de temps en temps quelqu'un sortir en zigzaguant des bars pleins à craquer. Je commence à en faire autant – non pas à cause de l'alcool mais de mes maudites sandales.

— Arrêtons-nous une minute, je t'en supplie, je n'en peux plus.

Avant même d'avoir fini ma phrase je suis déjà sur un banc à essayer de trouver un pansement dans mon sac. Rien. Je m'étais pourtant souvenue d'en emporter deux avant de sortir, mais j'ai oublié. J'enlève mes sandales. J'ai les pieds rouges et gonflés ; on voit même la marque laissée par les lanières des chaussures. Cruauté de la mode.

— Oh mon Dieu, qu'est-ce que je leur ai fait ? dis-je tout bas en passant doucement la main dessus.

Mais, aussitôt, Filippo m'attrape le pied droit et l'appuie sur ses genoux, m'obligeant à me tourner entièrement vers lui.

— Qu'est-ce que tu fais ? je lui demande, toute surprise.

— Premiers soins, répond-il en se mettant à me masser.

Ses gestes me soulagent, car le sang se remet à circuler. L'espace d'un instant je lâche prise et laisse ses mains caresser doucement ma peau. Mais, petit à petit, le malaise s'installe. Je suis allongée sur un banc, en pleine nuit, avec Filippo en train de me masser les pieds. Quelle drôle de situation... Il y a là quelque chose de trop intime pour nous deux. Je le regarde et m'aperçois qu'il me fixe du regard. D'un regard qui n'est pas celui d'un ami. Nos visages sont tout proches l'un de l'autre. Nous sommes sur le point de nous embrasser, je sens que cela va arriver. C'est ce que je veux, mais cela me fait un peu peur. Je retiens mon souffle...

Une sonnerie de portable nous ramène brusquement à la réalité. C'est le mien.

— Elé, désolée d'appeler si tard. Je te réveille ? C'est Gaia.

— Non, non...

Le charme est rompu. Je retire mes pieds et me dépêche de renfiler mes sandales tout en observant Filippo du coin de l'œil : il a l'air déçu, et peut-être le suis-je moi aussi. Mais il n'y a plus rien à faire, maintenant que Gaia réclame mon attention :

— Tu m'entends ? T'es où ?

— Oui, pardon. Je suis encore dehors.

— Écoute, je suis dans la mouise ! Je me suis embrouillée avec Frank au Piccolo Mondo… C'est un malade, il m'a fait venir dans son bureau et tu sais pour quoi ? Pour me dire que la dernière fois j'ai fait venir des sous-merdes dans sa boîte. Moi je suis partie en claquant la porte. Mais le truc, c'est que j'ai laissé mes clés et toutes mes affaires là-bas.

— Et tu ne peux pas aller les récupérer ?

— Non, Elé, plutôt crever que de revoir cette tête de nœud. Je passerai demain : comme la discothèque sera fermée, il ne sera pas là. Mais cette nuit… je peux dormir chez toi ?

— Bien sûr, on se retrouve à la maison, à toute.

— Deux minutes et j'arrive.

Deux minutes ? Elle devait être sûre que je dirais oui.

Je raccroche et je me tourne vers Filippo :

— Excuse-moi mais Gaia va passer à la maison, elle a perdu ses clés.

Derrière son sourire je sens une pointe de regret :

— Pas de souci, Elé, je t'accompagne au vaporetto.

Nous passons un quart d'heure à l'attendre, presque en silence, gênés par ce baiser manqué. Nous échangeons quelques mots de circonstance, histoire de désamorcer la tension. Quand arrive enfin le vaporetto, j'ai l'impression de voir un prince charmant venir à ma rescousse. Je monte à bord sans me faire prier, presque en courant.

— Bibi, tu m'appelles, d'accord ? me demande Filippo depuis le ponton.

— Bien sûr, à très vite.

Je lui adresse un signe de la main avant que le bateau ne m'emporte.

Devant la porte de chez moi je retrouve Gaia, encore folle de rage. Tout en montant l'escalier, elle me raconte par le menu sa dispute avec Frank, ce qui a le mérite de m'empêcher de penser à Filippo. Je dois lui demander de baisser d'un ton quand elle s'échauffe un peu trop : il est tard, et tout le monde dort dans l'immeuble.

Alors que nous nous démaquillons, je remarque que le regard de Gaia me cherche dans le reflet du miroir.

— Est-ce que tu n'es pas en train de me cacher quelque chose, toi ?

Voilà Gaia, la Grande Inquisitrice.

— Et qu'est-ce que j'aurais à te cacher ? réponds-je tout en me brossant les dents.

— Je ne sais pas mais Filippo et toi vous n'avez pas l'air clair. Je vous ai arrêtés au milieu d'un truc ou quoi ?

— Gaia, on est juste amis.

Sa moue me dit qu'elle n'en est absolument pas convaincue.

— Mmm... moi je crois que tu lui plais. Que tu lui as toujours plu.

Je hausse les épaules.

— Et lui, il te plaît ?

— Je ne sais pas. Je n'y ai jamais vraiment réfléchi.

C'est la vérité. Ça l'est encore ce soir, du moins...

Nous nous glissons sous les couvertures de mon grand lit, ce qui Dieu sait pourquoi nous rend subitement toutes joyeuses. Gaia me lance un oreiller en pleine tête et voilà que nous repensons aux soirées pyjama de notre adolescence. Nous rions de ce que nous étions à l'époque et de ce que nous sommes devenues. J'éteins la lampe de chevet et nous nous souhaitons bonne nuit.

À peine me suis-je assoupie que la voix de Gaia me réveille.

— Elé ?

— Hein ? fais-je, tout endormie.

— Ce Leonardo, là... Tu disais qu'il habite le palais où tu travailles, c'est ça ?

— Oui.

— Et où, exactement ?

— Je t'explique demain. Dodo, maintenant.

3

— Elé !

Quelqu'un me secoue l'épaule.

— Allez, Elé, réveille-toi !

La voix de Gaia me ramène brutalement à la réalité.

— Qu'est-ce qu'il y a ? je bougonne d'une voix pâteuse.

— Merde, j'avais complètement oublié que je devais passer prendre Contini à l'aéroport… tu sais, le réalisateur… il a rendez-vous à l'atelier de Nicolao pour les costumes de son prochain film.

L'odeur du café tout juste préparé envahit doucement mes narines.

— Mais quelle heure est-il ?

— Sept heures et quart. J'ai intérêt à ce que le vol de Rome ait du retard.

Je me frotte les yeux pour y voir plus clair. Gaia est déjà habillée et maquillée. Je ne sais pas comment elle fait pour encore supporter les bottines qu'elle portait hier soir.

— Je file. Il y a du café dans la machine, me dit-elle en me donnant un bisou sur la joue. Merci pour ton hospitalité.

Je me tourne sur le côté en marmonnant :

— Je t'en prie. C'était sympa de passer la nuit à se prendre des coups de pied.

Gaia m'ébouriffe les cheveux et sort en laissant la porte entrouverte, me laissant émerger seule dans la chambre. Je l'imagine en train de dévaler l'escalier, déjà rivée à son BlackBerry pour parler fringues, accessoires, strass et paillettes.

Au prix d'un effort surhumain (c'est du moins l'impression que j'en ai), je m'agrippe à la tête de lit. Mon corps grince. Peut-être devrais-je reconsidérer la possibilité d'aller à la salle de sport avec elle. Gaia ne fait absolument pas ses vingt-neuf ans, c'est une infatigable boule d'énergie.

Hélas, me voir sautiller en rythme devant un miroir, serrée dans un legging coloré, a vite fait de couper mon élan d'enthousiasme pour le fitness. Je vivrai avec des articulations rouillées, mais je me ferai une raison.

Je sors du lit pour me jeter dans l'armoire, où je pioche au hasard une jupe et un petit pull avant de passer à la salle de bains pour une toilette de chat.

La première lueur de ce matin d'octobre m'accueille à la sortie de l'immeuble. C'est une lumière pâle, qui réchauffe le regard sans le blesser. Pas de vaporetto aujourd'hui : il y a dix minutes à pied du quartier San Vio à Ca' Rezzonico et j'ai bien envie d'en profiter.

Je m'habitue peu à peu à la lumière matinale. Mes yeux ne devront pas me trahir aujourd'hui, car je compte me dédier corps et âme à cette grenade et lui donner la teinte parfaite. Voilà le défi du jour.

Je marche sans me presser, d'un pas lent et détendu ; un peu parce que mes pieds ne se sont pas encore remis de la soirée d'hier et un peu parce que le calme de Venise est absolument irrésistible.

Le premier pont qu'il me faut franchir a l'air de vouloir me rappeler que l'âme de ces endroits est l'eau, et pas la pierre. J'aime m'arrêter, même pour un bref instant, et observer la vie de là-haut. Sous mes pieds coule le canal de San Vio ; c'est un mince et étrange ruban d'eau qui relie le Grand Canal aux Zattere, coupant le *sestiere* en deux. De là, les deux visages de Venise s'offrent à moi : Saint-Marc d'un côté, la Giudecca de l'autre. La Venise des touristes et celle des Vénitiens.

Le clocher de l'église Sant'Agnese sonne neuf heures. Je me dépêche : je suis en retard. Alors que je longe les Gallerie dell'Accademia, une blonde obèse me demande de la prendre en photo avec son fiancé. Même si je n'en ai évidemment pas la moindre envie, j'accepte. Elle me tend son appareil photo tout en m'expliquant sur quel bouton appuyer. Je passe mon sac à l'épaule avant d'écarter légèrement les jambes pour me stabiliser, tandis que leurs mines réjouies se figent dans le cadre.

Clic. Mise au point, premier déclic. *Clic*. Photo posée, sourires à trente-deux dents et un air de carte postale : ils la choisiront sans doute pour leur album de souvenirs. *Clic*. Une troisième photo, l'inattendue, quand on quitte la pose. La meilleure.

Le couple se défait de son étreinte avant de me remercier mille fois. Comme beaucoup, ils sont venus à Venise pour la visiter, bien sûr, mais surtout pour essayer de vivre leur conte de fées romantique. Et ils en ont parfaitement le droit. Enfin, je crois…

J'esquisse un sourire avant de reprendre mon chemin. Une brise légère me décoiffe. Sans être glaciale, on peut dire qu'elle donne un avant-goût de l'automne qui ne va pas tarder à arriver.

Il flotte dans l'air une odeur de croissants chauds décongelés et de cappuccino, ce parfum suave qui accompagne mes pas chaque fois que je vais à pied au travail. D'ordinaire, je ne m'arrête presque jamais dans un bar pour prendre mon petit déjeuner. Ayant toujours l'estomac fermé, je n'ai jamais faim le matin. Ou alors, si je mange, ça me donne envie de dormir. Aujourd'hui, je m'arrête une seconde au tabac sous les arcades pour m'acheter un paquet de bâtonnets de réglisse – de quoi m'aider à rester concentrée tout en m'évitant mes chutes de tension chroniques.

La rue du palais débouche directement sur le Grand Canal. Il faut toujours s'y engager prudemment, le soir tout particulièrement. C'est un passage anonyme, caché, mal éclairé, qui ne paye vraiment pas de mine, infesté de mauvaises herbes qui grimpent à peu près sur tous les murs. On a du mal à croire qu'au bout de cette enfilade de pavés se dissimule l'entrée d'un des plus beaux bâtiments de Venise.

Au demeurant, cette ville est une anomalie urbanistique. Tout a l'air en ruine, tout menace de se dissoudre dans ses eaux troubles, et en même temps tout est vivant. Le regard se laisse ravir par une beauté à couper le souffle.

Impeccablement rangés, mes pinceaux et mes peintures n'ont pas bougé de l'endroit où je les ai laissés samedi. Personne n'y a touché, je respire. La fresque se porte bien elle aussi. Rien d'étonnant *a priori*, et pourtant il peut se produire des quantités de choses quand on laisse une œuvre en restauration sans surveillance. Chaque matin me voilà prise d'angoisse à l'idée de découvrir une belle tache d'humidité, une colonie de fourmis ou des traces de doigt.

Aucun signe de vie en provenance de l'appartement de Leonardo. Il est peut-être déjà sorti.

Le temps d'enfiler ma tenue de travail digne de *Ghostbusters*, et me voilà prête. Enfin presque... je dois absolument me rafraîchir les yeux avec un peu de collyre. La faute à Gaia qui a passé la nuit à gigoter – mais aussi à Filippo qui continuait de me trotter dans la tête. Bref, après cette mauvaise nuit, mes yeux brûlent.

L'espace d'un moment, l'image de Filippo en train de me masser les pieds sur ce banc me traverse l'esprit. C'était hier soir, mais à présent j'ai presque l'impression d'avoir rêvé. Je n'en ai qu'un vague souvenir. Impossible de revivre les sensations que m'avait inspirées cette scène. Étrange.

Je sors un flacon bleu de ma poche, incline la tête en arrière et laisse tomber deux gouttes dans l'œil droit et deux autres dans l'œil gauche. Le liquide me brûle un peu sur le coup, mais cinq secondes plus tard je me sens déjà revivre.

Soudain, un petit rire coquin envahit le vestibule. Les yeux encore tout embués, j'arrive quand même à apercevoir deux silhouettes s'avancer vers moi. Main dans la main. Leonardo et… je bats des cils pour mieux voir… une femme magnifique, chevelure vaporeuse et teint de porcelaine, le corps moulé dans une élégante robe courte de satin rouge qui, en plus de mettre en valeur ses jambes toniques et minces, découvre entièrement son dos. Elle a une allure à faire pâlir d'envie Audrey Hepburn, un regard satisfait et lumineux.

— Bonjour, Elena, me dit Leonardo en passant près de moi.

Il n'est pas habillé pour sortir : il porte un sweat et des tongs. Un drôle de contraste avec l'élégance de son amie.

— Bonjour, fais-je avec un détachement étudié.

La diva m'adresse un salut de la tête tout en suivant Leonardo. Ses talons claquent sur le carrelage. Tandis qu'ils se dirigent vers la volée de marches menant à la sortie, Leonardo laisse glisser une main le long de son dos nu. Son geste est à la fois sensuel et protecteur. Sa peau sombre jure de façon troublante avec la blancheur du teint de la jeune femme. Ils ont passé la nuit ensemble, c'est sûr : je sens presque l'odeur de sexe qui flotte derrière eux.

J'aimerais me replonger dans mon travail mais suis une nouvelle fois distraite, cette fois par un grondement venu de l'extérieur qui fait trembler les murs. On dirait un moteur de bateau. Piquée par la curiosité, j'écarte le rideau d'une des portes-fenêtres qui donnent sur le Grand Canal avant de constater qu'une embarcation de couleur blanche est amarrée au ponton du palais. À son bord, la diva : elle vient tout juste d'enlever ses talons pour passer un blouson en cuir noir. Elle s'approche maintenant du bord et cherche Leonardo. Sans se faire prier, celui-ci se penche pour lui effleurer les lèvres d'un baiser avant de détacher l'amarre du pilotis. Tandis qu'il lui fait un signe de la main, la diva met ses lunettes de soleil noires, actionne une manette sur le tableau de bord et file en laissant une traînée argentée dans le sillage de son bateau. On dirait une scène de film, mais ce qui se joue sous mes yeux est bel et bien réel.

Une fois le rideau tiré, je me remets au travail sans attendre. J'essaie de me répéter que tout ce que je viens de voir n'a aucun intérêt. Autant penser à autre chose.

Un instant après, Leonardo est de retour. Je fais mine d'être très occupée en mélangeant au hasard différents pigments, tout en m'efforçant de ne pas lever les yeux. Il passe devant moi sans un mot avant de s'engouffrer dans ses appartements en sifflotant.

Après avoir préparé un peu de rouge, je grimpe à mon escabeau, prête à m'attaquer à la grenade. J'espère maintenant pouvoir travailler en paix. Hélas, comme à leur habitude, mes pensées se mettent à vagabonder. Était-ce la femme de Leonardo ou une aventure d'un soir ? Comment savoir ?... Impossible d'effacer de ma mémoire l'image de sa main caressant ce dos nu, et ce baiser si bref, mais tellement sensuel.

Voilà maintenant que j'entends tirer de l'eau dans la salle de bains. Une voix puissante fredonne un air qui sent l'été et la mer, malgré les fausses notes. Leonardo se la coule douce, je doute qu'il soit réellement pressé d'aller travailler ce matin.

En me tournant pour chercher un pinceau, je m'aperçois qu'il vient de sortir de la salle de bains pour prendre la direction du vestibule. Torse nu. Il a une serviette bleu marine nouée autour de la taille, les cheveux mouillés et les pieds nus. On dirait un guerrier de l'Antiquité. Tandis qu'il s'approche de moi, l'air effronté, les dalles instables du carrelage tremblent légèrement sous son poids.

— Alors Elena, comment ça va ?

— Bien, merci, dis-je presque à voix basse, sans cacher mon indifférence.

Je m'efforce de garder les yeux rivés à la fresque. Je me sens mal à l'aise, minuscule et mal fagotée dans ma combinaison informe. Pourquoi ne va-t-il pas s'habiller ?

— Et ces travaux ?

En secouant les cheveux, il libère une nuée de gouttes microscopiques dans l'air. Je le surveille du coin de l'œil. Heureusement, il est encore suffisamment loin du mur.

— Eh bien...

— Tu sais que tu as l'air plus à l'aise sur ton escabeau que sur un tabouret de bar ?

— Je le prends comme un compliment.

— C'en est un.

Il ne fait pas mine de s'en aller. Je me sens observée, presque examinée, et ça ne me plaît pas beaucoup.

— Excuse-moi, mais je suis très occupée, dis-je en me tournant légèrement vers la fresque.

— Bien sûr, répond-il en esquissant un sourire compréhensif accompagné d'un geste de la main. Tu n'aimes pas avoir des gens autour de toi. Tu as été très claire hier soir…

— Exactement, je bafouille.

Tandis qu'il s'éloigne en direction de sa chambre à coucher, je me demande si j'ai effectivement répondu ou pas.

Une fois seule, je descends de l'escabeau : j'ai besoin d'énergie. Si la présence de n'importe qui m'agace, la sienne, elle, me déstabilise.

Je prends une grande respiration et laisse mon bâtonnet de réglisse fondre dans ma bouche avant de reprendre le travail. Merde, la couleur a complètement séché. Je l'avais faite trop dense. Je n'ai plus qu'à vider les bols, les laver et peser une nouvelle fois les quantités de pigment nécessaires. J'essaierai d'utiliser un pinceau à pointe plate, au moins pour la première couche, histoire de gagner du temps.

Je remonte sur l'escabeau pour contrôler de près la nuance des graines de manière à les avoir bien en tête. Je finis par me lancer sur un nouveau mélange de rouge et de violet.

Or voilà que dans le couloir à ma droite résonnent de plus en plus fort ces mêmes pas pleins d'assurance. Je me retourne d'instinct : il est habillé, cette fois-ci. Il porte un jean déchiré et une chemise en lin blanche – cet homme est accro au lin – et, autour du cou, une écharpe en soie noire qui flotte au gré de ses mouvements. Il faudrait m'expliquer comment il fait pour ne pas avoir froid. On est en octobre, quand même…

Il s'approche jusqu'à pouvoir s'appuyer d'un bras contre l'escabeau. Un frisson me parcourt la colonne vertébrale, me faisant légèrement perdre l'équilibre. Je n'ai pas idée de ce qui m'arrive, mais ça ne me plaît pas.

— Je pars faire des achats pour le restaurant, dit-il en regardant en l'air. Je vais au Rialto, tu as besoin de quelque chose ?

— Non merci, j'ai tout ce qu'il me faut.

— Sûre ?

Alors qu'il penche doucement la tête de côté, la lumière tombe sur l'anneau qu'il porte à l'oreille et le fait scintiller. Ses yeux aussi brillent de façon étrange. Comme s'ils souriaient. De simples rides d'expression autour des yeux ne m'ont jamais paru aussi sexy. Oh mon Dieu, l'esprit de Gaia est en train de s'emparer de moi…

— Oui, je t'assure. Je ne suis pas en train de faire des manières.

Je dois me reprendre. Aussitôt, je me retourne vers le mur pour ne pas rester là comme une cruche, une fois de plus. La fresque est mon seul espoir de survie.

— Au fait, pour aller au Rialto, tu n'as qu'à prendre le vaporetto, comme ça tu ne risqueras pas de te perdre, dis-je en essayant de me donner un air désinvolte.

— Mais c'est si beau de se perdre dans Venise, fait-il en haussant les épaules.

— Je disais juste ça pour te faire gagner du temps. Tu as mille trucs à régler, j'imagine.

— Bien sûr, mais je laisse mes collaborateurs se charger des tâches ingrates. Moi je me réserve la partie la plus drôle du jeu.

Il sourit, sûr de lui. Il renvoie l'image de quelqu'un qui a une confiance absolue dans son propre talent, quelqu'un à qui les choses réussissent naturellement.

— Il y a des croissants et du café chauds dans la cuisine, si tu veux prendre le petit déj.

— Non, merci. Je ne mange presque jamais le matin. Et puis maintenant, je ne peux pas m'arrêter dans mon travail.

— Et pourquoi ? demande-t-il, manifestement curieux de savoir.

— Je dois rester concentrée sur la couleur. Autrement, je la perds.

Leonardo se passe la main sur le menton tout en plongeant ses yeux dans les miens :

— La couleur de cette grenade ?

— Oui, dis-je en regardant droit devant moi. Ça fait des jours qu'elle me prend la tête. Elle me rend dingue. Elle a mille nuances différentes, toutes très difficiles à rendre, sans parler du clair-obscur…

J'en deviens loquace malgré moi : parler de mon travail me passionne. Vu le sourire qu'il affiche, Leonardo s'en est rendu compte. Il observe attentivement la grenade, puis m'observe moi, comme s'il méditait quelque chose.

Je m'interromps aussitôt. J'ignore ce qu'il pense,

mais cela ne doit pas être mon problème. Je m'apprête à le saluer quand une voix bien connue me freine dans mon élan.

— Elé, tu es là ? Il y a quelqu'un ?

Un bruit de talons reconnaissable entre mille résonne dans l'escalier.

Comme Leonardo me regarde d'un air interrogateur, je le rassure d'un geste : tout est sous contrôle. Gaia fait son apparition dans le vestibule : elle est passée chez elle se changer. Même sans sa tenue d'hier, elle reste comme toujours impeccable. Elle commence par saluer Leonardo :

— Salut…

— Salut, répond-il en s'inclinant légèrement.

— Je suis passée te dire bonjour, me dit-elle ensuite avec un sourire innocent.

La menteuse. Des semaines que je travaille dans ce palais et elle n'est jamais venue me voir, pas même une fois. Elle n'est là que pour lui : sans doute a-t-elle trouvé l'adresse quelque part à la maison. Quand elle veut, elle peut révéler d'insoupçonnables qualités de détective.

Je reste clouée à mon escabeau. Descendre, et puis quoi encore ? Vu que je dispose d'une vision d'ensemble, autant profiter au maximum du spectacle.

— Tu n'avais pas un rendez-vous très important ce matin ? je demande pour le pur plaisir (sadique) de la mettre un peu en difficulté.

— Déjà fait ! J'ai même récupéré mon sac au Piccolo Mondo, s'empresse-t-elle de répondre en me glissant un regard synonyme de « Qu'est-ce que tu attends pour me le présenter ? ».

Je m'aperçois que Leonardo l'examine d'un air satisfait, une main dans la poche de son jean et un doigt sur les lèvres.

— Voici Gaia, mon amie.

Rester perchée là-haut rend ces présentations étrangement solennelles.

— Enchanté, Leonardo.

Il lui serre vigoureusement la main. A-t-il l'air plus séduit qu'amusé ? Impossible à dire. Je me remets à mélanger mes couleurs, pour bien montrer que ce qui se trame un mètre et demi plus bas ne me fait ni chaud ni froid.

— Enchantée…

À entendre la voix de Gaia, je crois presque la voir battre malicieusement des cils. Je peux lui faire confiance, il est clair qu'elle donne le meilleur d'elle-même.

Elle s'exclame soudain :

— Tu es en train de faire un truc juste incroyable, Elé ! C'est énorme, waouh !

Je la regarde d'un air à la fois étonné et méfiant : en temps normal, elle se fiche royalement des restaurations et des fresques.

— Pas vrai ? ajoute-t-elle en se tournant vers Leonardo.

Nous y voilà : elle se cherche un prétexte pour entamer son numéro de charme.

— Elena est vraiment passionnée par son travail, ça se voit.

La chaude vibration de la voix de Leonardo s'élève jusqu'à moi. Gaia, de son côté, s'est ouvert une brèche et s'y engouffre habilement :

— Et toi, tu es dans quoi ?

— Dans la gastronomie ! Je suis chef. Là, je lance le nouveau restaurant des Brandolini.

Je devine immédiatement la prochaine réplique de Gaia : « Chef… c'est génial ! »

— C'est un métier génial, chef !

Raté, mais de peu. Autant sourire, vu qu'ils ne me voient pas.

Gaia enchaîne avec ses questions rituelles : quand es-tu arrivé à Venise, combien de temps comptes-tu rester, est-ce que ça te plaît…

Elle glousse en ponctuant chacune des réponses de Leonardo par de grands mouvements de tête. Je connais par cœur son arsenal de séduction : ses yeux langoureux, ses doigts qui jouent avec ses cheveux, son sourire taquin, sa bouche en cul-de-poule…

Je me penche pour assister à son petit numéro – mais peut-être aussi pour contrôler l'effet qu'il produit sur Leonardo. Vu sa mine réjouie, il m'a l'air d'être tombé sous le charme de Gaia – comme tout le monde, d'ailleurs. Mais, se souvenant subitement de ma présence, il lève les yeux dans ma direction. Je m'écarte de façon si brutale que je manque de faire tomber un bol de couleur.

— On te dérange peut-être, Elena ?

Je décide d'être un brin acide :

— Eh bien, vous commencez un peu à me…

— Allons-y alors, d'autant que je ne suis pas en avance, lance Leonardo en se tournant vers Gaia. Ce fut un plaisir, en tout cas.

— Pour moi aussi, réplique-t-elle en fondant comme un chocolat au soleil.

Après nous avoir saluées, Leonardo court vers la sortie. Je regarde Gaia, hypnotisée par la silhouette de Leo, avant de tomber moi-même sur le spectacle qu'elle admire si attentivement : sa chute de reins…

— Pas mal…

Elle dit tout haut ce que je me suis contentée de penser tout bas.

— Comment peux-tu travailler avec un type aussi canon dans les parages ?

Là, j'explose :

— Comment puis-je travailler juste à côté de deux personnes en train de flirter, tu veux dire ! Et le pire, c'est que tu fais semblant d'être passée me voir… Tu es vraiment gonflée !

— Il faut bien que j'invente un truc, vu que tu n'es pas trop coopérative. Allez, descends de ton escabeau, tu veux ?

— Non.

Elle soupire, pose un pied sur l'assise de l'escabeau et un bras sur une marche, les yeux encore braqués sur la porte par laquelle Leonardo vient de sortir.

— Franchement, Elena, ce mec est juste oufissime. Si tu oses dire le contraire, je t'en colle une.

— Passe-moi plutôt cette éponge, au moins tu te rendras utile.

Tandis que je feins l'indifférence, Gaia s'exécute avant d'examiner la pièce d'un regard – chose qu'elle n'a pas eu le temps de faire jusqu'à présent.

— Il habite par là-bas ? demande-t-elle en désignant le couloir qui conduit à l'aile gauche.

— Oui.

— Tu as déjà vu son appartement ?

— Non, pourquoi ?

— J'y crois pas… tu n'as pas eu envie d'y jeter un petit coup d'œil ?

— Pas envie du tout…

Un frisson de terreur me traverse le corps à l'idée de ce qu'elle est en train de manigancer.

— Eh bien moi si, lance-t-elle.

— Gaia, reviens ici tout de suite !

J'ai beau crier après elle, rien n'y fait. La voilà partie sans m'attendre. Il ne me reste plus qu'à descendre de l'escabeau et lui courir après. Le temps d'arriver à sa hauteur, je l'attrape par la manche. Mais elle est plus forte et plus résolue que moi. Résultat, elle m'entraîne avec elle.

— Mais qu'est-ce qui te prend ? Arrête, enfin !

— Allez, juste un coup d'œil ! insiste-t-elle, tout excitée.

Une fois le couloir franchi, nous montons l'escalier qui mène à l'étage, là où se trouve la chambre de Leonardo. Faute de pouvoir lui barrer la route, je suis forcée de la suivre pour l'empêcher de déclencher une catastrophe ou de laisser des traces un peu partout.

— Écoute, tu ne vois pas le merdier dans lequel tu me mets, je travaille ici, moi !

J'essaie de jouer sur la corde sensible, mais à quoi bon, puisque la question du travail lui est totalement étrangère.

La porte s'ouvre. La pièce est aussi vaste que je l'imaginais : on dirait une suite d'hôtel de luxe. D'un côté du lit, encore défait, qui trône au milieu de la chambre pendent les draps de soie roulés en boule. Aux murs, un papier peint rouge et or se reflète à l'infini dans les gigantesques miroirs accrochés de part et d'autre du baldaquin. La pièce est chaude et élégante, meublée avec un soupçon de coquetterie. Rien de surprenant à ce que Brandolini la lui ait donnée…

— Trop stylé ! s'exclame Gaia.

— Quel bordel ! fais-je en écho.

Tout est en pagaille. Visiblement, Leonardo n'est pas un maniaque du rangement. Sur un petit fauteuil en velours rouge, une dizaine de chemises sont empilées les unes sur les autres tandis que deux pantalons en lin ont fini sur le tapis persan.

— Évidemment que rien n'est rangé chez lui, fait Gaia d'un ton suffisant, c'est un artiste.

— Vraiment ? À ce qu'il paraît, il est juste cuisinier. De toute façon, cette idée que le désordre est la marque des génies, c'est une belle connerie – ou tout juste une excuse.

— Peut-être, mais dans son cas c'est vrai, rétorque-t-elle, piquée au vif. Franchement, il suffit de le regarder pour comprendre qu'il a un caractère excentrique, que c'est un créatif.

— Ah oui ? Tu as tout compris sur lui, alors.

— Il y a des choses qui crèvent les yeux. Point.

Sur la table de chevet trônent la fin d'une bouteille de Moët & Chandon et un plateau en argent où sont posés deux verres. L'un des deux est couvert de traces de rouge à lèvres.

Devant le coup d'œil éloquent de Gaia, je lui confirme ce qu'elle a déjà deviné.

— Ce matin il y avait une femme avec lui. C'était clair qu'ils avaient passé la nuit ensemble.

Voilà peut-être le moyen de la faire redescendre sur terre. Je passe donc à l'offensive :

— D'ailleurs, elle est belle et riche. Et elle a un charme fou. Bref, il n'y a pratiquement personne pour rivaliser avec elle. Même pas toi, ma chérie… Allez, on y va maintenant.

— Mmh, ça devient intéressant…

Les yeux de Gaia se mettent à briller de curiosité. On dirait que ma ruse n'a pas eu l'effet escompté. Bien au contraire.

— Peut-être que ce n'est pas sa compagne. Si c'était le cas, ils vivraient ensemble, non ? continue-t-elle en s'accrochant à ses hypothèses. C'est normal que ce genre de mecs ait plusieurs maîtresses.

La prochaine fois, je tâcherai de me rappeler que l'encourager ne fait qu'aggraver la situation.

Au lieu de quitter la pièce (comme je voudrais le faire), elle s'approche de l'armoire et l'ouvre. Au même instant, mon regard tombe sur le cendrier posé sur un guéridon en marqueterie. Je préfère ne pas attirer l'attention de Gaia sur le reste de joint qui s'y trouve pour éviter d'alimenter encore un peu plus sa curiosité.

— Il est accro au lin froissé, constate-t-elle en s'écartant de l'armoire avant de s'approcher du fauteuil recouvert de fringues.

La voilà maintenant qui frôle du bout des doigts les vêtements sales de Leonardo, la mine rêveuse :

— Il est élégant, il a du goût… et, crois-moi, c'est rare chez un homme.

À ce moment-là, j'explose – et tant pis pour mes petites astuces psychologiques :

— Bon ça suffit, maintenant ! Tu me saoules ! Allons-nous-en, s'il te plaît !

Alors que je m'approche de Gaia pour l'attraper par un bras, un parfum subtil vient chatouiller agréablement mes narines. De l'ambre, on dirait. Je l'identifie en un rien de temps : c'est l'odeur de Leonardo, tous ses vêtements en sont imprégnés. Je me sens mal à l'aise, comme s'il était dans la pièce. Je tire Gaia par la manche.

— C'est bon, arrête de me les briser… Juste une seconde…, proteste-t-elle en essayant de se libérer.

Quand soudain, un bruit venu de l'extérieur nous paralyse. Nous entendons une porte se refermer en grinçant. Oh mon Dieu, Leonardo est déjà revenu.

— Tu vois ? dis-je les dents serrées, submergée par la panique.

Après nous être ruées dehors, nous descendons les marches quatre à quatre. Une fois de retour dans le vestibule – ventre à terre et le cœur battant à mille à l'heure –, nous sommes presque déçues de nous apercevoir que ce n'est pas Leonardo mais le gardien du palais.

Je me recompose en un instant avant de le saluer le plus naturellement du monde :

— Bonjour, Franco.

— Bonjour, mademoiselle. Je suis passé jeter un coup d'œil. Tout va bien ?

— Oui, merci, aucun problème, dis-je, la voix encore toute tremblotante. Je faisais voir le palais à mon amie qui passait dans le quartier.

— Bonjour, fait Gaia en lui faisant un petit signe de la main.

Franco pose sur nous un regard bienveillant – celui qu'il réserve, j'en suis sûre, aux jeunes filles comme il faut.

— D'accord. Dans ce cas, je m'en vais, conclut-il avant de repartir vers la sortie. Si vous avez besoin de quelque chose...

— Merci, Franco, mais j'ai tout ce qu'il me faut. À demain.

— Au revoir.

Une fois la porte refermée, Gaia et moi nous regardons droit dans les yeux. J'ai beau avoir envie de la découper en morceaux, je sens un large sourire se dessiner sur mon visage. Nous pouffons de rire comme deux gamines heureuses de faire les quatre cents coups.

Je m'efforce de reprendre mon sérieux :

— Maintenant tu files, compris ? lui dis-je d'un ton menaçant.

Il est vraiment tard : je dois absolument rattraper tout ce travail en retard.

— O.K., je te laisse tranquille.

Gaia fait mine de s'en aller mais se retourne vers moi.

— Avoue quand même qu'on s'est bien amusées. Et comme d'habitude grâce à moi..., fait-elle dans un clin d'œil.

Je lui réponds d'un sourire :

— File.

— Ciao, mémère.

À dix-huit heures passées, je me résigne à rentrer chez moi. La journée n'a pourtant pas été aussi productive que je l'aurais souhaité. Pas moyen de travailler au milieu de tous ces va-et-vient ! Après avoir pratiquement foutu en l'air ma matinée, j'ai dû attendre l'après-midi pour retrouver un peu de concentration. J'ai laissé provisoirement la grenade entre parenthèses pour attaquer la tenue de Proserpine. Une chance, tout s'est bien passé.

Une fois dehors, je m'aperçois que je n'aurais pas dû prendre à la légère l'alerte météo lancée la veille par le centre des marées. L'eau monte à une vitesse terrifiante. Pourquoi ne suis-je pas partie plus tôt ? J'ai pourtant entendu la sirène d'alarme, mais je n'y ai pas prêté attention. D'habitude l'eau met des heures à monter – et parfois ne monte pas du tout. Seulement cette fois, j'ai vraiment été idiote de laisser mes bottes en caoutchouc à la maison. Mais avec le soleil qu'il faisait ce matin ! Sans compter que j'ai tendance à les prendre quand il n'y en a pas besoin – même chose avec mon parapluie. Bref, un grand classique.

J'essaie de faire quelques mètres sur la pointe de mes ballerines en daim tandis que l'eau commence à ruisseler sur le sol, lentement mais sûrement. Je réussis l'exploit d'atteindre le bout de la rue, les pieds complètement trempés. Si je trouvais deux sacs en plastique, je pourrais les enrouler autour de mes chaussures. Mais à quoi bon, vu que l'eau a grimpé d'au moins trente centimètres en cinq minutes ?

Je me mets à l'abri sur un muret encore au sec pour réfléchir. Bon. Il n'y a pas trente-six solutions. Soit je rentre à la maison (et je serai quitte pour jeter mes vêtements à la poubelle), soit je reviens sur mes pas (au risque de rester coincée au palais jusqu'à pas d'heure, le temps d'attendre la décrue).

Pendant que je pèse le pour et le contre (on ne peut pourtant pas dire que ces deux perspectives m'enchantent), Leonardo sort à son tour du palais en sifflotant, des bottes de pêcheur aux pieds.

— Salut, Elena, qu'est-ce que tu fais là ? demande-t-il en m'apercevant perchée sur mon muret comme un chat qui aurait peur de l'eau.

— Je tentais de rentrer chez moi, dis-je en essayant désespérément de me donner une contenance. Mais tu n'étais pas censé être au restaurant ?

— Si, mais je suis rentré vers cinq heures, répond-il en remuant plusieurs mètres cubes d'eau sur son passage. C'est juste que tu étais tellement concentrée sur ton travail que tu ne m'as même pas calculé. Et puis je ne voulais pas te déranger.

— Ah.

Le voilà arrivé à ma hauteur. Du haut de mon abri de fortune, je suis presque aussi grande que lui.

— Qu'est-ce qu'on fait ? demande-t-il en jetant un œil circonspect au niveau de l'eau. Je te dépose chez toi ?

— Et comment ?

— Accroche-toi à moi, dit-il en indiquant ses épaules, je m'occupe du reste.

Il y a quelque chose d'indécent dans sa proposition. Je le regarde d'un air méfiant. J'aimerais tant lui répondre « Ne t'en fais pas, merci, je vais bien trouver un moyen de m'en sortir », mais vu ma situation, je ne serais absolument pas crédible. Alors quoi ? Lui dire oui.

— Vraiment, tu es sûr ? Je vais te faire perdre du temps...

Je suis à deux doigts d'accepter...

Il rejette mon objection d'un geste de la main avant de me présenter son dos. O.K., j'accepte.

Son dos est si large que j'ai l'impression de devoir escalader une montagne. Sa fameuse chemise en lin laisse deviner ses muscles. Je soulève un pied avant de le reposer par terre, prise d'un doute. Qu'est-ce que j'ai été bête de partir en jupe et en bas-chaussettes ce matin ! J'ai l'air aussi empotée qu'à l'époque où ma prof de gym de primaire me faisait grimper à la corde sous le regard cruel de mes camarades de classe. Je fais un nouvel essai : je m'accroche à une épaule, puis à l'autre, avant de laisser mon corps pendre le long du sien. Leonardo m'attrape une jambe pour l'enrouler autour de sa taille. Même chose avec l'autre. Et voilà, mon corps épouse parfaitement le sien.

— Prête ? me demande-t-il.

— Je pense, oui. Et toi, ça va ?

— Tu es légère comme une plume, rit-il.

Serrant mes cuisses nues entre ses mains, il s'élance à l'allure d'un géant. En un éclair, un premier pont est franchi. En accrochant mes bras autour de son cou pour ne pas tomber, je sens mes seins s'écraser contre son dos musclé. Il sent bon, il sent ce parfum qui imprégnait tous ses vêtements. Mais j'en devine encore un autre, plus authentique et plus sauvage, celui de sa peau. Une odeur de vent et de mer.

— De quel côté ? m'interroge-t-il une fois passé le pont.

Je lui indique le chemin en lui parlant à un centimètre de son oreille, dans un murmure qui (j'ignore bien pourquoi) a quelque chose de malicieux. Il repart d'un pas tranquille, comme si tout était parfaitement normal. Pendant ce temps-là, je me demande ce que je peux bien faire à califourchon sur le dos d'un inconnu. La situation a beau être absurde, elle ne me déplaît pas. L'espace d'un instant, une douce sensation de chaleur me donne envie de ne jamais redescendre, de rester indéfiniment serrée contre Leonardo. Mais soudain, je réalise qu'à travers le tissu de ma culotte mon sexe est collé à son dos. Normal, puisque mes bas-chaussettes s'arrêtent juste en dessous du genou. Sûr que Gaia tuerait père et mère pour être à ma place, maintenant !

Oh mon Dieu, je vais glisser...

— Tu es bien installée ? Tu es vraiment très légère. Je ne te sens presque pas...

Il me serre les jambes pour me remettre d'aplomb d'une brève secousse.

— Ça va...

C'est un costaud, ses muscles se tendent sous l'effort, son sang chaud bat dans ses veines. Ses mains glissent sur mes cuisses d'une façon si naturelle que je ne me sens pas gênée. On dirait qu'il connaît déjà mon corps. Déboussolée, j'en reste muette.

Dans la rue de la Toletta, les employés de la voirie sont en train d'assembler les passerelles en bois. À voir leurs petits sourires narquois, j'imagine d'ici leurs réflexions moqueuses. Ils me regardent comme une princesse arabe montée sur son chameau, l'air de dire : « Elle s'en tire bien, celle-là… » Heureusement que Leonardo ne peut pas voir le rouge qui me monte aux joues. Pendant ce temps-là, l'eau ne cesse de déborder des bouches d'égout. Elle se répand partout, imprégnant les murs et rongeant les planches de bois.

Dans les boutiques on retire en quatrième vitesse la marchandise des rayonnages les plus proches du sol. Les commerçants hurlent des insanités à tous les coins de rue. L'*acqua alta* est terrible, elle emporte tout sur son passage, sans pitié pour rien ni personne. Je suis bien obligée de le reconnaître : je m'en suis bien tirée, aujourd'hui…

Voilà, nous y sommes. Le pont de l'Accademia trône désormais devant nous. Je n'ai plus qu'à emprunter les passerelles et d'ici cent mètres, je serai à la maison.

Je pince doucement l'épaule de Leonardo :

— Tu peux me laisser là, je peux me débrouiller seule, maintenant.

Leonardo s'immobilise :

— Sûre ? Je ne suis pas à trois mètres près…

— C'est bon, je te jure. Merci infiniment pour ton aide.

L'idée de lui offrir un verre à la maison me traverse l'esprit, mais je voudrais éviter tout malentendu. Nous nous sommes suffisamment rapprochés en moins de vingt-quatre heures. Sans compter que mon appartement est un chantier innommable : autant m'épargner une humiliation supplémentaire.

— Terminus ! lance-t-il.

Il effleure ma culotte au moment de desserrer mes jambes de son étreinte. À coup sûr, il ne s'en sera même pas aperçu. Mais, si ça se trouve, c'est encore mon imagination qui me joue des tours... Le temps de plier les genoux, il m'attrape par les épaules pour m'aider à descendre.

Je bondis sur la passerelle avant de remettre mes vêtements d'aplomb.

— Merci, tu m'as sauvé la vie !

— Ce fut un plaisir.

Je le regarde dans les yeux. Un plaisir, vraiment ? Pour moi aussi, je crois bien.

— Salut, alors, à très vite.

— Ciao, Elena, à demain.

Après avoir fait quelques pas dans l'eau trouble, il se retourne pour me dire :

— C'était sympa de traverser la ville pendant l'*acqua alta*, tu sais ? Je rêvais de le faire depuis toujours... mais je n'aurais jamais imaginé vivre ça avec toi...

Je lui souris. Il me sourit en retour avant de me laisser seule, pendant que Venise se laisse caresser par la marée...

4

Aujourd'hui, pas d'excuses : je dois m'atteler aux couleurs de la grenade, même si je suis dans un état lamentable. Après toute une nuit passée à faire des cauchemars atroces, je me suis réveillée allongée en travers du lit, les draps roulés en boule et l'oreiller par terre. J'ai eu un mal fou à me lever. Je sentais mon cœur battre jusque dans mes oreilles. Ingurgiter vingt gouttes relaxantes au tilleul n'a servi à rien. J'ai même essayé de faire quelques étirements pour détendre mes muscles endoloris. Mais quand je me suis aperçue que mes orteils n'avaient jamais été aussi loin, j'ai abandonné l'idée.

Vu mon état de forme et mon humeur massacrante, j'ai décidé de prendre le vaporetto pour aller au travail. Marcher, ce matin ? Même pas en rêve !

Je m'appuie contre l'escabeau pour regarder la grenade d'en bas. Je pousse un soupir, entre émerveillement et découragement.

J'aimerais me dire que je suis au taquet, que je suis sûre d'y arriver, mais c'est faux. J'ai peur que le résultat final soit en-deçà de mes exigences, peur de devoir me contenter de quelque chose d'approximatif, peut-être d'une couleur qui ne sera pas exactement la même – bref, d'une pâle copie de l'original. L'artiste anonyme viendra hanter mes rêves, chaque nuit, et m'accusera d'avoir détruit son chef-d'œuvre. Je le vois d'ici.

Je me passe la main dans les cheveux pour chasser ces bêtises de ma tête et je mets mon bandana. Je dois rester concentrée et en finir avec cette fichue grenade d'une manière ou d'une autre. Si je continue comme ça, je risque aussi de perdre la vision d'ensemble et de compromettre le reste du chantier.

Onze heures viennent de sonner au clocher de San Barnaba. D'habitude, j'en profite pour manger un en-cas, comme à l'école – il s'agit en réalité d'un petit déjeuner tardif – mais pour le coup je n'ai vraiment pas faim. La matinée a déjà mal commencé et la suite ne promet guère mieux. Pour couronner le tout, j'ai perdu mon collyre, pile au moment où j'en aurais besoin. « Ce que tu peux être tête en l'air ! » dirait ma mère, et elle aurait raison. Je jette un œil au carrelage de l'entrée : le flacon pourrait avoir glissé de ma poche, mais non. Mince, qu'est-ce que je vais faire, maintenant ? Faire un saut à la pharmacie pour en acheter un autre ? Tu penses, vu la quantité de travail que j'ai abattue jusqu'ici…

Bon, tant pis pour le collyre. Tout en me massant doucement les paupières du bout des doigts, je me répète mon nouveau mantra – *tu peux le faire, Elena.* Me voilà de nouveau face à face avec la grenade. On dirait qu'elle me nargue.

Ça ne me fait pas peur, non, ça ne me fait pas peur.

Après une petite heure de travail (sans grandes avancées), une voix derrière moi me fait sursauter et me sort de ma bulle. Pour une fois que j'étais arrivée à me concentrer !

— Salut, Elena.

Ferrante, il ne manquait plus que lui.

— Leonardo…

Je le salue d'un signe distrait en priant pour que la conversation s'arrête là. Cela faisait des jours que je ne l'avais pas croisé – la dernière fois, c'était lorsqu'il m'avait ramenée chez moi sur son dos. Depuis ce jour, il s'était souvent invité – malgré moi – dans mes pensées les plus secrètes et les plus déplacées. Celles que j'ai l'habitude de chasser dès qu'elles me viennent à l'esprit.

Je l'épie du coin de l'œil : il tient un sachet en papier kraft, ceux qu'on utilise sur les marchés.

Il regarde la peinture en se grattant deux fois le menton avant de se diriger vers le petit canapé adossé au mur. Il y jette alors le sachet qui rebondit avec un bruit sourd sur le siège en velours. Le dos tourné vers moi, il enlève son blouson en cuir sous lequel il porte un tee-shirt blanc à manches courtes. Sa peau est bronzée, tannée par le soleil, ses muscles sculptés par le labeur, les veines saillantes. Il est vraiment bel homme. Il n'y a pas à dire, Gaia a vu juste.

— Tu peux descendre une minute ? me demande-t-il.

Je me tourne vers lui, les sourcils froncés, pour lui faire non de la tête.

— Allez, poursuit-il d'un ton décidé. Je veux faire une expérience.

— Quelle expérience ?

— Descends, tu verras bien.

Un sourire ambigu glisse sur ses lèvres.

Que peut-il bien avoir derrière la tête ? Ce regard a beau ne pas être rassurant, sa proposition a quelque chose d'irrésistible et d'intriguant. Que faire, bon sang ? En plus, j'ai le visage en feu, je le sens… Je me décide finalement à m'exécuter sans faire d'histoires : c'est le seul moyen de reprendre le dessus. Après avoir posé mon bol et mon pinceau sur la dernière marche de l'escabeau, je descends donc lentement jusqu'à terre.

Voilà, je suis à présent face à lui. Leonardo m'examine de ses yeux perçants.

— Bien, fait-il en poussant un profond soupir, maintenant ferme les yeux.

J'en ai le souffle coupé :

— Hein ? Je peux savoir ce que tu comptes faire ?

— C'est juste un essai, m'encourage-t-il d'une voix charmeuse. Mais si ça marche, tu me remercieras.

Je m'aperçois que ses mains tremblent légèrement. Ce n'est pas normal que cet homme vienne me déranger dans mon travail pour me donner des ordres. Et moi qui suis incapable de l'envoyer paître ! Mais il y a quelque chose de si magnétique en lui, quelque chose que je n'ai pas le pouvoir de contrôler et encore moins de vaincre.

Je prends une grande respiration. Puis une autre, en laissant tomber mes bras le long de mon corps. Maintenant, oui, je ferme les yeux. Je m'en remets à lui – je n'ai pas d'autre choix, j'imagine.

— Jure-moi de ne pas les rouvrir tant que je ne te l'aurai pas demandé.

— O.K. Je me sens un peu bête.

— Fais-moi confiance, Elena, me rassure-t-il.

Sa voix est plus douce, à présent. Je le sens faire quelques pas. Il s'éloigne. Puis un bruit de papier qu'on chiffonne, qu'on déplie. Je présume qu'il fouille dans son sachet. J'entrouvre les paupières mais Leonardo me tourne le dos. Autant les refermer, puisque je ne vois rien. Tout de même, ne devrais-je pas être inquiète ? Au fond, cet homme est un parfait étranger pour moi… Non, tout bien réfléchi, inutile d'avoir peur. En réalité, cela me fait sourire.

— Je vois que tu t'amuses… Bien ! Tant mieux, commente-t-il.

Oh non, il s'en est rendu compte. Et voilà qu'il vient vers moi. Il doit être à quelques centimètres de mon visage : je sens presque son haleine.

— Maintenant, fais le vide. Contente-toi d'écouter, ordonne-t-il d'une voix ferme.

Un bruit sec m'arrive dans l'oreille droite. C'est un son indéfinissable, d'abord dur puis mou. Quelque chose qui se brise, qui se sépare en deux morceaux avec un petit crépitement. Très étrange.

— Qu'est-ce que c'est ?

— Devine, c'est le but du jeu.

Je devine son sourire, son haleine frôle mon visage. Il se rapproche de plus en plus.

— Sens cette odeur.

Il approche l'objet mystérieux de mon nez. Un parfum très particulier envahit mes narines et me descend jusque dans la gorge. Ça sent la mousse, la terre… quelque chose de vivant.

Je lui demande au hasard s'il s'agit d'un fruit.

Pas de réponse. Leonardo me prend doucement les mains et me tourne les paumes vers le ciel. Un frisson chaud me traverse la colonne vertébrale, et se perd dans le bas de mes reins.

— Touche, susurre-t-il.

Il me met dans les mains deux demi-sphères.

Je replie un peu les doigts pour mieux en sentir la consistance. C'est lisse et rugueux à l'extérieur ; à l'intérieur, je reconnais au toucher une multitude de graines recouvertes d'une fine pellicule complètement éclatée.

J'ai peut-être la bonne réponse :

— C'est une grenade ?

— Tu vas voir, me dit-il en me libérant les mains. Ouvre la bouche et goûte.

J'hésite. L'idée de ne pas voir ce que je vais avaler ne m'emballe pas, mais j'obéis. Quelques graines me glissent sur la langue. Elles ont une saveur fraîche et acidulée. Ça pique un peu. Sous mes dents je sens une pulpe épaisse et sucrée aux notes boisées.

— Maintenant ouvre les yeux, dit Leonardo.

Je lève lentement les paupières. Il se tient devant moi et me regarde d'un air satisfait. Il tient un fruit dans la main.

— Ça, c'est une vraie grenade. Les plus douces viennent d'Espagne, tu le savais ? Je pense que tu devrais partir de celle-ci pour arriver à celle-là.

Et il me désigne la grenade de la fresque.

Je la regarde à mon tour tout en continuant de mâcher les graines. Ce détail qui jusqu'ici n'était qu'un ensemble de formes et de couleurs a soudain pris vie. Je l'ai dans la bouche, dans les narines et dans le ventre, plus que dans la tête. J'ai la sensation de voir cette grenade pour la première fois, de pouvoir en dévoiler le mystère. Je reste muette, complètement déboussolée. Je cherche les yeux de Leonardo pour qu'il me vienne en aide. Il me sourit.

— Parfois les yeux ne suffisent pas pour tout voir, tu ne crois pas ?

Je fais oui de la tête, sans trop savoir quoi dire.

— Je pense avoir compris où tu veux en venir...

— Dans ce cas remets-toi tout de suite au travail. Je te laisse tranquille.

Il fait alors mine de se diriger vers le couloir mais revient tout à coup sur ses pas, comme s'il avait oublié quelque chose, peut-être son sachet ou son blouson. Mais non. Les yeux baissés, il fouille un instant dans une poche de son jean et en extirpe mon collyre.

— Je l'ai trouvé hier dans ma chambre, m'explique-t-il en me tendant le flacon. Tu vas peut-être en avoir besoin.

Pétrifiée, je le récupère. Je n'ai maintenant qu'une envie, c'est de creuser un trou dans le sol et de me jeter dedans pour ne plus jamais en sortir.

— Merci, je le cherchais depuis ce matin, dis-je le plus naturellement du monde pour dissimuler ma gêne. Je n'arrive pas à comprendre comment il a pu atterrir dans ta chambre.

Plus je m'enfonce, plus le rouge me monte aux joues. Une fois de plus. J'aimerais me trouver un alibi crédible, mais je n'ai jamais su mentir. Cette Gaia... Elle mériterait des claques – et moi aussi, vu que j'ai été assez bête pour la suivre ! Avec tout ça, Leonardo va penser que je suis une fouineuse ou pire ! une malade. Normal : il va penser que c'est *moi* la coupable. Aucun doute là-dessus.

Leonardo m'adresse un regard complice, comme s'il pouvait lire dans mes pensées. Il hausse les épaules d'un air amusé et me gratifie d'un sourire amical : « Sois tranquille, il ne s'est rien passé », semble-t-il me dire. Puis il s'en va, silencieux, en me laissant plantée au beau milieu du vestibule. Qu'est-ce que je dois faire ? Continuer comme si de rien n'était ou courir me cacher là où personne ne pourra venir me chercher ? Tout se mélange dans ma tête et je reste là sans bouger.

Il fait presque nuit noire lorsque je quitte le palais. À la lumière des réverbères, l'air frais d'octobre me force à relever le col de mon manteau. Alors que j'arrange un peu mes cheveux, une voix m'interpelle, presque dans un murmure :

— Pssst… Bibi !

C'est la voix de Filippo.

Il est assis sur la margelle du puits au centre de la petite place. Instantanément après avoir croisé mon regard, il bondit à terre en agitant son trench gris sombre. Tout en rangeant son portable dans sa poche, le voilà qui s'approche de moi :

— Ta fresque ne te lâche plus.

— La journée a été productive, lui dis-je sans mentionner l'expérience avec Leonardo. Qu'est-ce que tu fais dans le quartier ?

— Je suis passé te faire coucou, m'explique-t-il en

réajustant la sacoche de son ordinateur portable. Je ne t'ai pas appelée comme je sais que tu ne réponds jamais au boulot.

— C'est bon, j'aurais peut-être fait une exception pour toi.

Tandis que j'agrémente ma réponse d'une tape amicale sur l'épaule, nous prenons le chemin de la place San Barnaba. Je suis heureuse que Filippo soit à mes côtés. Il a le don extraordinaire de me détendre et de me mettre à l'aise en un clin d'œil.

— J'ai quelque chose à te dire, m'annonce-t-il en se grattant la nuque, comme s'il cherchait ses mots, tandis qu'une lueur de tristesse traverse son regard.

— Quoi ?

— Je dois partir pour Rome demain. Et y rester, lâche-t-il dans un souffle.

— Ah bon…

Je ne sais pas comment réagir. Peut-être que c'est une bonne nouvelle pour lui, mais je sens aussitôt une pointe d'amertume me monter dans la gorge.

— Tu ne m'avais rien dit…

— Je l'ai appris il y a deux heures, fait-il en ouvrant les bras, comme s'il se résignait. Décision de Zonta. Il veut m'envoyer au siège du cabinet, à Rome. D'après lui, je suis le plus qualifié.

— Ça m'a tout l'air d'être une promotion.

— *A priori* c'en est une. En tout cas c'est ce que Zonta m'a dit quand il est passé dans mon bureau pour me jeter des papiers à la gueule. Toujours à prendre les autres pour ses clébards…

Filippo enfonce ses mains dans ses poches tout en fixant l'horizon, le regard perdu.

— Augmentation de salaire et, évidemment, tous frais payés. Bref, une de ces propositions qu'on ne peut pas refuser, fait-il en imitant Marlon Brando dans *Le Parrain*.

Ça n'a pourtant pas l'air de le réjouir.

— Et tu n'es pas content ? je demande tout à coup.

— Si, je suis content, répond-il. C'est juste que tout est allé tellement vite. J'ai à peine eu le temps de m'installer à Venise que je dois déjà repartir…

Il me regarde. L'espace d'un instant je prie pour qu'il ajoute : « Et puis je n'ai pas envie de te quitter » avant de me trouver idiote de penser ça. C'est une occasion en or, pour lui, pour sa carrière, c'est l'objectif pour lequel il se bat depuis des années… Je dois être heureuse pour lui, ce n'est pas le moment d'être égoïste.

— Combien de temps vas-tu partir ?

Je m'efforce de ne pas avoir l'air de pleurnicher.

— Je ne sais pas exactement mais sans doute plusieurs mois… Les premiers temps risquent d'être vraiment intenses, lâche-t-il avant de prendre une grande respiration, comme s'il s'apprêtait à me faire un aveu. Le cabinet a obtenu un partenariat pour la mise en œuvre d'un bâtiment conçu par Renzo Piano.

— La vache, Fil, félicitations ! Pourquoi est-ce que tu ne me l'as pas dit plus tôt ?

Ce n'est pas juste une bonne nouvelle, c'est carrément un truc de dingue. Hélas. Je lui fais un bisou sur la joue.

— C'est la chance de ta vie.

Filippo m'adresse un sourire tranquille. Il est d'une modestie désarmante, c'est ce qui me touche le plus chez lui. Je sais qu'il est fier de ce qu'il a accompli, mais il n'est pas du genre à s'en vanter. Il ne prendrait même pas la grosse tête si on lui demandait de repenser l'Empire State Building de fond en comble.

— Écoute, là j'ai un dîner avec des collègues du cabinet. Ils m'ont organisé un truc pour me dire au revoir avant mon départ.

Je comprends à son regard que cette petite fête ne l'emballe pas trop, mais qu'il doit y aller, ne serait-ce que par politesse. Dommage, j'espérais au moins passer la soirée avec lui. Je me console en me disant qu'il souhaitait peut-être la même chose.

— Et nous ? On n'est pas en train de se dire au revoir, quand même..., je proteste.

— Désolé Bibi, me dit-il d'une voix contrite, les yeux baissés. Avec tout ce que j'ai à préparer avant de partir, je ne pense pas avoir beaucoup de temps demain.

— Oh non, Fil, ce n'est pas vrai...

Tout va trop vite pour moi. Il me prend le menton et me sourit pour me redonner du courage.

— Mais je t'attends. Il faut que tu viennes me voir à Rome.

— Bien sûr que je vais venir, dis-je avec une grimace.

— Donne-moi juste le temps de m'installer et on s'organise un week-end, O.K. ?

— O.K.

Mais ça ne me console pas du tout.

— Je suis content que tu sois triste, tu sais ? ajoute-t-il en me repoussant une mèche du front. Je suis dans le même état, même si je n'en ai pas l'air. Allez, je file, sinon je vais me faire lyncher… ou pire : ils risquent d'être déjà raides bourrés quand je vais arriver.

— Tu vas drôlement me manquer.

— Toi aussi.

Nous nous serrons fort dans les bras l'un de l'autre, comme pour garder l'empreinte de nos deux corps. Nous nous échangeons deux longs baisers sur les joues avant de nous regarder, sans trop savoir quoi faire. Peut-être rêvons-nous tous les deux d'un geste plus intime, mais nous détournons le regard : il est temps de reprendre notre rôle d'amis de longue date.

— J'y vais. On se téléphone vite.

— Bon voyage, Fil. Et bonne chance.

Le temps de nous faire une dernière bise et nous nous en allons, chacun de son côté. Avant de quitter la place, nous nous retournons pour nous faire un signe de la main. Cette fois ça y est, nos routes se séparent.

Sur le chemin du retour, je suis prise d'un énorme coup de cafard. Pourquoi Filippo doit-il s'en aller maintenant, juste au moment où nous venons de nous retrouver, juste au moment où nous commençons à comprendre tant de choses sur nous deux ? Tout ça est tellement injuste. Et dire qu'il m'a fallu deux mois pour mesurer à quel point il comptait pour moi. Mais comment ai-je pu être aussi bête !

Voilà plus d'un an que je suis seule, sans aucun homme dans ma vie. Et pourtant, je ne l'ai jamais vraiment vécu comme un poids. Je me suis découverte plus autonome et plus indépendante que je ne le pensais. Là-dessus, Filippo est arrivé. Jamais je ne me suis sentie aussi proche de quelqu'un. Pour la première fois après tant d'années, j'ai sérieusement douté de ma vocation de célibataire.

L'instant d'après, l'image de Valerio, mon dernier copain, vient hanter mon esprit. Mon histoire d'amour avec lui avait commencé dans l'insouciance des années de fac pour finir aux balbutiements de la vie adulte. En y repensant, je me demande si c'était vraiment lui que j'aimais ou seulement la stabilité artificielle de notre relation. Une fois mon diplôme en poche, j'ai commencé à détester la précarité de mon travail. J'étais pleine de doutes sur mon futur, une éternelle insatisfaite ; à l'époque, Valerio a représenté l'un de mes rares points de repère. Il était pourtant plus fragile que moi, mais j'avais tellement besoin d'y croire que je ne m'en rendais même pas compte. Je refusais de comprendre que nos deux faiblesses ne faisaient pas une force. Notre rupture a été douloureuse, mais avec le recul je pense avoir fait ce qui était le mieux pour nous deux. À mes yeux, Valerio représentait un moyen d'échapper à la réalité. Le problème, hélas, c'est qu'on prend souvent ça pour de l'amour. Rompre avec lui, j'en suis certaine aujourd'hui, a marqué mon entrée dans le monde des adultes. Et je suis fière d'en avoir pris la décision toute seule.

Me voilà rentrée. Il faut que j'arrête de penser au

passé. Tout cela est derrière moi ; il serait sérieusement temps pour moi de m'ouvrir aux promesses de l'avenir. Si seulement j'avais pu passer plus de temps avec Filippo, peut-être que notre amitié (j'avoue tout de même avoir du mal à la définir en ces termes à l'heure actuelle) se serait transformée en quelque chose d'autre. Qui sait, tout n'est peut-être pas perdu. Peut-être que nous nous retrouverons quand même, d'une manière ou d'une autre. Une chose est sûre : nos sorties, nos débats cinématographiques, nos dîners improvisés, nos fous rires vont me manquer. Tout ce qu'il représente pour moi va me manquer. Inutile de le nier.

Après dîner, j'enfile un jogging avant de m'affaler sur le canapé pour regarder un peu la télé. Alors que je somnole devant un documentaire sur les animaux de la savane, quelqu'un sonne à la porte. Je regarde la pendule : il est près de minuit, qui peut venir à cette heure-là ? Pas très rassurée, je regarde par l'œilleton. Face à moi, une tête blonde. Et, un peu plus bas, les yeux verts de Filippo.

— Hé, coucou ! je lui lance en ouvrant la porte, un peu désorientée.

— Comme je passais dans le secteur, je voulais savoir si tu étais encore debout, me dit-il avec un petit sourire en coin.

— Oui, je regardais la télé.

Je m'écarte pour le laisser entrer avant de le suivre dans le salon. Il n'est pas dans son état normal : il est tendu, empoté. Je lui indique le canapé et m'assois à côté de lui. Il est d'une pâleur quasi cadavérique, il m'inquiète.

— Quelque chose ne va pas ? je lui demande d'un ton circonspect.

— Non, c'est juste que je voulais parler un peu avec toi avant de…

— Fil, rassure-moi, tu n'as pas envie de renoncer ? Tu ne veux plus partir…

— Non, ce n'est pas ça…

— Alors c'est quoi ?

— C'est toi, Elena.

C'est moi. Bien, maintenant tout est clair : Filippo a décidé de se déclarer et il a attendu d'avoir un avion à prendre dans quelques heures pour le faire. Parfait. De mon côté, je ne me suis absolument pas préparée à ça, je porte les pires vêtements de ma garde-robe et je ne me suis même pas lavé les dents.

— Je ne voulais pas partir sans que tu saches combien je tiens à toi, continue-t-il.

— Écoute, je sais à quel point je compte pour toi.

Comme je ne trouve rien de mieux à dire, j'essaie de détendre l'atmosphère en lui ébouriffant les cheveux. J'en espère presque qu'il s'arrête là, qu'il n'ait rien d'autre à m'avouer.

— Non, tu ne le sais pas.

Il attrape ma main pour l'embrasser intensément. La chaleur de son baiser se propage à travers tout mon bras et m'arrive droit au cœur. Puis, sans mot dire, il s'approche de mon visage et me dépose un baiser sur les lèvres, léger, timide, comme s'il demandait la permission.

Au lieu de me reculer, je m'approche moi aussi. Tu l'as ma permission, Fil. Ses lèvres s'enhardissent, sa langue cherche doucement la mienne. Ses mains, si délicates, me maintiennent la tête, emprisonnant mes pensées dans le faible espace qui nous sépare. Je ferme les yeux, je retiens mon souffle. Ça y est, nous nous embrassons vraiment. Filippo détache ses lèvres des miennes et me regarde droit dans les yeux.

— J'ai rêvé mille fois de le faire, Bibi. Mais je ne savais pas si tu en avais envie toi aussi.

— Je n'attendais que ça.

Nous nous embrassons encore et encore, sans pouvoir nous arrêter, sans trouver le courage de dire ne serait-ce qu'un mot. Puis, doucement, Filippo me fait m'allonger sur le canapé avant de se placer à côté de moi. Tout en mangeant mes lèvres, il glisse une main sous mon sweat et m'effleure un sein du bout des doigts. Le contact de ses doigts me fait frémir. Il me regarde intensément, comme s'il n'y croyait pas. J'ai moi aussi du mal à croire qu'après tant d'hésitations et d'occasions manquées nous en soyons là, le cœur serré d'émotion, avec une nuit devant nous pour rattraper le temps perdu.

— Je t'ai toujours désirée. Depuis le premier instant, me chuchote-t-il à l'oreille.

Ses baisers se font de plus en plus pressants. De sa main il caresse ma peau puis mes seins, en s'arrêtant un instant sur le petit grain de beauté en forme de cœur que j'ai du côté gauche. M'entourant de ses jambes, Filippo m'enlève mon sweat et mon tee-shirt d'un seul coup. Me retrouver seins nus face à lui me met un peu mal à l'aise : du coin de l'œil, je cherche à éteindre l'interrupteur de la lampe.

Je vois maintenant sa silhouette se pencher lentement vers moi. Sa bouche glisse sur ma peau et trouve mes tétons déjà dressés. Il les suce lentement, comme s'ils étaient en sucre. C'est si bon… Je me sens fondre sous ses caresses. Tout en lui passant les doigts dans les cheveux, je m'abandonne à ce moment de douceur.

Il trouve la fermeture Éclair de mon jean et l'ouvre. Je contracte les muscles de mon ventre tandis que sa main glisse sous ma culotte. Il descend et se met à me caresser le clitoris tout en continuant de me mordiller les seins. C'est une sensation délicieuse, que j'avais presque oubliée. Il s'arrête une seconde, le temps de m'enlever mon jean, ainsi que ma culotte. Je lui enlève à mon tour son tee-shirt tandis qu'il se débarrasse de mon jean. Nous voilà entièrement nus. Dans la faible obscurité de la pièce, je devine son torse athlétique et bien dessiné. Son sexe tendu est pointé vers moi. Je vais coucher avec Filippo, ça va se passer ici, chez moi. J'ai beau me le répéter, j'ai encore du mal à m'imaginer que ce soit vrai. Nos corps vont plus vite que nos pensées.

Filippo, entre-temps, s'est remis à caresser mon clitoris. Ses doigts passent entre mes lèvres, de bas en haut. Surprise, j'ai comme un mouvement de recul.

— Tout va bien ? me demande Filippo.

— Oui, rassure-toi.

Cela fait près d'un an que je n'ai pas fait l'amour et, pour tout dire, ses gestes m'excitent beaucoup. Filippo attend que je sois prête avant de s'allonger sur moi. Je tremble un peu. Son sexe à la main, il me pénètre lentement, sans me brusquer. Lorsqu'il est complètement entré en moi, il expire profondément et commence à aller et venir à un rythme régulier.

Je l'accompagne par des mouvements du bassin tout en l'embrassant, mes bras autour de son cou. Je me laisse bercer par ses gestes, je m'y abandonne. Je ne me souvenais plus que cela puisse procurer un plaisir aussi violent, aussi entier.

La rencontre de nos sexes nous donne des frissons, de plus en plus forts. Tout d'un coup Filippo s'enfonce un peu plus profondément en moi : je m'agrippe à lui violemment avant de pousser un long gémissement. Et voilà qu'un orgasme liquide et brûlant se propage en moi, faisant palpiter mon corps tout entier. Tandis que je tremble entre ses bras, je perds entièrement le contrôle. J'en oublie le fil du temps, j'en oublie jusqu'à l'endroit où je suis. Et c'est Filippo qui m'offre tout ça ? Étrange. Mais je suis heureuse. Comme je ne l'avais plus été depuis longtemps.

Penché vers moi, Filippo m'embrasse tout en continuant d'aller et venir en moi. Il veut jouir à son tour ; ça y est, il vient. Je sens son sexe vibrer en moi tandis qu'il s'écroule sur mon corps en poussant un cri presque libérateur.

Nos lèvres se mêlent et nous nous serrons fort l'un contre l'autre, muets d'étonnement. À quoi bon parler après *ça* ? Nous avons fait l'amour, et c'était merveilleux. Aucun de nous deux n'a envie de se demander ce qui se passera demain. Pas maintenant.

— Elena, me dit Filippo en prenant mon visage entre ses mains. Je veux dormir avec toi cette nuit.

— Reste.

Nous nous levons du canapé en nous tenant par la main. Les jambes encore flageolantes, je le conduis jusqu'à mon lit. Nous nous glissons sous les couvertures. Le sommeil nous surprend serrés l'un contre l'autre.

J'ouvre les yeux. La chambre baigne dans une lumière bleutée. Les persiennes sont restées ouvertes hier soir et ont laissé filtrer les premières lueurs de l'aube. Je me tourne vers Filippo mais il est déjà debout. Il se rhabille, l'air souriant.

— Rendors-toi, il est encore tôt. Je dois rentrer faire mes bagages.

Je décide quand même de m'asseoir, dos à la tête de lit. Nous nous regardons, conscients qu'il va être encore plus difficile de se dire au revoir, maintenant. Il s'assoit tout près de moi et remet en place mes cheveux qui ne doivent pas ressembler à grand-chose. Oh mon Dieu, je refuse qu'il parte avec l'image de la tête de cauchemar que j'ai au réveil !

— Pourquoi cet air tristounet, Bibi ?

— Tu n'as pas peur que nous ayons tout compliqué, Fil ? Peut-être que nous avons fait le bon choix mais au mauvais moment.

— Peut-être que oui, mais je n'ai aucun regret. J'avais envie de toi. Et j'ai encore envie de toi.

— Et maintenant, on fait quoi ?

— Il ne faut pas nous forcer à prendre une décision. Il faut laisser le temps au temps. Bibi, nous ne sommes pas en train de nous dire adieu, ne crois surtout pas ça...

— Non, bien sûr...

Je ne suis pourtant sûre de rien.

— C'est juste que prendre ce genre de décisions m'angoisse, tu le sais.

— Je sais, mais rien ne presse. Quand nous nous retrouverons, nous repartirons de là où nous en sommes aujourd'hui.

— Donc tu préfères attendre que la situation évolue ?

— Oui, tant que je vis à Rome et toi à Venise.

— Ça me semble la meilleure des décisions, Fil.

— C'est le seul moyen de ne pas devenir dingues, Bibi.

Le temps d'une étreinte, nous nous embrassons pour la dernière fois. Filippo se lève, je voudrais en faire autant, mais il m'arrête d'un geste avant de réajuster le couvre-lit sur moi.

— Non, reste ici, bien au chaud.

Un dernier baiser sur le front et il franchit la porte de la chambre. Je m'allonge à nouveau avant de m'enfouir sous les draps. J'aimerais m'endormir et me mettre le cerveau en veilleuse : peine perdue. Tout se bouscule dans ma tête.

Cette nuit passée avec Filippo a été à la fois tendre et palpitante. Je me demande si je pourrais vraiment tomber amoureuse de lui. Il y a toujours eu quelque chose de magique dans notre relation… Mais cela va-t-il suffire ? Je dois bien me mettre ça dans la tête : je ne peux pas me payer le luxe d'une erreur et faire machine arrière, pas avec Filippo. Je dois garder la tête froide. Suis-je en train de remplacer l'amitié par quelque chose de plus profond, oui ou non ? La distance nous pèsera, évidemment, mais cette épreuve va sans doute nous permettre de comprendre la véritable nature de nos sentiments.

Je me tourne et me retourne dans le lit comme une folle, en me faisant tout un tas de films. Une nuit de sexe et je suis déjà devenue parano ? Ridicule. De guerre lasse, je décide de me lever pour me faire un thé.

Un morceau de papier est coincé sous la corbeille à fruits de la cuisine. C'est un dessin, un portrait de femme au crayon à papier. C'est moi. Je retourne la feuille : il y a un mot, rédigé d'une écriture régulière et soignée.

Tu es tellement belle…
Tu dormais si bien, cette nuit…

Juste en dessous, une signature : Filippo.

Je me laisse tomber sur une chaise, les bras le long du corps. Je penche la tête en arrière et pousse un long soupir. Ça n'est pas du jeu, Fil. Comment puis-je garder les idées claires si tu m'écris des choses pareilles ?

5

Voilà trois jours que Filippo est parti. Il m'a téléphoné dès son arrivée à Rome et nous nous sommes parlé sur Skype avant-hier.

— Bibi, je ne veux pas te perdre. Pas maintenant, m'a-t-il dit avant de raccrocher.

Essayer de nous appeler souvent, même si nous avons du mal à tromper l'absence par des mails et des coups de fil : voilà la promesse que nous nous sommes faite.

Je ne dors pas bien depuis trois nuits. Si je réussis à me concentrer sur mon travail la journée, à l'heure du coucher je suis assaillie de doutes et de questions. Parfois j'ai même la sensation de sentir l'odeur de Filippo, celle de cette unique nuit que nous avons passée ensemble. Qu'est-ce que nous allons devenir ? Peut-il y avoir un lendemain (j'ai le droit de l'espérer), après des mois de solitude volontaire, ou s'agissait-il d'une histoire d'une nuit – une nuit où nous nous sommes laissé emporter par l'émotion du départ ? Qu'éprouvons-nous réellement l'un pour l'autre ? Mais surtout : qu'est-ce que je ressens, moi ?

Comme si cela ne suffisait pas, les deux chattes de madame Clelia, ma voisine, m'ont définitivement empêchée de fermer l'œil la nuit dernière. Vu qu'elles sont enfermées toute l'année dans un deux-pièces de trente mètres carrés, les pauvres minettes ne tiennent plus en place quand vient la saison des amours. Du coup, leur maîtresse les lâche en pleine rue, où elles poussent des miaulements déchirants. De quoi mettre à rude épreuve mes nerfs et mon amour pour les animaux.

Quatre heures du matin. À bout de forces, je me mets à la fenêtre pour assister, en spectatrice résignée, au show nocturne qui se joue sur la place. Sous mes yeux bouffis de sommeil (une splendeur), cinq ou six chats errants se disputent avec acharnement le droit de s'accoupler avec les chattes de ma voisine.

C'est un méli-mélo d'échines dressées, de feulements, de poils hérissés puis de griffes, de crocs et de miaulements aigus. Soudain, les chattes ont décidé de prendre leur plaisir, encore que je n'aie pas bien saisi avec qui, dans cette orgie animale. Ce matin la mère Clelia les cherchera comme une folle dans tout le quartier… elle les retrouvera dans deux semaines, maigres comme des clous, griffées de partout, mais heureuses. Les veinardes !

La sonnerie de mon iPhone me ramène brusquement à la réalité. Je repose mon pinceau sur la bâche et me dépêche de jeter un œil sans même enlever mes gants : j'ai déjà une idée de qui ça peut être. Gagné ! C'est Filippo, il vient de m'envoyer un MMS. Je télécharge *illico* la photo : il s'est pris en gros plan, les yeux encore un peu gonflés de sommeil, mais le visage éclairé d'un sourire radieux. Derrière lui, on aperçoit un bâtiment ultra-moderne, ou plus exactement un chantier.

Hello Bibi. Je suis déjà sur le terrain. Et toi ?
Tu me manques.

Je regarde la photo avec un brin de nostalgie. Il me manque lui aussi.

L'idée d'aller le rejoindre me démange de plus en plus. Franchement, l'imaginer faire de nouvelles rencontres là-bas me rend jalouse. Le moment est peut-être venu pour moi de montrer à Filippo ce que je veux vraiment.

Je lui réponds :

Moi comme d'hab : clouée à ma fresque, mais ça se présente bien…
Tu me manques toi aussi. Je t'embrasse.

Je prends ensuite une photo de moi avec un bout de la fresque en arrière-plan et je la joins à mon message. Malgré mes nuits blanches et mes angoisses, la restauration avance bien. Un peu parce que j'ai gagné en confiance avec le temps, un peu parce que l'expérience de Leonardo a marché (oui, elle a marché, je dois lui rendre cette justice), un peu parce qu'à force d'essayer on finit tôt ou tard par y arriver… Bref, cela tient presque du miracle mais j'ai enfin trouvé la nuance exacte pour la grenade.

— Ça glandouille, par ici…

Une voix familière résonne tout à coup derrière moi. Je me retourne : Gaia se tient sur le pas de la porte, son sac de créateur à l'épaule, parfaitement à l'aise sur ses échasses.

Je n'en reviens pas ! J'ai beau l'avoir avertie, menacée, même, elle a décidé de revenir à la charge. Après lui avoir raconté l'épilogue humiliant de notre coup d'éclat, je lui avais pourtant dit de ne plus jamais se montrer dans le secteur. Mais non : la revoilà avec son petit air effronté. Elle n'a peur de rien, et ça se lit sur son visage.

Je pointe sur elle mon pinceau couvert de peinture en grondant un solennel « *Vade retro, Satanas* » avant de m'exclamer :

— Mais comment as-tu fait pour entrer ? Le portail n'était pas fermé ?

— J'ai corrompu le gardien à l'entrée, me lance-t-elle avec un clin d'œil.

Incroyable, même ce brave Franco s'est laissé avoir par ses minauderies !

— Sors d'ici tout de suite ! Je travaille, j'ai mille choses à faire et je n'ai pas besoin que tu foutes le bordel, lui dis-je d'une traite en agitant mon pinceau en direction de son chemisier en soie.

Gaia lève les mains et dégaine ce sourire avec lequel elle pense pouvoir conquérir le monde.

— C'est bon, Elé... Toutes ces histoires pour un collyre ?

— Pour du collyre ? ! Parle plutôt des conneries que tu m'as fait faire...

Oh non ! Le temps de reposer mon pinceau, je réalise que je viens de la laisser gagner. Justement, la voilà qui s'approche pour m'amadouer.

— Allez... il n'y a pas mort d'homme.

Tandis que je nettoie consciencieusement deux, trois outils pour me donner l'allure d'une pro, Gaia se penche pour chercher mon regard. Ça l'amuse que je sois énervée.

— Dis donc, si Leonardo ne s'est pas mis en rogne, ça veut dire que nos petites *attentions* doivent le flatter, quelque part.

Je fais semblant de réfléchir en posant un doigt sur ma tempe :

— Ou alors, il se dit que ce n'est pas la peine de s'acharner sur deux pauvres minables comme nous.

— Ne sous-estime jamais le narcissisme d'un mec, réplique Gaia en se donnant un air sérieux. Tout le monde aime être dragué.

— Tu sors ça du manuel du parfait petit pervers ?

Juste à ce moment-là, Leonardo apparaît dans la pièce, tombé du ciel comme un dieu de tragédie grecque, à la différence près qu'il porte un jean troué et un blouson en cuir noir. Je vois les yeux de Gaia s'illuminer, tandis que mes joues s'enflamment.

— Bonjour, nous salue-t-il cordialement.

Il a l'air de ne pas avoir remarqué notre émotion et nos réactions inquiétantes.

— Bonjour, répondons-nous en chœur.

Leonardo jette un coup d'œil à la fresque et m'adresse un sourire complice.

— On dirait une vraie grenade…

— Eh oui, fais-je dans un mouvement de tête. À force d'essayer et de réessayer…

Je reste volontairement dans le vague. Surtout, éviter toute allusion à notre « expérience »… Je tiens à échapper à la curiosité de Gaia. Je me mets à racler frénétiquement le fond d'un bol en priant pour avoir l'air très occupée.

— Tu passes souvent voir Elena ? demande Leonardo à Gaia.

— En fait je passais dans le quartier…

« C'est toi qu'elle passe souvent voir », me dis-je en faisant mine de ne pas les écouter.

Même si je me tiens à l'écart, Leonardo et Gaia n'ont aucun mal à engager la conversation. Lui a l'air ravi de sa présence. Sans doute a-t-il compris qu'elle avait des vues sur lui. Gaia a peut-être raison : le monde est rempli de bellâtres égocentriques qui rêvent d'être mis sur un piédestal.

Mais le voilà qui se tourne tout à coup vers moi :

— Oh, j'oubliais, fait-il en se passant une main dans les cheveux. Vous êtes toutes les deux invitées à la soirée d'inauguration du restaurant.

Arrachée à ma bulle, j'attends une fraction de seconde avant de me mêler à leur conversation :

— Ah oui, quand ? demande Gaia, trépignant d'impatience sous ses airs faussement détachés.

— Dans une semaine tout juste. Mercredi prochain.

Il ne manquait plus que ça, évidemment. J'ouvre la bouche pour dire : « Mercredi prochain ? C'est dommage, nous avons déjà quelque chose de prévu… » mais Gaia ne m'en donne pas le temps :

— Merci, ce sera avec joie ! Pas vrai, Elena ?

Sans même un regard dans ma direction, Gaia se dépêche de sortir son BlackBerry de son sac :

— Ce que je vais faire, c'est le marquer tout de suite dans mon agenda.

Tout en faisant voler ses doigts sur les touches,

elle en profite pour lui demander son numéro de téléphone.

— Au cas où il y aurait un empêchement de dernière minute..., explique-t-elle avec un petit sourire aux lèvres.

Quel coup de maître.

La voir en action est un spectacle si fascinant que mon énervement retombe d'un coup. Gaia est mon indépassable modèle en techniques de drague. Juste devant les chattes de la mère Clelia.

Comme s'il avait deviné mon étonnement, Leonardo me décoche un regard d'encouragement :

— Que les choses soient claires : je vous attends toutes les deux.

Je fais oui de la tête sans trop y croire. Il me fixe intensément.

— J'ai vu que ton travail te passionne, Elena. C'est la même chose pour moi. J'aimerais te montrer ce que je fais moi aussi.

Hum... cela a l'air de lui tenir à cœur, mais je ne sais que penser. Prise de court, j'essaie de jouer celle qui hésite.

— Je ne sais pas... C'est juste que j'ai tellement à faire en ce moment...

Leonardo se tourne vers Gaia, mais c'est moi qu'il continue de regarder :

— Je compte sur toi Gaia. Fais tout ton possible pour l'amener là-bas. À mercredi, les filles.

Et là-dessus, il s'en va. Je regarde Gaia : ses yeux brillent d'enthousiasme alors que je me sens confuse et troublée. Le temps que ma colère revienne, je lui demande en grognant :

— Pourquoi est-ce que tu lui as dit oui ?

— Parce qu'il n'y avait aucune raison de lui dire non.

Réponse claire et nette, comme elle seule sait en donner.

— Eh bien mets-toi bien ça dans la tête : ce sera sans moi, lui dis-je les bras croisés. Je ne vais pas me faire inviter à dîner après être passée pour la dernière des connes l'autre jour.

— Encore cette histoire ? s'exclame Gaia d'un air excédé. C'est bon, Elé, je suis sûre que Leonardo ne s'en souvient même plus. Autant passer une bonne soirée. On va manger divinement et peut-être rencontrer des gens intéressants...

— Tu peux te jeter à mes pieds et me supplier dans toutes les langues, ce sera non.

— Très bien, eh bien si tu ne viens pas, je ne viens pas moi non plus.

— Oh non, mon pauvre cœur ne s'en remettra jamais !

— Tu serais prête à me faire louper une occasion pareille ? Meilleure amie, tu parles ! Moi, je l'aurais fait pour toi...

— Ah non, pas de chantage affectif, s'il te plaît !

Gaia jette un coup d'œil à sa montre Swarovski.

— Écoute, je dois y aller, là... De ton côté, réfléchis, et on en reparle.

Par quel mystère mon « non, hors de question » finit-il par se transformer en « peut-être oui » ?

— O.K., à condition que tu te tiennes tranquille.

Je me montre aussi laconique que possible. Fin de la discussion.

— Tu as bien dit *O.K.* ? J'ai bien entendu ? Oui, oui, tu as dit *O.K.* ! s'exclame Gaia en me pointant de son index orné de vernis rouge.

— Non, je voulais dire…

— Ah tu l'as dit, me coupe-t-elle sans me laisser le temps de répondre. Tu m'as promis, c'est fini. Je t'appelle !

Le temps de me lancer un baiser, elle se sauve presque en volant sur le carrelage, juchée sur ses talons zébrés.

C'est officiel : je la déteste.

6

— Le rouge te met plus en valeur, s'exclame Gaia en me poussant devant le miroir du séjour. Regarde-toi, tu es superbe !

Dressée sur la pointe des pieds, je fais un demi-tour sur moi-même, mais le reflet que me renvoie la glace me fait froncer les sourcils. Je ne suis pas convaincue. Ce soir aura lieu l'inauguration tant attendue – au moins par Gaia – du restaurant de Brandolini. Et je n'en finis plus de parcourir mon appartement de long en large, en petite culotte, à la recherche d'une tenue acceptable. C'est loin d'être gagné. J'ai Gaia sur le dos depuis deux heures, et elle m'épuise. Craignant de me voir changer d'avis au dernier moment, elle a déboulé chez moi, maquillée et habillée de pied en cap, traînant derrière elle une valise à roulettes et deux sacoches géantes bourrées de vêtements et d'accessoires. Elle n'a plus qu'une seule idée en tête : m'imposer le look qu'*elle* a choisi pour moi.

— C'est trop court, Gaia. J'ai l'impression d'être toute nue… et puis ce rouge est vraiment tape-à-l'œil.

Je soupire tout en désignant mes cuisses. Désemparée, Gaia en lève les yeux au plafond :

— Tu es irrécupérable. Tu ne comprends vraiment rien à la mode…

— Allez, repasse-moi la robe Gucci noire, lui dis-je en me préparant à un énième choc frontal avec le miroir.

D'un pas de félin, Gaia part la chercher dans l'autre pièce, juchée sur ses sandales turquoises parfaitement assorties à sa robe microscopique :

— Tiens, lance-t-elle, excédée, en me la jetant au visage. Fais comme tu veux. Si tu tiens à passer inaperçue…

Tandis qu'elle retouche son maquillage dans la salle de bains, j'enfile rapidement ma robe noire, loin du miroir – autant m'épargner un nouveau tête-à-tête avec le reflet de mon corps pâlichon et ramolli. Un coup d'œil de loin, pour une vue d'ensemble, un autre de près, à hauteur de poitrine et un tour complet sur moi-même : c'est la bonne, on y est. C'est celle que je préfère, encore que rien ne m'ira jamais vraiment à la perfection.

— C'est un peu trop décolleté, quand même !

Je proteste suffisamment fort pour que Gaia m'entende, tout en réajustant le bustier.

— Absolument pas, réplique-t-elle en passant le bout de son nez par la porte de la salle de bains. Elle te va très bien. La Prada rouge était mieux mais celle-là, elle déchire aussi.

Les mains sur les hanches, j'essaie de rentrer le ventre. Mon régime pizzas-surgelés n'est pas idéal pour la ligne, soyons honnête.

— Je serais curieuse de savoir où tu les as dénichées. Elles doivent coûter une fortune.

— C'est simple, je les ai louées sur Internet, m'explique-t-elle avec un clin d'œil.

Jetant un dernier regard à ce miroir assassin, j'applique la méthode Coué : cette robe me va bien, je suis mignonne… allez, présentable, disons.

— Et le soutien-gorge ? Il m'en faudrait un sans bretelles.

Je regarde Gaia avec l'espoir qu'elle me vienne en aide.

— Tu me prends pour qui, dis donc ? Une amatrice ?

Joignant le geste à la parole, Gaia sort d'une de ses sacoches un push-up bustier en dentelle noire et me l'agite sous le nez.

Une fois que je l'ai enfilé, mes seins gagnent une taille comme par magie. Je me regarde dans le miroir, l'air dubitatif : est-ce que ce n'est pas un peu vulgaire, toute cette dentelle en évidence ?

— Tiens, fait Gaia en me posant une étole en soie blanche sur les épaules. Mais ne te couvre pas tout, juste un peu.

Je souris. Si elle comprend ses clients aussi bien qu'elle me comprend moi, c'est la coach shopping la plus diabolique du monde.

— Et maintenant, passons aux chaussures, poursuit-elle en fouillant dans une sacoche.

J'en ai déjà mal aux pieds.

— Des Cesare Paciotti en satin noir, talons de 12, proclame-t-elle solennellement. Et on ne discute pas.

Voir ces deux pièges à loup en forme de sandales me fait éclater de rire :

— Super, j'espère que tu as prévu le déambulateur qui va avec !

— C'est bon, Elé, ça ne va pas te tuer !

— D'accord, dis-je en poussant un long soupir, mais je les mettrai au dernier moment. Si je peux m'épargner de souffrir le martyre.

— Comme tu veux, mais tu n'auras pas le temps de t'y habituer, tant pis pour toi !

Là-dessus, elle extirpe de sa valise à roulettes tout un arsenal d'artiste maquilleur. Ça fait peur.

— On enchaîne avec le maquillage et la coiffure, ma chérie, m'annonce-t-elle avec un sourire triomphant.

Je lui jette un regard méfiant :

— Vas-y doucement quand même…

Je ne me maquille pas beaucoup en règle générale, peut-être parce que je n'ai jamais vraiment appris à le faire. J'ai toujours eu la sensation de faire n'importe quoi les rares fois où je m'y suis essayée. Et pourtant les règles de base sont les mêmes que celles de la restauration. Il faut d'abord bien nettoyer la surface, puis lisser le fond pour appliquer la couleur et lui donner tout son éclat. C'est juste que le faire sur un mur peint est une chose, et sur mon visage une autre.

Après m'avoir passé un peu de correcteur anticernes, Gaia saisit un fond de teint longue tenue qu'elle m'applique par petites touches avec une minuscule éponge. Je lui fais confiance. Elle en connaît assez sur la question pour faire du bon travail.

Elle m'attrape le menton pour étudier mon visage.

— Tu as une pince à recourber les cils ? demande-t-elle.

— À ton avis ?

— Ça va, je ne t'ai pas demandé si tu avais un vibro !

— C'est toi la spécialiste...

— Moi, j'ai les deux, s'exclame-t-elle fièrement en me mettant du blush sur les joues. Tes cheveux, tu les veux comment ?

— Tirés sur le côté et c'est bon.

Je ne tiens pas à me faire torturer à coups de pinces et d'épingles, d'autant que c'est le mal de tête assuré.

— Mmmh... je vais peut-être essayer de te faire une vague pour adoucir ton carré. Tu dois avoir l'air d'une vraie star ce soir.

Bon. Je suis fichue.

Après deux heures et demie de préparatifs, nous sommes enfin prêtes. Gaia est descendue fumer une cigarette. J'enfile un manteau léger avant d'attraper le châle en soie et une pochette argentée. Mes chaussures coincées sous le bras, j'éteins les lumières, ferme la porte et je descends l'escalier pieds nus.

Dès qu'elle me voit franchir le portail, Gaia écrase son mégot. J'attache mes pièges à loup et nous y allons. Que Dieu me vienne en aide !

Il est vingt et une heures trente quand nous arrivons place San Polo. Il y a foule devant l'entrée du restaurant, déjà bondé. Visiblement, seuls les invités ont pu entrer. À en croire Gaia, c'est l'assurance de ne croiser que des gens triés sur le volet, donc un bon signe. N'étant pas experte en mondanités, je n'ai aucune opinion sur la question. Moi, je n'ai qu'un objectif ce soir : ne pas trébucher et m'étaler lamentablement sur quelqu'un.

Arrivées devant l'entrée, creusée sous une voûte, nous montrons nos invitations au videur en costume croisé noir. On dirait un agent des services secrets, boule à zéro et branché sur oreillette. Un bref coup d'œil à nos cartons, et il détache le cordon rouge qui bloque le passage.

— Je vous en prie, dit-il en s'écartant.

— Merci, répondons-nous en chœur.

Gaia me fait un clin d'œil, déjà tout excitée : la voilà dans son élément.

Une fois passé l'entrée, nous arpentons le tapis rouge déroulé dans la cour intérieure qu'illuminent des flambeaux et des lumières. Le flash d'un photographe manque de me rendre aveugle. Juste au moment où j'arrangeais maladroitement ma chevelure de *star*. Par pitié mon Dieu, faites que je ne sois pas dans le cadre ! Je maudis Gaia de m'avoir fait des vagues, et encore plus de les avoir aspergées de laque. C'est à peine si je peux décoller mes doigts !

Deux top models moulées dans leur impeccable robe fourreau noire trouvent nos noms dans la liste des invités, avant de nous souhaiter une agréable soirée.

À l'intérieur l'atmosphère est chaude et feutrée. La décoration est celle d'une maison de l'aristocratie vénitienne, avec des détails arabisants. Le restaurant occupe deux étages ; le rez-de-chaussée est entouré de baies vitrées donnant sur un jardin intérieur. Nous sommes accueillies par une musique douce, jamais envahissante.

Un bataillon de serveurs slalome parmi les invités en portant des plateaux remplis de coupes de champagne. J'en prends une histoire d'y tremper légèrement les lèvres avant de la passer à Gaia, qui a déjà avalé la sienne.

La découverte du jardin nous laisse sans voix. C'est une fête pour les yeux, tant les allées et venues de la foule au milieu des flambeaux et des lampions créent une ambiance magique. J'étudie les convives installés à leurs tables : c'est une explosion de tissus vaporeux, de soie, de dentelle et de taffetas. Seuls les flashs des photographes menacent de rompre le charme. Il y a même une petite équipe de télévision : micro à la main, une journaliste se fraie un chemin dans la foule, suivie de son cameraman, pour recueillir quelques commentaires enthousiastes sur la soirée. Elle vient même vers moi, en précisant que ce reportage sera diffusé sur une grande chaîne, mais je lui fais comprendre que cela ne m'intéresse pas. La seule idée de me retrouver face à une caméra me fait virer au rouge écarlate.

Gaia, elle, est survoltée. Elle salue des personnes qui me sont inconnues, distribuant de grands sourires charmeurs à droite et à gauche.

— Tu les connais, tous ces gens-là ? je lui demande.

— Un peu. Quelques-uns de vue seulement, mais c'est toujours bien de se montrer.

Secouant la tête d'un air désemparé, elle me jette

un regard synonyme de : « Il faut vraiment tout t'apprendre. »

Effectivement, Gaia aurait beaucoup à m'apprendre, si tant est que je veuille enrichir mon carnet d'adresses. Je regarde un peu autour de moi pour faire le point. Au fond, qu'est-ce que j'ai à faire avec ces gens ? Je ne me sens pas à ma place, et le mot est faible. Tout près de moi, deux hommes me regardent en souriant. Qu'est-ce qu'ils ont, à ricaner comme ça ? Je dois être complètement décoiffée ou avoir du dentifrice sur les lèvres… Je me cache derrière un serveur en faisant mine de ne pas les voir. Soudain, je me rappelle que je n'ai pas grand-chose sur le dos. Le temps que je remette mon châle en soie sur les épaules, Gaia s'est volatilisée.

Alors que je retourne à l'intérieur pour la retrouver, j'aperçois de loin Jacopo Brandolini. Enfin un visage familier. Je n'ai jamais été aussi heureuse de le voir. Bien qu'il soit en grande conversation avec un petit groupe de personnes, il m'a reconnue. Nous nous saluons d'un signe de la main.

Je m'apprête à le rejoindre quand soudain retentit un tonnerre d'applaudissements. Les personnes qui étaient encore dans le jardin se dépêchent alors de rentrer et se dirigent vers une estrade installée au centre de la salle. Un homme élégamment vêtu d'un smoking est en train d'annoncer la démonstration qui va suivre :

— Mesdames et messieurs, j'ai l'honneur de vous présenter un homme qui a fait de la cuisine un art à part entière, un spectacle pour les yeux comme pour les papilles : le chef Leonardo Ferrante !

On baisse les lumières. L'excitation rend l'atmosphère électrique. Tandis que le son d'un violon s'élève dans la pièce, on allume des projecteurs bleutés en direction d'une mezzanine où apparaît une sublime violoniste en robe rouge. De ses mains fines et longues, enveloppées dans des gants en dentelle noire, elle saisit un violon électrique en verre transparent qui s'illumine d'une lumière bleue au contact de l'archet. Je reconnais cette robe, et la femme qui la porte. Ce n'est peut-être que le fruit de mon imagination, mais il me semble que c'est celle que j'ai récemment vue sortir du palais au bras de Leonardo. La diva du bateau. C'est elle, j'en suis sûre.

— Elé, tu as vu ? (Gaia a réapparu à côté de moi comme par enchantement.) La fille qui joue, là, c'est quelqu'un de connu.

— Ah oui ?

— C'est Arina Novikov, la violoniste russe. Elle a donné un concert aux Arènes de Vérone la semaine dernière.

— Eh bien c'est la fille qui a passé la nuit avec Leonardo, lui dis-je en savourant à l'avance sa surprise.

— Hein ?

— La fille du bateau.

— Sérieux ?

— Oui, oui, je t'assure.

— J'y crois pas !

La nouvelle a l'air d'amuser Gaia. Le fait de devoir être en concurrence avec ce genre de déesses ne l'angoisse pas le moins du monde. Au contraire, ça l'excite. C'est décidément une compétitrice-née.

La violoniste attaque maintenant le thème reconnaissable entre tous de l'*Hiver* des *Quatre Saisons* de Vivaldi. C'est tout simplement poignant. Contrairement à Gaia, je ne peux pas m'empêcher de penser qu'elle est cent fois plus belle et plus talentueuse que moi.

Mais voilà que le public tourne les yeux vers le centre de la salle. Leonardo vient de faire son apparition. Tous les regards sont braqués sur lui. Il gagne l'estrade sous des applaudissements nourris. Il porte une veste noire à col mao, ornée de liserés et de boutons blancs. Avec le bandeau de soie blanche qui retient ses cheveux fous, il ressemble à un guerrier oriental. Sa présence a quelque chose de magnétique.

Il est éclairé par un projecteur jaune installé dans son dos tandis que deux feux de Bengale se mettent à crépiter de part et d'autre de la scène. La démonstration démarre sur le crescendo de Vivaldi. Gaia me fait signe de m'approcher pour avoir une meilleure vue. En jouant des coudes, nous réussissons à grappiller quelques mètres. Nous voilà juste sous son nez.

Leonardo se saisit de son couteau et commence à découper en tranches ultra-fines un pavé d'espadon, en le maintenant d'une main sur un plan de travail en marbre. L'assurance avec laquelle il exécute son geste m'est familière. Je repense aussitôt à la façon qu'il a eue de me porter sur son dos en serrant mes cuisses entre ses mains. Alors que le rythme de la musique se fait de plus en plus vibrant, Leonardo saupoudre les tranches de ce qui, de l'endroit où nous nous trouvons, ressemble à des graines de pavot. Elles jaillissent de ses doigts experts à la vitesse de l'éclair pour atterrir sur la chair rose du poisson en une myriade de minuscules taches noires. Là-dessus, après avoir haché un poivron rouge jusqu'à en faire une poudre étincelante, il taille en julienne du fenouil, des courgettes et du céleri avec la précision et la rapidité d'une machine.

J'en reste presque bouche bée : c'est un virtuose. Je me tourne un instant vers Gaia pour lui jeter un regard complice avant de m'apercevoir qu'elle le dévore des yeux, hypnotisée, la bouche entrouverte figée dans une expression de stupeur.

Leonardo se met ensuite à disposer ses lamelles d'espadon sur des petits morceaux de pâte brisée qu'il décore de son mélange de légumes verts et de bouts d'écorce d'orange. Il est extrêmement concentré, sûr de ses gestes. Il garde la mâchoire tellement serrée qu'on voit saillir les veines de ses tempes. Il manipule et transforme ses ingrédients de ses mains d'artiste – car à tous points de vue c'est bien d'un art qu'il s'agit. Oui, ses créations sont de vrais petits chefs-d'œuvre pour les yeux et pour les papilles – aucun doute là-dessus. Leonardo séduit par sa cuisine, et il en est conscient : il s'en sert pour ensorceler les sens et l'esprit. L'espace d'un instant, je croise ses yeux noirs. Je me fais peut-être un film mais j'ai l'impression qu'il m'adresse un imperceptible sourire. En tout cas, un frisson de plaisir me chatouille la nuque.

La musique entame le crescendo final. Leonardo dispose sur une planche à découper un mélange de langoustines crues puis quelques minces filets de sériole. Il travaille la chair du poisson comme si elle fondait entre ses doigts et forme de petits cœurs coupés par le milieu. Il finit par les saupoudrer de fleurs d'oranger, de poivre et de graines de sésame. Le tout est ensuite artistiquement dressé sur trois élégants plats de service. Quand retentit le dernier accord, Leonardo adresse un très léger sourire à son public. Éclate alors une interminable ovation. Leonardo nous a conquis. Tous.

La démonstration terminée, les gens se dispersent dans le jardin où vient d'être servi le dîner. Gaia et moi suivons la masse jusqu'aux buffets où nous attendent de délicieux amuse-bouches de toutes les formes et de toutes les couleurs. Nous voilà face à une profusion d'incroyables préparations miniatures, à déguster en une seule bouchée. Quand je pense à la vitesse à laquelle elles vont être mangées alors qu'il aura fallu un temps fou pour toutes les préparer… Au fond, voilà ce qui les différencie d'une œuvre d'art : même en étant le fruit d'un esprit créatif et de gestes savants, ces pures merveilles ne sont pas faites pour durer.

— Leonardo a été formidable, commente Gaia en mordant dans un rouleau au saumon et à la palourde.

— Incroyable… Tu as bien fait de me traîner ici, dis-je à mon tour. Je n'aurais jamais imaginé assister à un tel spectacle.

Je passe en revue les différents plats avant de m'apercevoir que tous ces hors-d'œuvre sont certes un régal pour les yeux mais aussi une injure faite à mon *credo* végétarien : cigales de mer garnies de saumon mariné, huîtres en gelée de vin pétillant et leur sauce au gingembre, toasts au foie gras et au filet de pigeon. Des plats magnifiques, exceptionnels, sans doute délicieux, mais certainement pas pour moi. Je me contente de goûter aux deux seules recettes végétariennes : une coque de parmesan au radicchio et aux châtaignes ainsi que des branches de céleri garnies de fromage frais, poires et noix. Bref, comme cela m'arrive chaque fois que je ne suis pas spécialement à l'aise, je n'ai pas très faim. Sans compter que la démonstration de Leonardo m'a laissé un nœud à l'estomac, et j'ignore bien pourquoi.

Soudain, Gaia me prend par le bras et me demande :

— Le type là-bas, c'est Brandolini ?

Je l'aperçois en compagnie de deux blondes qui rivalisent de sourires enjôleurs et de regards de chat.

— Oui, c'est lui. Monsieur le comte est toujours bien entouré.

— Tout de même... il n'est pas mal, commente Gaia.

Est-ce qu'elle est sérieuse ? Ça en a tout l'air.

— Il a quelque chose de spécial. On voit qu'il a la classe. Encore un que tu aurais dû me présenter... mais si je dois t'attendre...

À quoi bon chercher à comprendre ce qu'elle peut bien lui trouver puisque je suis loin d'être objective ? Brandolini est mon employeur : psychorigide comme je le suis sur ces questions, impossible de le voir autrement que sous cet angle-là. Mais... Leonardo apparaît soudain derrière lui. Débarrassé de son bandeau en soie, il a troqué sa tenue de chef contre une de ses chemises en lin froissé, blanche. Jacopo lui serre la main tout en lui donnant une amicale tape sur l'épaule, la mine réjouie.

— Il nous a vues ? me demande Gaia en se plaçant devant moi de façon à leur tourner le dos.

Je jette un œil par-dessus son épaule tandis que Leonardo discute avec le comte et son harem.

— On ne dirait pas.

— On va leur dire bonjour, qu'est-ce que tu en dis ?

— Attendons peut-être qu'il s'en aille…

— Ah non, pas question de laisser ces deux pouffes nous piquer notre place…, s'exclame Gaia en buvant son verre, bouillant d'impatience.

— Attends, ils leur ont dit au revoir. Ils viennent vers nous, lui dis-je tout bas.

Leonardo se dirige vers nous, suivi de Brandolini. Il commence par saluer Gaia, qui se retourne en faisant mine d'être surprise. Décidément, cette fille m'épate. Puis il s'approche de moi pour me faire la bise. C'est la première fois que cela nous arrive. Je sens sa barbe rousse se frotter à ma peau et ses doigts me frôler doucement la hanche.

— Félicitations, pour une inauguration, c'était sensationnel, dis-je au comte en lui serrant la main.

— Tout le mérite en revient à notre grand chef, répond Brandolini en montrant Leonardo avec un petit sourire satisfait.

Il braque ensuite son regard sur Gaia et la détaille de la tête aux pieds. Leonardo en profite pour ajouter :

— Je te présente Gaia, elle est chargée des relations avec le public.

Voilà qui m'épargne d'avoir à faire les présentations. Tout en lui tendant la main, Brandolini esquisse une espèce de révérence :

— Enchanté, je suis Jacopo Brandolini.

— Enchantée, minaude Gaia.

— Alors comme ça tu es dans l'événementiel... lui dit le comte en se montrant particulièrement intéressé.

Pourquoi a-t-il tout de suite tutoyé Gaia alors qu'il continue de me vouvoyer ?

— Oui, avec mon associée nous avons monté une agence. On s'est lancées dans l'aventure pour s'amuser mais petit à petit c'est devenu un vrai travail.

Gaia gère la situation comme une pro.

— Je suis certain qu'elle pourrait t'être d'une grande aide, Jacopo, intervient Leonardo. Et si tu lui parlais de tes projets pour faire connaître le restaurant ?

Saisissant la balle au bond, Brandolini se lance dans une grande discussion avec Gaia, manifestement plutôt flattée par l'attention qu'il lui porte. Elle continue malgré tout à jeter des regards en direction de Leonardo qui, entre-temps, s'est approché de moi.

— Tu es très en beauté ce soir, me dit-il de sa voix chaude en plongeant ses yeux dans les miens.

Est-il sincère ou veut-il juste se faire bien voir ? Dans le doute, je réponds un simple merci.

— Même si je dois avouer que ta combinaison de travail te met en valeur elle aussi, ajoute-t-il en se caressant le menton.

— Oh, je n'irais pas jusque-là...

— Crois-moi. Je ne suis vraiment pas le genre de mecs à faire des compliments à la légère.

Soit. Après tout, se faire brosser dans le sens du poil une fois de temps en temps ne peut pas faire de mal. L'espace d'un instant, j'en oublie mes pieds, qui me font souffrir le martyre. Pour me donner une contenance, je redresse la colonne vertébrale, les épaules rejetées bien en arrière.

Pendant ce temps-là, la conversation entre Jacopo et Gaia s'emballe, entre grands éclats de rire et regards complices. On dirait qu'ils se connaissent depuis toujours. Mais tout à coup, un serveur s'approche de Brandolini pour lui souffler quelque chose à l'oreille. Le comte se retourne brusquement vers Leonardo avant de le prendre par le bras.

— Leo, il faut qu'on y aille. Les Zanin nous attendent pour discuter des vins.

Ça y est, mon quart d'heure de gloire est déjà terminé. Je me dégonfle comme un ballon de baudruche. Le comte, lui, s'excuse :

— Mesdemoiselles, je suis terriblement navré mais le devoir nous appelle. Nous nous reverrons sans doute plus tard, ajoute-t-il en jetant un coup d'œil éloquent au décolleté de Gaia.

À peine sont-ils partis que mon amie me submerge de questions sur Leonardo. Elle veut savoir par le menu ce que nous nous sommes dit.

— Il te faisait du rentre-dedans ? finit-elle par me demander.

Voilà où elle voulait en venir.

— Arrête de dire des bêtises.

— Elé, il te dévorait des yeux !

— Ben voyons !

— Calme-toi, je ne le prends pas mal… Primo, je ne suis pas quelqu'un de jaloux. Deuzio, je pourrai toujours me consoler avec le comte, me lance-t-elle avec un clin d'œil.

— Comme tu es magnanime.

— Avec mes amies, toujours, et même plus, sourit-elle d'un air sournois. N'empêche, Jacopo est vraiment beau mec, il me plaît.

Si elle le dit…

Alors comme ça, Leonardo s'intéresse vraiment à moi. Si même Gaia s'en est aperçue, peut-être que… Non, elle m'a sans doute dit ça pour ne pas me faire de la peine.

— Elé, ton rouge à lèvres a bavé.

— Je passe aux toilettes m'en remettre, tu m'accompagnes ?

— Non, je t'attends là, dit-elle en s'asseyant sur un fauteuil sous le petit kiosque du jardin. J'ai un peu la tête qui tourne, on dirait que j'ai forcé sur le champagne.

— Tu n'as pas besoin que je reste près de toi, sûre ?

— Sûre, vas-y, me répond-elle en me poussant vers l'intérieur.

— O.K., mais tu ne bouges pas d'ici.

— Rassure-toi, je n'en aurais même pas la force, sourit-elle avant de laisser pendouiller ses bras le long des accoudoirs.

À mon retour des toilettes Gaia a évidemment disparu. Je la cherche dans la foule, dans le jardin, parmi les tables, puis à l'intérieur, et même à l'étage : rien…

Volatilisée. En désespoir de cause, je me décide à l'attendre au jardin, en me disant qu'elle finira tôt ou tard par passer par là. Au bout de quelques minutes, je m'assieds pour sortir mon iPhone de ma pochette et lui envoyer un SMS furieux. J'essaie ensuite de l'appeler, mais son portable est éteint. Allez savoir où elle se sera fourrée ! Et avec qui surtout…

Alors que je continue à la chercher des yeux, je croise tout à coup les yeux de Leonardo. Il s'approche et s'assoit à mes côtés, me transperçant d'un regard inquisiteur.

— Alors, la soirée t'a plu ?

— Oui, beaucoup.

Je tire sur le bas de ma robe pour couvrir mes jambes. Pas très convaincant.

— Tu as mangé ?

— Oui, deux ou trois trucs…

— Deux ou trois trucs ? s'exclame-t-il d'un air scandalisé.

— Heu… C'est-à-dire que je suis végétarienne. Depuis des années.

— Ah.

Il sourit. Oui, je suis végétarienne. Qu'est-ce qu'il y a de si drôle là-dedans ? J'essaie de détourner la conversation :

— J'ai aimé le spectacle, tu sais ? Tes créations sont de vraies œuvres d'art. Elles sont si belles qu'on en regrette presque de les manger.

— Qui a dit qu'on ne pouvait pas manger ce qui est beau ? rétorque-t-il en penchant la tête sur le côté. Plus une chose est belle, plus j'ai envie de la manger.

Il parle de moi ou quoi ? Ses yeux avec lesquels il vient de prononcer ces mots me semblent soudain vraiment étranges. Ils cachent quelque chose, c'est sûr. D'un coup Leonardo me prend par la main et se lève.

— Viens, je voudrais te faire goûter quelque chose de spécial, dit-il en m'entraînant trois ou quatre mètres plus loin, près d'une table où l'on trouve différents types de rhum et de chocolat. Ceux-là, je viens de les faire, ajoute-t-il.

Leonardo saisit sur un plateau une praline en chocolat finement ornée de motifs floraux. On dirait un petit bijou. Il l'approche de ma bouche.

— Allez, m'ordonne-t-il, avec un regard assassin.

J'ouvre la bouche, je sens le chocolat éclater sous mes dents et libérer une crème douce aux notes d'agrumes. J'essaie de retenir dans ma bouche ce goût merveilleux, qui me procure un plaisir si vibrant qu'il traverse chaque partie de mon corps.

— C'est délicieux.

Je regarde Leonardo complètement désarmée. Mon visage doit renvoyer une impression d'étourdissement, comme celle qu'on ressent après un orgasme. Pourvu que ça ne se voie pas trop !

— J'y ai mis quelque chose que tu devrais bien connaître, maintenant… me confie-t-il dans un sourire.

Les yeux écarquillés de surprise, je crois avoir deviné.

— Eh oui, du jus de grenade. Mélangé à de l'extrait d'orange et de fleur d'oranger, m'explique-t-il en me passant le pouce sur la lèvre – pour m'enlever une trace de chocolat, j'imagine.

Oh mon Dieu, il me fait vraiment du rentre-dedans : Gaia a vu juste, on dirait bien.

Gaia, justement. Histoire de désamorcer cette tension, je fouille dans ma pochette pour en extirper mon portable. J'essaie de l'appeler, mais son téléphone est encore éteint.

Leonardo me regarde d'un air condescendant.

— Si tu cherches Gaia, je l'ai vue partir avec Jacopo, me prévient-il. Et je ne pense pas qu'elle reviendra, ajoute-t-il d'un ton amusé.

— Je n'en reviens pas, elle m'a laissée plantée là, toute seule !

— Mais non, tu n'es pas toute seule, je suis là, me corrige-t-il en fronçant les sourcils.

S'il voulait me rassurer, c'est raté. D'un côté, je suis flattée par l'intérêt qu'il me porte, mais de l'autre, je n'ai qu'une envie : fuir, tellement je suis terrorisée.

— Il commence quand même à se faire tard, dis-je avec un petit sourire nerveux. Il vaudrait mieux que j'y aille.

— Je t'accompagne, si tu veux.

— Ce n'est pas la peine, tu as sûrement beaucoup à faire.

— Ils peuvent survivre sans moi. Et puis j'ai envie de me promener.

Au moment où il a réglé la question d'un geste de la main, j'ai lu dans ses yeux la satisfaction du prédateur qui referme les crocs sur sa proie.

Je suis fichue.

Nous parcourons un long bout de chemin en silence. Nous empruntons des rues que je connais par cœur. J'avance avec l'assurance d'un chat, malgré la nuit noire. Mes pieds me font horriblement mal, mais j'essaie de ne pas le montrer, en gardant une allure aussi élégante que possible.

La rue est déserte. Les canaux exhalent une vapeur dense qui envahit les narines et pénètre jusqu'à la moelle des os. D'un coup, comme si le bâtiment venait tout juste de jaillir du sol, nous nous retrouvons face à la basilique des Frari.

— Là-dedans, il y a mon tableau préféré du Titien, dis-je en montrant l'église, histoire de briser ce silence pesant. De temps en temps je me réfugie ici et je le regarde pendant des heures… Je ne sais pas pourquoi mais il m'aide à trouver l'inspiration.

— Allez, on entre, je suis curieux de voir, propose-t-il.

— À cette heure-ci ? Tu penses bien que c'est fermé.

— Je ne vois pas le problème.

Il n'y a pas l'ombre d'une hésitation dans sa voix.

En une seconde, Leonardo avise une petite porte menant à la sacristie et l'ouvre sans trop d'effort. Il se glisse à l'intérieur et me force à le suivre en m'attrapant par la main. Pourquoi suis-je incapable de lui dire non ? J'ai peur. L'alarme pourrait se déclencher ; on pourrait aussi nous surprendre. Bref, ce que nous faisons est interdit. Je suis à la fois électrisée et morte d'angoisse.

Depuis la sacristie nous débouchons dans la nef latérale avant de rejoindre l'autel où est disposé le tableau de *L'Assomption*, émergeant de l'obscurité la plus totale. Si le projecteur qui éclaire la toile est resté allumé, c'est également le cas d'une caméra de surveillance – j'en ai du moins l'impression. Parfait ! Je serai arrêtée pour violation d'espace consacré.

— Voilà, c'est ce tableau, lui dis-je en essayant de faire le vide dans ma tête.

— Il est gigantesque. Je ne l'imaginais pas aussi grand.

— Oui, il fait près de sept mètres de haut.

— C'est puissant, il y a tellement de rouge, commente Leonardo d'un air admiratif.

— Pour l'époque, Titien avait pris un risque énorme. Personne n'avait osé peindre Marie montant au ciel avec cette couleur.

— C'est pour ça que tu l'aimes tant ?

— Pas que… J'aime aussi la tension verticale qui traverse tout le tableau, du bas vers le haut, dis-je en joignant le geste à la parole. Tu vois cet apôtre de dos, qui tend les bras vers Marie ? On dirait qu'il la lance dans les airs, qu'il la propulse vers le ciel.

— C'est ça que tu vois, toi ?

— Oui.

Nous voilà tout à coup épaule contre épaule. Le toucher me donne des frissons qui me parcourent le corps. Je croise son regard l'espace d'un instant et me tourne aussitôt vers le tableau pour reprendre mon laïus.

— Je vais te montrer un détail intéressant. Si tu regardes bien, le visage de la Vierge n'est pas entièrement illuminé. Cela veut dire qu'elle n'a pas encore atteint les cieux. L'ombre rappelle que Marie ne quittera vraiment le monde terrestre qu'au moment où elle aura accompli sa montée au Ciel.

Hochant la tête, Leonardo continue d'observer le tableau en silence. Peut-être que mon cours d'histoire de l'art l'intéresse… J'aimerais savoir ce qu'il a dans la tête en ce moment mais je n'ose pas lui demander quoi.

— Maintenant partons, lui dis-je d'un ton suppliant, ou quelqu'un va finir par nous arrêter.

Une fois dehors, nous reprenons notre route. J'ouvre la marche. Leonardo se calque de bonne grâce sur mon rythme, tranquillement. Soudain, je ne sens plus sa présence aussi proche. Je me retourne et le découvre accoudé au parapet d'un pont. Il contemple une gondole, décorée de lumières de toutes les couleurs. Le temps d'arriver à sa hauteur, je m'aperçois qu'il ne regarde pas la gondole : ses yeux sont attirés par l'eau du canal.

— Tu t'es déjà demandé ce qu'il y avait là-dessous ?

Je regarde en bas à mon tour. Non, je ne m'étais jamais posé la question.

— Cette ville a tellement peur de se faire engloutir qu'elle en oublie complètement ce qui la constitue au plus profond d'elle-même, je murmure.

Leonardo reste muet. Cet instant de silence me semble durer une éternité. Il se tourne finalement vers moi pour me demander, dans un chuchotement :

— Tu n'aimerais pas découvrir ce qui se cache au fond de tout ce qui nous entoure ?

Ses yeux noirs pénétrants me transpercent. J'aperçois une lumière féline traverser son regard à la vitesse de l'éclair. L'instant d'après, tout sourire, il s'écarte de la balustrade et reprend son chemin.

Je le suis, un peu troublée. Sa façon d'être près de moi, de me parler et de me toucher, son parfum enivrant, tout chez lui m'excite, je l'avoue. Nous voilà désormais à deux pas de chez moi. On va devoir se dire au revoir… Va-t-il essayer de m'embrasser ? À cette idée, l'image de Filippo m'envahit l'esprit puis disparaît aussitôt, comme si je n'avais pas pu la retenir.

Allons, je me laisse un peu trop emporter par mon imagination ! Peut-être que Leonardo sort avec la sublime violoniste, peut-être qu'il avait juste envie de faire une petite balade et qu'il n'a absolument pas l'intention de m'embrasser. Mais pour être tout à fait honnête, cette dernière hypothèse me laisse un petit pincement au cœur.

— La violoniste, c'est ta copine ?

La question m'a échappé sans crier gare. Quelle idiote ! Leonardo me regarde avec un petit sourire :

— Non, Elena… Je ne suis pas du genre à avoir des copines.

— Ah, je comprends.

Non, en réalité, je n'y comprends rien du tout. « Pas du genre à avoir des copines », qu'est-ce que ça veut dire ? Qu'il veut rester seul ? Qu'il n'est pas fait pour la vie à deux ? Mon Dieu, qu'il m'explique ce qu'il entend par là, pitié ! Mais il reste silencieux. Tant pis, je dois garder mes questions pour moi. J'ai déjà été trop loin.

Et voilà que nous arrivons en bas de chez moi.

— Merci de m'avoir accompagnée.

— De rien. C'est toujours un plaisir, me dit-il d'une voix chaude et musicale.

— Alors à bientôt.

Au moment où je fais un pas vers lui, Leonardo me pose une main sur le visage et remonte jusqu'à mes cheveux. Le souffle coupé, j'arrive à soutenir son regard, qu'il braque sur moi. Et soudain, je ne vois plus que ses lèvres que j'ai envie de sentir sur les miennes.

Mais non. Il baisse les paupières et esquisse l'un de ses petits sourires en coin. Sa main glisse sur mon épaule.

— Ciao Elena, c'était vraiment une superbe soirée.

Ses lèvres frôlent mon front. Il fait quelques pas en arrière avant de s'éloigner, les mains enfoncées dans les poches de sa veste. Et moi, je reste plantée là, sans rien comprendre, comme si je venais de me prendre une gifle.

Je grimpe les marches de chez moi quatre à quatre, me débarrasse de ma robe, que je balance par terre. Le temps d'attraper un tee-shirt au hasard et je me réfugie sous ma couette sans même me démaquiller.

Les yeux rivés au plafond, j'ai l'impression que ma tête va exploser. Qu'est-ce que j'ai pu être bête de croire qu'un homme comme Leonardo puisse s'intéresser à une fille comme moi ! Qu'est-ce que tu peux être naïve, ma pauvre Elena ! Et pourtant, ces regards, ce doigt qu'il m'a posé sur la bouche et cette main dans les cheveux… Ça suffit, Elena, endors-toi. Tu dois te lever demain. La fresque t'attend.

J'attrape mon iPhone sur la table de nuit et branche mes écouteurs. Un peu de musique tibétaine s'impose. Aux grands maux… D'habitude il n'y a rien de tel pour me faire sombrer dans un sommeil profond.

Dors bien, Elena. Et ne pense plus à rien.

7

Cette nuit, j'ai dormi d'un sommeil de plomb. Cela ne m'était pas arrivé depuis belle lurette. Je ne sais pas si cela a à voir avec ma musique tibétaine lancinante ou avec la fatigue que j'ai accumulée ces derniers jours ; le fait est que je suis tombée dans un état de demi-coma. Ce matin, au réveil, j'avais la sensation d'avoir voyagé dans le temps.

Mais à peine les yeux ouverts, mes pensées sont revenues me hanter, fidèles au poste. Rien n'a bougé depuis hier soir : Leonardo m'est tombé dessus avec tout ce qu'il peut avoir de plus séduisant et de plus insaisissable. Je vais garder la tête froide, c'est décidé. Une seule consigne : me libérer de lui afin de retrouver un minimum de lucidité. Une fois au travail, je repense à ce qui s'est passé hier soir, sereinement – enfin, façon de dire. Disons que je me suis fait des idées, je me suis laissé emporter par mon imagination. Comme d'habitude. Leonardo s'est montré galant avec moi, c'est tout. Qu'il m'ait ensuite séduite, même sans le vouloir, c'est une tout autre histoire. Une histoire que j'ai intérêt à m'enlever de la tête rapidement. Quand il passera près de moi, je lui dirai bonjour comme chaque matin, comme si notre promenade nocturne n'avait jamais eu lieu – et surtout comme si je n'avais éprouvé aucune de ces émotions que je ne peux hélas pas effacer de ma mémoire. Même maintenant. Il va falloir que je prenne énormément sur moi – je suis une championne de self-control, oui ou non ? Heureusement, Leonardo ne s'apercevra de rien. C'est moi qui gamberge, certainement pas lui.

Et maintenant Elena, concentre-toi un peu.

Après avoir posé mes outils par terre, je me place à environ deux mètres de la fresque, au centre du vestibule. Je dois prendre un peu de recul de temps en temps pour contrôler le rendu des couleurs et m'assurer que je vais dans la bonne direction. Je braque les yeux sur l'arrière-plan avant de revenir sur la grenade. On la croirait en trois dimensions, vu d'ici. Le résultat est très satisfaisant, je suis fière de moi.

Je fais encore deux pas en arrière et là, je heurte quelque chose. Sans même me laisser le temps de me retourner, deux mains puissantes m'enlacent par la taille. Leonardo ! Tandis que son parfum ambré reconnaissable entre mille envahit mes narines, je sens mon corps littéralement collé au sien, prisonnier de sa tendre étreinte.

Sans dire un mot, il plonge son nez dans mes cheveux, puis se penche en avant et me dépose un long baiser dans le cou. Au moment où sa barbe rêche me chatouille le visage, un tourbillon de frissons se propage sur ma peau. Mon ventre s'enflamme au contact de ses lèvres. Mon Dieu ! Il me désire, moi qui n'osais même pas y croire. Le voilà, il est venu me chercher.

Il défait le nœud de mon bandana et le jette violemment par terre avant de m'empoigner les cheveux.

— Elena, me chuchote-t-il d'une voix brûlante.

Je me sens rougir, mais je n'ai plus la force d'ouvrir la bouche. Je sens que tous mes fantasmes les plus inavouables vont prendre corps. Mais est-ce que je le désire vraiment ?

— Nous avons un problème, dit-il en posant ses lèvres contre mon oreille.

Oh, sa voix... J'ai envie de lui...

Il me caresse le visage, glisse de la joue vers le menton. Sa main descend encore et attrape la fermeture Éclair de ma combinaison. Il l'ouvre jusqu'à hauteur de mes seins.

Ma respiration s'intensifie, mon cœur bat la chamade.

— Un sérieux problème... poursuit-il d'une voix toujours plus chaude et sensuelle. J'ai envie de toi.

Soudain, il me retourne, comme si j'étais une marionnette incapable d'opposer la moindre résistance. Je me laisse faire en silence mais je baisse les yeux au moment de croiser les siens. Il m'attrape le menton et lève mon visage vers lui puis, brusquement, plonge sa langue dans ma bouche. Il m'embrasse. Là, maintenant. Je ne peux pas le croire.

Personne ne s'est jamais emparé de moi comme ça. La force, la violence de son baiser me font tourner la tête. Je vais perdre pied, je le sens.

Sans arrêter de dévorer mes lèvres, il descend la fermeture Éclair d'un coup sec et me libère de ma tenue, qui atterrit au milieu de la peinture, des éponges et des pinceaux. Il ne me faut qu'une seconde pour réaliser ce qui se passe, mais c'est déjà trop tard. Je me retrouve moi aussi étendue sur la bâche de protection pleine de poussière et de peinture, à côté de mes outils de travail jetés n'importe comment. Je crois rêver, mais tout est bien réel : le carrelage froid, la chaleur de mon corps et du sien. Et je ne désire rien d'autre à cet instant.

Avant même que je m'en rende compte, Leonardo est à cheval sur moi. Il m'attrape les mains et me bloque les poignets au-dessus de la tête, comme pour m'empêcher de fuir. Emporté par son élan, il renverse quelques bols de peinture. Un flot de couleur se répand par terre. Il y a du rouge pourpre sur le sol, sur ses mains, sur mon bras pâle. Je sens la peinture couler dans mon dos, le long de ma hanche. Je fais mine de me lever : je ne supporte plus cette saleté qui me colle à la peau. Mais il m'en empêche.

— Qu'est-ce qui te prend, Elena ? me chuchote-t-il après m'avoir plaquée au sol. J'adore cette couleur.

Joignant le geste à la parole, voilà qu'il caresse tout mon corps, de la tête au ventre. Ses doigts maculés de peinture me laissent des traces couleur de sang sur le visage et mon tee-shirt blanc.

Entièrement soumise à sa volonté, je sens mon cœur palpiter de peur et de désir. Pendant qu'il m'embrasse, tout m'apparaît en pleine lumière : lui, moi, ce palais vide, ce que nous allons faire.

Encore hésitante, je détache mes lèvres des siennes.

— Quelqu'un pourrait entrer, lui dis-je dans un souffle.

— Chhh. Détends-toi.

Leonardo me transperce du regard en me fermant la bouche d'un doigt. Chacun de ses gestes est maîtrisé. Son assurance m'excite.

Il m'arrache mon jean et mon tee-shirt. Ses yeux me dévorent. Sa langue s'est librement glissée dans ma bouche, une fois de plus. J'ai envie de lui. Je commence à le déshabiller, avec une hardiesse que je n'arrive pas à m'expliquer, qui m'étonne moi-même. Je déboutonne lentement sa chemise avant de défaire sa ceinture en cuir. Pas de sous-vêtements : il est complètement nu. Nu et excité, prêt à s'enfoncer en moi.

Il se penche entre mes jambes, les écarte avant de les embrasser fiévreusement. Sa langue se fraie un chemin le long de mes cuisses jusqu'à ce que ses dents se referment sur ma culotte en dentelle noire. Elle aussi finit par voler au sol.

Sa langue s'approche. Elle finit par se glisser à l'intérieur de moi. Je suis déjà toute mouillée, je m'ouvre doucement au contact de ses mains.

— Mmh, c'est bon. J'en étais sûr. Laisse-moi te dévorer…

De sa langue il me fouille, il m'explore, m'arrachant de petits gémissements de plaisir.

— Bien, Elena, continue…

Sa voix est brûlante.

Je lui soulève la tête en l'attirant doucement par les cheveux tandis qu'il finit de se déshabiller. Il enlève son pantalon qui rejoint ma combinaison par terre. J'écarte encore plus les cuisses pour le laisser frotter son sexe dur et lisse contre mon vagin gonflé de désir.

Je ne sais plus qui je suis. J'ai beau avoir peur, je ne pense qu'au plaisir que me donne Leonardo. Il a les sourcils froncés, les muscles tendus, il irradie une énergie sauvage qui ne demande qu'à se déverser en moi. Il me pénètre d'un seul coup de reins, violemment. Immobile, il baisse les yeux jusqu'à rencontrer les miens, troublés par le désir, hypnotisés.

— Elena, me susurre-t-il en me mordillant une oreille, je te sens. Tu en as envie toi aussi.

— Oui, j'en ai envie, dis-je dans un soupir, les yeux clos.

Je me tais, la voix brisée par l'excitation.

Il s'enfonce de nouveau en moi, doucement cette fois-ci, comme s'il avait peur de me briser. Ses mouvements lents ont un effet dévastateur. Ses va-et-vient se font ensuite plus énergiques, plus profonds. Son sexe me remplit. Les dents serrées, je gémis. Leonardo accélère, juste un peu. Je respire de plus en plus rapidement, mon dos se cambre et se détend convulsivement. Dans un spasme, j'enroule mes jambes autour de ses reins. Tandis que son bassin ondule de plus en plus vite, il continue de m'embrasser dans le cou. Il me dévore.

— Jouis, Elena.

Cette fois, ça a tout d'un ordre. Mais ce n'est pas nécessaire.

Les poignets cloués au sol par ses deux mains, je le sens peser de tout son poids sur moi. Je suis sa prisonnière – une prisonnière qui n'a aucune intention de fuir.

Le souffle court, je sens mon sang couler dans mes veines à une vitesse folle et affluer vers mon entrejambe. Une vague de plaisir a pris vie dans mon ventre. Rien ne peut l'arrêter. Et la voilà qui explose en se répandant partout dans mon corps. Pendant un long moment, chacune de mes molécules se transforme en pur orgasme. Je crie, sans que je puisse le contenir ou même le contrôler. Parce que je suis ce cri, désormais, même si je ne me reconnais plus moi-même. Je suis bouleversée, interdite devant ce qui m'arrive : je ne pensais pas pouvoir jouir aussi fort.

Leonardo vient à son tour, en poussant un gémissement presque animal tout près de mon oreille. Un vague sourire se dessine sur son visage. Il est encore plus beau comme ça. Et c'est moi qui l'ai fait jouir.

Combien de temps nos deux corps en extase continuent-ils à ne faire qu'un ? Je suis incapable de le dire. Nous voilà les yeux dans les yeux. Bouche contre bouche. Peau contre peau. Nous nous respirons. C'est un bruit vivant, ardent, qui me procure des torrents d'émotion.

— Ne bouge pas, m'ordonne-t-il ensuite, à voix basse.

Il se détache de moi. Une fois allongé à mes côtés, il m'embrasse d'abord sur les seins, puis sur le front, puis sur la bouche. Il me passe alors un bras sous la tête. Nous restons un instant serrés l'un contre l'autre, nus, sans nous soucier du carrelage froid, de la poussière, de la peinture qui s'est répandue par terre. J'ai la joue posée sur son torse. En respirant, il fait monter et descendre mon visage.

Une sensation de plénitude totale mêlée à un sentiment d'égarement agite mon cœur et mon esprit.

Je ne sais plus où je suis, qui je suis, *à qui j'appartiens*. La Elena d'il y a une heure à peine me semble loin, très loin, irréelle.

Je sens tout à coup son souffle frôler mon cou.

— Non, s'il te plaît, dis-je dans un murmure, ça me donne des frissons, j'ai froid.

Aussitôt, je me roule en boule comme un hérisson.

Cela fait rire Leonardo. Il m'embrasse de derrière, en me serrant fort dans ses bras pour me transmettre la chaleur de son corps.

— On monte dans ma chambre ?

Oui.

Non.

Je ne sais même pas ce dont j'ai envie, maintenant. Je suis trop déboussolée pour réfléchir d'une façon ou d'une autre. Et là, le flash. La dernière fois que j'ai fait l'amour, c'était avec Filippo. J'ai comme l'impression que ces deux expériences n'ont rien à voir. Mais on ne peut pas dire que je sois complètement lucide en ce moment. J'ai peut-être besoin d'être seule pour réfléchir à tout ce qui vient de se passer.

— Je ferais mieux de rentrer.

Aussitôt dit, je me lève, mais difficilement. La tête me tourne un peu, mais j'arrive quand même à me mettre debout. Je récupère mon tee-shirt maculé de peinture et l'enfile sans soutien-gorge. Je retrouve aussi ma culotte coincée entre un bol vide et un flacon de solvant.

Leonardo se relève après moi. Debout, entièrement nu, il est encore plus impressionnant. Il a de larges épaules et une taille fine, des fesses musclées, des jambes longues et puissantes. Et des yeux noirs rieurs. De petites rides d'expression de chaque côté adoucissent son regard viril qui respire encore le désir. Je reste là à le regarder, fascinée par ce corps aussi sculptural. Tandis qu'il remet son pantalon, je remarque un tatouage entre ses omoplates. C'est un symbole étrange, une espèce de caractère gothique que je n'arrive pas bien à déchiffrer. Ça a la forme d'une ancre, mais il pourrait très bien s'agir d'un ensemble de lettres entrelacées et liées les unes aux autres par une corde. En tout cas, quelque chose qui évoque la mer, et quelque chose d'ancien. Comme tout ce qui caractérise Leonardo, ce tatouage a un je-ne-sais-quoi de tragique et de secret. Je suis presque tentée de lui en demander la signification. Mais une fois qu'il s'est retourné vers moi, mon courage s'évanouit.

La chemise ouverte sur son torse, il s'approche de moi :

— Hé, ça va ? me demande-t-il en me caressant le bras.

— Oui, lui dis-je, un peu gênée.

Le souvenir de notre promenade de la veille me traverse l'esprit : lui qui ne me quitte pas des yeux de toute la soirée, qui me raccompagne chez moi, avant de me laisser en plan, avec le goût amer de la déception dans la bouche.

— Pourquoi est-ce que tu n'as pas essayé de m'embrasser hier soir ?

— Parce que tu t'attendais que ça arrive, réplique-t-il en m'attrapant par la taille afin de serrer mon corps contre le sien. Certaines choses nous procurent encore plus de plaisir quand on se laisse surprendre.

Il a raison. Hier soir j'étais rongée par l'angoisse et l'incertitude. Peut-être que je me ne serais pas complètement laissé faire. Cela veut dire que Leonardo lit dans mes sentiments comme dans un livre ouvert. Manipuler mes désirs l'amuse. Je ne sais pas ce que ça m'inspire, mais ça ne présage certainement rien de bon.

Je ressens le besoin de prendre un peu mes distances et de me protéger de son regard si pénétrant. Je me libère doucement de son étreinte.

— Bon… eh bien… j'y vais.

Je finis de ramasser mes vêtements. Après m'être arrangée à la va-vite, je cours vers la sortie, confrontée à une énigme dont je n'ai pas la réponse.

J'ai passé toute la journée dans un état proche de la transe à arpenter mon appartement comme un robot. J'ai eu beau me trouver des occupations concrètes, mes pensées me ramenaient sans cesse vers Leonardo. De temps à autre les émotions qu'il m'avait procurées quelques heures plus tôt s'emparaient à nouveau de mon corps. De petits tourbillons au creux du ventre, jusqu'à me serrer impitoyablement l'estomac.

Vingt et une heures. Je viens de finir de manger les quatre grains de riz basmati que j'ai méticuleusement fait cuire histoire de me changer les idées. Peine perdue. Je rallume mon iPhone. Je voulais rester seule et mettre de l'ordre dans ma tête, sans rien pour me polluer l'esprit. L'écran s'allume, vibre une fois, puis une autre, et encore une autre, en clignotant par intermittence. Trois SMS, tous de Filippo.

Bibi, ça va ?

Pourquoi est-ce que tu ne réponds pas ? Je vais commencer à m'inquiéter.

On s'appelle sur Skype ce soir ?

Tandis que je sens mon visage s'enflammer, une crampe me ravage l'estomac. Le peu de riz que j'ai mangé pèse soudain une tonne. Après avoir passé la journée sur un petit nuage, retour à la réalité. « Excuse-moi, Fil, je n'ai pas pu te répondre car je faisais l'amour avec un autre mec. » C'est ça que je devrais lui écrire si j'étais tout à fait honnête. Mais évidemment, je ne le suis pas – quel scoop.

Une fois assise sur le canapé, j'allume mon ordinateur avec une pointe d'appréhension. Filippo est en ligne, il m'a déjà envoyé un message sur Skype. Je ne suis pas très fan des conversations vidéo, mais c'est le seul moyen que nous avons de nous voir. Seulement, après tout ce qui s'est passé aujourd'hui, je me demande bien comment je vais réagir quand je le verrai par webcam interposée.

Le temps de prendre une grande respiration, je clique sur le bouton vert et je lance l'appel. Il répond immédiatement. Je le vois apparaître devant moi, coupé au niveau du torse, ce qui ne le met pas à son avantage. Son visage est différent, il a les traits tirés, et sa barbe de trois jours n'arrange rien. Il a une tête ravagée.

— Bibi, tu étais où hier soir ? lance-t-il, un peu inquiet. Tu as lu mes messages ?

Sa voix et son visage familiers me font immédiatement chaud au cœur. La présence de Filippo, même virtuelle, a le pouvoir de me rassurer. Elle me ramène à ce qu'il y a de concret dans ma vie, à des certitudes que je ne peux pas renier.

— Oui, excuse-moi, je n'avais plus de batterie, et j'avais oublié mon chargeur. Et puis je suis rentrée tard.

— Tu est toujours sur ta fresque ?

— Eh oui… dis-je en essayant de contenir le malaise qui me noue la gorge.

Je n'ai jamais su mentir.

— Tu m'avais promis de ne pas trop te prendre la tête avec ça, répond-il d'un air de reproche. N'empêche, je suis heureux que tu te donnes à fond, comme ça tu pourras finir plus vite que prévu.

— Espérons.

Mes lèvres s'étirent en un sourire pas spécialement convaincu. J'étais sereine, me voilà en plus mal à l'aise, rongée par la culpabilité. Mais je ne dois rien laisser paraître, car il me voit, malgré la distance qui nous sépare. Allez, au fond je n'ai trompé personne, je n'ai rien fait de mal.

— Et toi, tu t'es laissé pousser la barbe ? Tu es bien, comme ça !

Effectivement, ces quelques poils sur le visage lui vont bien. Il a l'air plus mûr, plus sexy aussi. Car Filippo est sexy, je ne dois pas l'oublier.

— Tu ne vas pas me croire, mais certains matins je n'ai même pas le temps de me raser, m'avoue-t-il en se passant une main sur la joue. Je suis dans un merdier pas possible au boulot !

— Renzo Piano t'a passé un savon ?

Ses drôles de mimiques me font sourire.

— Arrête, laisse tomber... Je l'ai entrevu une seule fois au moment d'une visite sur le chantier. Depuis, monsieur n'a plus daigné nous honorer de sa présence.

Un blanc. Je m'interroge sur le sens de cette conversation. Je discute avec Filippo comme si de rien n'était. Et pourtant, depuis ce matin quelque chose a profondément changé chez moi. Gênée, je relance la discussion avec une question anodine.

— Alors, c'est comment Rome ?

— Bien, Bibi, mais tu me manques. Sinon, on dirait que c'est encore le printemps.

— Quelle chance...

— Tu sais que tes yeux brillent ce soir, me lance-t-il sans crier gare. Tu es plus belle que d'habitude.

Oh mon Dieu, j'ai la tête d'une fille qui vient juste de faire l'amour. J'essaie de contenir le rouge qui me monte aux joues.

— Merci...

— Tu sais, Bibi, je n'arrête pas de penser à la nuit qu'on a passée ensemble..., m'avoue-t-il à mi-voix. Là, j'ai juste très envie de dormir près de toi.

Je me mords la lèvre.

— Eh bien... tu me manques toi aussi.

Peut-être que si tu étais resté là, j'aurais encore fait l'amour avec toi, et pas avec Leonardo. Encore qu'il n'était pas vraiment question d'amour. Juste de sexe. Quoique... Qui peut savoir ?

— Alors, tu penses venir un week-end à Rome ?

— Oui.

C'est un mensonge, mais j'espère qu'il n'y verra que du feu :

— C'est-à-dire que je dois encore m'organiser, je précise.

— D'accord. Mais ne tarde pas trop à te décider, insiste-t-il.

Je devine de la déception dans ses yeux. J'essaie désespérément de changer de conversation.

— Qu'est-ce que tu fais, ce soir ?

— Je dois finir un croquis de travail, bougonne-t-il. Et peut-être un autre de toi, vu que je suis inspiré. Pour garder le souvenir de la nuit dernière…

— Eh là, tu vas me faire prendre la grosse tête, dis donc…

Je souris, mais je suis horriblement crispée.

— Allez, je te laisse bosser.

— O.K. Mais évitons d'attendre une semaine avant de nous rappeler. Tu me manques, et ça me fait gamberger…

— O.K.

— Bibi…

Il me regarde droit dans les yeux, comme si j'étais vraiment en face de lui.

— … je t'aime.

Puis il envoie un baiser en direction de la webcam. Je pousse un long soupir.

— Moi aussi.

Impossible de soutenir son regard, maintenant.

La nuit est le moment des doutes, des tourments, des inquiétudes. Mais le matin, sous l'eau chaude de ma douche, je vois les choses plus clairement. Mes meilleures idées me viennent toujours au cours de ces dix minutes sous le jet bouillant. J'arrive à faire le vide. C'est donc au moment de me frictionner les cheveux, les narines titillées par le parfum de mon shampooing à l'huile d'amande, que j'opte pour la solution la plus simple : je ne vais pas aller au travail aujourd'hui.

Je n'ai aucune intention de me retrouver en tête à tête avec Leonardo. Non seulement je ne vais pas savoir quoi lui dire mais, surtout, j'ignore complètement la façon dont il va se comporter. Heureusement que nous n'avons jamais échangé nos numéros de téléphone ! Comme ça, il ne pourra pas me contacter, et moi, je ne serai pas tentée de lui envoyer un message. C'est bête, mais ça me rassure. La journée d'hier était merveilleuse, brûlante même – ce serait mentir que de dire le contraire. Tout s'est passé si vite, et de façon si inattendue que je n'arrive toujours pas à y croire. Faire l'amour avec lui m'a plongée dans un tourbillon de sensations que je n'avais jamais ressenties jusqu'ici. C'était… bouleversant, et je n'en suis pas encore remise. D'autant que le coup de fil de Filippo juste après a rajouté à ma confusion.

C'est décidé : aujourd'hui, je reste à la maison ce matin et je me la coule douce. Enfin, façon de parler. Je vais m'occuper du ménage – il y a toujours une ou deux choses à faire, par conséquent ce n'est même pas une excuse. Après, j'irai me ravitailler au supermarché, vu que le frigo est vide, une fois de plus. De quoi me changer les idées, j'imagine.

Tout à coup on sonne à l'interphone. Je crois savoir qui c'est. Il n'y a qu'une personne pour appuyer sur la sonnette dix secondes d'affilée.

Je décroche le combiné, en me préparant au pire.

— Gaia ?

— Tu en as mis, du temps ! braille-t-elle à m'en crever les tympans. Je peux monter ou il y a un mec à poil dans ton lit ? Je dis ça, ça ne me pose aucun problème…

— Monte. La porte est ouverte.

Qu'est-ce que je fais maintenant ? Je lui raconte tout ou pas ?

Avant même d'avoir décidé quoi que ce soit, Gaia vient à ma rencontre de sa démarche de félin reconnaissable entre toutes.

— Qu'est-ce que tu fais là ? Je te croyais au palais…

— Je ne vais pas bosser aujourd'hui.

— Eh bien, ça ne va pas ?

Autant la laisser croire ça, lui avouer toute la vérité serait vraiment pénible. D'ailleurs, je ne m'en sens plus la force. Ce n'est pas vraiment un mensonge. Plutôt un oubli. Ma conscience me laissera tranquille, comme ça. Au moins pour un moment.

— C'est mes règles, sans doute… J'ai un peu mal à la tête, lui dis-je.

Histoire d'être plus crédible, je me jette sur le canapé avant de me couvrir les jambes de mon plaid en patchwork orné de marguerites et de petits cœurs. Un cadeau de ma mère, au Noël dernier, après deux mois et demi de couture quotidienne, au risque de se tuer les yeux. C'est devenu la couverture de mes journées de mélancolie et de comatage.

— Dès le réveil j'avais une migraine pas possible.

J'esquisse une grimace de douleur. Gaia s'accroupit au pied du canapé.

— Ma pauvre choupinette, dit-elle en me caressant la joue d'un air presque compatissant.

Elle me prend par la main : peut-être que j'exagère mon petit numéro. Vite, rectifions le tir :

— Mais là, ça va déjà mieux.

— Tu as pris un truc ?

— Non, ça n'est pas la peine. Je ne vais pas tarder à me remettre. C'est toujours comme ça.

— Je te l'ai dit un milliard de fois : il faut décrocher de temps en temps, s'exclame-t-elle en secouant la tête. Cette fresque est en train de te rendre cinglée…

S'il n'y avait que la fresque…

— Bref, j'étais venue pour te donner des *news* de folie.

Gaia quitte soudain son air sérieux. Elle pousse mes jambes pour s'asseoir.

J'ai déjà tout compris :

— Non… Jacopo Brandolini !

Elle fait oui de la tête, toute guillerette.

— Ça s'est passé le soir de l'inauguration, dit-elle, rayonnante de bonheur. À ce propos, désolée de t'avoir lâchée comme ça. Mais bon, tu me connais…

C'est vrai qu'elle m'a laissée en plan au beau milieu de la soirée.

— Justement, je tenais à te le dire : tu es vraiment une chienne ! lui dis-je en faisant les gros yeux.

— Je sais, je sais, mais c'était pour la bonne cause..., répond Gaia en levant les mains, comme pour se défendre. Peut-être que Leonardo l'aura mal pris, lui aussi, mais en un sens c'est grâce à lui que j'ai retrouvé Jacopo...

— Comment ça ?

— À un moment il vient me voir pour me dire : « Le buffet des desserts est servi, tu ne vas pas les goûter ? » Je lui explique que je t'attends, mais il insiste, vu que certains doivent absolument être mangés chauds.

Je suis déjà pendue aux lèvres de Gaia.

— En fin de compte, je me décide à l'écouter, poursuit-elle, je vais au buffet et qui vois-je ? Jacopo en personne. On aurait presque dit qu'il m'attendait. On s'est mis à discuter et là j'ai perdu la notion du temps...

Je me rends compte que Leonardo a échafaudé le plan parfait : il a poussé Gaia dans les bras de Jacopo pour pouvoir rester seul avec moi ! La joie de cette découverte me procure involontairement un petit frisson de plaisir.

— Bon alors, ce Brandolini, il est comment ? – je lui demande, histoire de ramener la conversation à elle.

— Il est gentil, brillant, terriblement galant. Il a l'air si différent des autres hommes que j'ai pu fréquenter... il me plaît.

Mon Dieu, Gaia a déjà des petits cœurs à la place des yeux.

— Mais vous avez couché ensemble ?

— Eh bien…

Elle baisse les yeux une seconde avant de les relever, le visage illuminé d'un sourire triomphant :

— Évidemment qu'on a couché ensemble ! Tu me prends pour qui ?

Je lui donne un petit coup sur l'épaule en riant.

— Il m'a invitée chez lui. Il habite dans un de ces palais… Une splendeur, juste derrière le Rialto, avec des fresques et des plafonds à caissons. Je te jure, j'avais l'impression d'être dans un conte de fées, genre Cendrillon au bal. J'étais même un peu sous le charme, et tu sais que ça ne m'arrive pas souvent…

Je l'écoute, fascinée par sa façon de raconter ses histoires. Elle a au moins le mérite de me détourner d'autres choses…

— Et donc ?

— Bref, il m'a conquise, je ne pouvais pas lui dire non, soupire-t-elle. Rectification : je ne *voulais* pas lui dire non.

— Et alors, qu'est-ce qu'il a fait ?

— Il était génial, je dirais…

Je devine à son visage que Brandolini doit savoir y faire.

— Ce n'était pas juste une partie de jambes en l'air vite fait. Il a été très doux, très attentionné. Il faisait en sorte que je me sente bien…, dit-elle, les yeux rêveurs.

À ces mots, je repense moi-même aux caresses de

Leonardo. Le petit pincement revient et me traverse le ventre.

— Que je comprenne bien : tu lui donnes une seconde chance ? Vous allez vous revoir ?

— Bien sûr que oui, Elé ! Il m'a déjà invitée à dîner demain soir…

Elle a l'air de nager dans le bonheur, ça fait vraiment plaisir.

— Alors ça en valait la peine, je te pardonne de m'avoir posé un lapin, lui dis-je d'un ton solennel.

— D'accord, mais assez parlé de moi. Toi, de ton côté, qu'est-ce que tu as fait après ? Tu ne me cacherais pas quelque chose, des fois ?

— Rien, j'ai pris mes cliques et mes claques et je suis rentrée.

Pourquoi suis-je en train de mentir à ma meilleure amie ? Peut-être que je devrais tout lui dire ! J'en meurs d'envie, mais j'ai encore besoin de mettre les choses au clair dans ma tête, et j'ai peur qu'en parler à quelqu'un, même à Gaia (qui est comme une sœur pour moi), ne me fasse faire n'importe quoi. Je me mords la lèvre pour ne pas prononcer le nom de Leonardo. Mais je décide de lui avouer un autre de mes petits secrets, en contrepartie.

— Écoute, il faut que je te dise un truc.

Gaia se redresse d'un coup. On dirait qu'il vient de lui pousser des antennes.

— Dis voir, je suis tout ouïe.

— C'est au sujet de Filippo.

Gaia me regarde droit dans les yeux. Elle a deviné ce que je vais lui annoncer.

— Eh bien… on a couché ensemble.

— Alléluia ! s'exclame-t-elle en battant des mains.

— Hé, attends, t'emballe pas comme ça. Tout s'est passé tellement vite, c'était juste la veille de son départ. On s'est fait une promesse, et je ne sais pas comment ça va se terminer…

Elle se met à sautiller sur le canapé.

— On s'en fiche de savoir comment ça va finir ! L'important c'est que ça ait commencé !

Soudain elle se tait et me regarde, perplexe.

— Ça ne te rend pas heureuse ?

— Si, mais je ne veux pas brûler les étapes. Ça peut vraiment être du sérieux avec Fil, je n'ai pas envie de ruiner notre amitié pour une bêtise…

Je prends une grande respiration avant de poursuivre :

— Bref, tant qu'il est à Rome, ça ne vaut pas le coup de commencer une histoire. Là-dessus, on est d'accord tous les deux.

— Tu te fais trop de films, Elena, comme d'habitude. On voit que vous êtes faits l'un pour l'autre. D'ailleurs, je te l'ai toujours dit.

J'esquisse un sourire. Je sais que Filippo pourrait être l'homme de ma vie, la personne avec qui je voudrais construire une relation solide et profonde. Il suffirait que je le veuille vraiment. Et peut-être que je le voulais. Mais ça, c'était avant que Leonardo ne vienne chambouler tous mes plans et tous mes désirs. Là, tout de suite, je ne sais plus ce dont j'ai envie. Mais ça, Gaia n'en a pas la moindre idée.

— En attendant, vous vous appelez ?

— Oui, on s'est parlé sur Skype pas plus tard qu'hier.

— Alors vas-y, Elena, Rome n'est pas de l'autre côté de l'océan. Moi, pour Belotti, je suis allée jusqu'en Flandre, dit-elle d'un ton convaincu.

Gaia a fait je ne sais combien de voyages absurdes pour ce cycliste alors que, franchement, j'ignore la place qu'il occupe dans sa vie.

— À mon avis, tu devrais aller le voir et lui faire une surprise, insiste-t-elle.

— J'y penserai.

— Non, justement. Arrête un peu de réfléchir, martèle-t-elle en me cognant légèrement sur la tête. Éteins-moi un peu ça, de temps en temps. C'est ça qui te fait du mal.

Je souris. Pour être honnête, autant j'ai fait semblant au départ, autant maintenant j'ai vraiment mal au crâne. Je suis tellement perdue que je ne rêve que de me mettre au lit et de ne plus penser à rien.

Gaia se lève du canapé et met son sac en bandoulière. Bon, elle est prête à partir. J'en suis presque soulagée.

— J'y vais. Si tu as besoin de quelque chose, appelle-moi.

— Ne t'inquiète pas, je vais bien.

— C'est ça, oui… Tu me dirais ça même si je te retrouvais en train d'agoniser sur le carrelage.

Pitié, ne me parle pas de carrelage. Je ne peux pas m'empêcher de penser à Leonardo, à ce rouge, partout, par terre, sur mon corps…

— Ciao. Apelle-moi pour me raconter ton dîner avec Jacopo.

— Bien sûr, je te tiens au courant.

Là-dessus, je me laisse broyer par un de ses câlins énergiques dont elle a le secret.

Après son départ, je sors faire deux pas du côté du musée Peggy Guggenheim. Il est presque quatorze heures et il n'y a pas grand monde dehors vers cette heure-là. Tandis que les touristes prennent d'assaut les restaurants, les Vénitiens sont au plein milieu de leur sieste, le rendez-vous incontournable de la journée. J'ai envie de me faire caresser par le doux soleil d'octobre, qui aujourd'hui a pris une splendide lumière jaune et rose. J'atteins rapidement la Punta della Dogana. Sur le chemin du retour, je m'arrête un instant sur la petite place Barbaro, l'un des mes endroits préférés de la ville. C'est un endroit peu connu, hors des circuits habituels. Je viens souvent ici quand je gamberge trop. Il se produit toujours quelque chose de magique, sans que je puisse dire pourquoi.

Je m'assieds sur la dernière marche du pont de pierre, à l'endroit où le soleil a concentré toute sa chaleur, et je m'adosse au muret en briques d'où s'échappent quelques brins d'herbe. D'ici tout semble plus doux, les rayons du soleil recouvrent deux arbres nus d'une myriade de petites étoiles étincelantes. Au centre de la place, il y a un parterre rempli de roses. C'est incroyable de toujours les voir en fleur, même en hiver.

Inutile d'essayer de le nier ou, pire encore, de chercher à l'oublier : j'ai un sac de nœuds inextricable à la place du cœur et du cerveau.

Ce ne sont pas des pensées abstraites qui me hantent l'esprit, mais bien l'image de Leonardo.

Comme si la pellicule floue d'un film se déroulait devant moi, je revois ses yeux mystérieux, le charme de ses petites rides d'expression, ses mains fortes, son corps nu et puissant penché sur le mien. Et puis son tatouage. Soudain, je suis prise d'un étrange pressentiment. Je sens que vivre une aventure avec Leonardo pourrait me faire du mal. Que jouer à ce jeu pourrait causer ma perte.

Et Filippo ? Quel rôle tient-il dans tout ça ? Pour lui aussi j'éprouve quelque chose de fort, mais de profondément différent. Notre complicité a quelque chose de familier, de serein. C'est un lien intellectuel et affectif avant tout. L'amour avec lui était un moment de tendresse et de délicatesse, comme cela peut l'être chez deux personnes qui se connaissent et s'aiment depuis longtemps.

Avec Leonardo, ce fut une espèce de choc charnel, dicté à nos corps par le désir, et rien d'autre. Cela ne m'était jamais arrivé auparavant. Ce qui explique peut-être pourquoi ça m'obsède à ce point.

Délaissant les roses, mon regard tombe sur l'eau du canal, qui coule lentement sous mes pieds. Elle n'est pas d'une couleur très engageante. Elle est trouble, mais cela ne me frappe pas autant que d'habitude. Tout à coup, l'idée même de revoir Leonardo me fait moins peur.

La vérité, c'est que j'ai encore envie de lui. Même si je suis dévorée par le doute, voilà mon unique certitude.

8

Aujourd'hui, c'est le grand jour. Je vais revoir Leonardo et lui parler. Je vais lui expliquer qui je suis et ce que je veux de lui. Cela ne m'est jamais arrivé de prendre l'initiative avec un homme ; je ne sais même pas comment on fait, je ne suis pas aussi forte que Gaia pour faire le premier pas. J'ai comme l'impression qu'être avec Leonardo me demandera plus de courage que d'habitude.

Une fois sortie de la douche, je m'immobilise devant le miroir. D'une main j'enlève un peu de buée et me voilà. C'est bien moi : un visage rond, des yeux noirs un peu rougis par l'eau, un carré de cheveux bruns qui gouttent sur mes épaules. Et pourtant, quelque chose a changé. Depuis hier un désir nouveau s'est immiscé dans mon univers, une espèce de locataire pénible venu gâcher la vie des vieux copropriétaires.

Je vais essayer de faire comme si c'était un matin ordinaire et me comporter normalement. Je dois me convaincre d'être tout simplement sur le chemin du travail, même si je sais qu'en réalité je vais le rejoindre.

Je me vide la tête de toutes mes pensées et finis de me préparer. Je m'essuie les cheveux, enfile un jean souple, un mini-pull en laine fine avant de me jeter mon manteau sur le dos. Je prends le vaporetto à Ca' Rezzonico et achète *La Repubblica* au kiosque sous le passage couvert. Je grimpe ensuite les marches du palais. Chaque étape de ma routine est un pas vers Leonardo.

Mais quand j'arrive au palais, il n'est pas là.

J'essaie de l'appeler : aucune réponse. Je l'attends un instant dans le vestibule, en espérant le voir débouler de la salle de bains sans crier gare, la serviette nouée autour de la taille, mais rien. En désespoir de cause, je pose la question à Franco dans le jardin : il ne l'a pas vu, m'explique-t-il. À coup sûr il a dû sortir tôt ce matin. C'est la première et la seule idée qui me vient à l'esprit.

Me voici donc sur la place San Polo, devant le restaurant de Brandolini. Est-ce que je dois entrer, oui ou non ? Si mon cœur dit oui, ma tête dit non, assaillie par cette phrase qui me tourmente depuis des heures : *je veux le revoir.*

La porte est ouverte, comme s'il m'appelait à lui. Il suffit de la franchir. Je la franchis.

— Dépêchez-vous de rentrer ces six caisses, je les veux ici dans une minute… Et faites un peu attention, bordel ! Ce sont des bouteilles de Sassicaia, elles coûtent le prix de la bagnole que vous rêvez de vous payer et que vous n'aurez jamais ! C'est bien la dernière fois qu'on passe commande à votre cave…

La voix de Leonardo. Son ton n'est vraiment pas encourageant. Je ne comprends pas bien d'où il débarque : vu l'heure, il n'y a personne à l'intérieur du restaurant, à part quelques serveurs. L'un d'eux m'a repérée et s'avance déjà vers moi avec l'intention de m'opposer courtoisement une fin de non-recevoir. « Nous sommes fermés, revenez plus tard », se prépare-t-il à me dire, mais je le devance.

— Bonjour, je cherche Leonardo.

Malgré sa discrétion des plus professionnelles, le coup d'œil qu'il me jette laisse percer une certaine curiosité. Je veux juste voir Leonardo et… lui parler : voilà ce que je me répète à moi-même. Sur le chemin je me suis préparé une jolie petite tirade, que j'ai bien imprimée dans ma tête.

— Je crois qu'il est là-bas, me répond le serveur en m'indiquant un jardin intérieur.

— Merci, dis-je tout bas avant de me lancer vers la porte-fenêtre qui donne dehors.

Leonardo ne s'aperçoit pas tout de suite de ma présence. Il est seul. Les pauvres livreurs se sont évidemment dépêchés de finir leur travail et de déguerpir. Il est en train de parler avec quelqu'un au téléphone. À en juger par la colère qui déforme ses traits, la conversation ne doit pas être très agréable. Il finit soudainement par raccrocher mais l'espace d'un instant on devine encore sur son visage une expression grave et pensive. Il garde les yeux baissés, à fixer un point au hasard. C'est la première fois que je le vois si soucieux. Qu'est-ce qui peut bien le troubler à ce point ? Je renonce à le lui demander : à peine m'a-t-il aperçue que son visage s'éclaire d'un sourire, comme d'habitude. Il me dit bonjour en toute simplicité, comme s'il trouvait ça normal de me voir ici.

— Eh bien, où étais-tu passée ? me demande-t-il en faisant quelques pas vers moi. Je t'aurais bien appelée si seulement j'avais eu ton numéro…

— C'est vrai, nous ne les avons pas échangés, dis-je en me regardant les pieds.

J'ai un peu de mal à soutenir son regard si magnétique.

— Alors faisons-le maintenant.

Il a encore son portable à la main. Tout à coup j'ai l'impression d'avoir oublié mon propre numéro. Au prix d'un effort surhumain, je lui donne lentement, comme si je devais épeler un mot compliqué.

Leonardo l'enregistre et m'appelle. Une chance que j'aie désactivé le cri de canard qui me sert de sonnerie.

— Tu n'as pas répondu à ma question, poursuit-il en m'étudiant. Comment ça se fait que tu ne soies pas venue travailler hier ?

Voilà l'occasion rêvée de me lancer dans mon laïus. Le temps de m'éclaircir la voix et de me passer la main dans les cheveux, je suis prête.

— J'avais besoin de rester seule. Ce qui s'est passé l'autre jour m'a un peu déboussolée, dis-je d'une traite.

Leonardo n'a pas l'air impressionné pour un sou. Tandis qu'un drôle de petit sourire flotte sur ses lèvres, ses yeux se mettent à briller d'un plaisir sadique.

— Voilà pourquoi je voulais te parler…

Je dois m'interrompre. Le serveur de tout à l'heure passe près de nous. Il répond d'un signe de tête au geste que lui fait Leonardo. C'est vrai qu'il travaille. Peut-être que je suis en train de lui faire perdre son temps.

— Si tu es occupé, on pourrait se voir plus tard, fais-je en agitant les mains.

Il prend quelques secondes pour jeter un œil tout autour de lui avant de me répondre :

— J'en ai encore pour une demi-heure. Deux ou trois trucs à régler.

Il regarde ensuite son portable, immobile, comme s'il suivait le fil d'une idée.

— Ça te dit de m'attendre à l'église des Frari ? Je te rejoins là-bas vers onze heures.

Hein ? Sa proposition me laisse sans voix. Personne ne m'a jamais donné rendez-vous devant une église, encore moins celle des Frari. J'ose lui demander pourquoi.

— Eh bien, parce que c'est un bel endroit.

Je suis assise depuis un quart d'heure sur l'un des bancs en bois inconfortables de l'église des Frari, à l'avant de la somptueuse nef centrale. Un parfum d'encens se mêle à la fumée des cierges. Comme le vent commençait à souffler fort, je me suis abritée à l'intérieur. J'ai pris un air sérieux et recueilli en espérant ne pas me faire remarquer même si je jette régulièrement un œil en direction de la porte d'entrée. L'idée que Leonardo doive arriver d'un moment à l'autre me remplit la poitrine d'angoisse et d'excitation. J'espère qu'il comprendra que je suis à l'intérieur. De toute façon, j'ai son numéro. Je pourrai toujours l'appeler.

J'ai l'impression de m'être incrustée dans une soirée. Tandis que certains se recueillent pour prier, quelques visiteurs arpentent l'église en silence, le plus discrètement possible. La plupart d'entre eux s'arrêtent devant *L'Assomption*. Baignée par le soleil, elle est encore plus belle. Les rayons qui filtrent par les vitraux dessinent d'incroyables reflets sur le tableau. Ses couleurs ont l'air encore plus éclatantes que jamais.

— Alors comme ça, faire l'amour avec moi t'aurait déboussolée…, me chuchote une voix à l'oreille.

Je me retourne brusquement. Leonardo vient d'arriver, il s'est assis à côté de moi. Mon cœur recommence à battre la chamade. Il me dévisage : il attend que je reprenne notre conversation là où elle s'est arrêtée.

— Oui, c'est ça…

Après cet aveu, je prends une grande respiration :

— Peut-être parce que c'était tout à fait inattendu. D'habitude je ne suis pas quelqu'un qui se lâche facilement, mais avec toi…

J'hésite. Mon beau discours ne me sert à rien. Il m'a l'air soudain vide de sens, stérile.

— C'est-à-dire que je ne sais pas vraiment comment tourner la chose…

— Tu as déjà quelqu'un, c'est ça que tu essaies de me dire, je me trompe ?

Il est direct, clair et net, il me force à dire les choses comme elles sont, sans enjoliver, sans détour.

— Non, ce n'est pas ça du tout, dis-je en secouant la tête. Jusqu'à avant-hier, je pensais avoir envie de quelqu'un d'autre... mais maintenant je n'en suis plus aussi sûre.

L'image de Filippo se matérialise devant moi. Mais, comme mon beau discours, elle m'a l'air d'appartenir au passé. Je ressens soudain un coup au cœur.

— Alors, qu'est-ce qu'il y a, Elena ? insiste-t-il.

— Il y a que ça m'a beaucoup plu. Trop. J'ai essayé de me convaincre que ce n'était qu'un moment de faiblesse, un coup de tête – ce qui m'arrive rarement d'ailleurs –, que nous n'avons rien à faire ensemble. Bref, j'aimerais croire qu'il vaudrait mieux s'arrêter là. Pourtant je continue à penser à toi et... je veux que ça recommence.

Ça y est, je l'ai dit ! Même si ça ne me ressemble pas du tout, même si ce ne sont pas des choses à dire sur un banc d'église ! Je m'enflamme littéralement.

Leonardo reste là sans réagir, en apparence du moins. Bon sang, je me sens de plus en plus mal à l'aise ! L'espace d'un instant – qui me paraît interminable –, ses yeux s'attardent sur *L'Assomption*. Je suis en apnée, j'attends qu'il parle, comme un prévenu avant le verdict.

Puis, sans mot dire, il me prend par la main et me conduit juste en dessous du tableau. Pour ne pas être entendu, il se place derrière moi, la bouche presque collée à mon oreille.

— Tu sais pourquoi j'ai voulu te voir ici, Elena ?

Je fais non de la tête, complètement perdue.

— Parce que j'ai cette peinture dans la tête depuis que tu m'en as parlé. J'y ai beaucoup pensé depuis cette nuit-là.

Il lève les yeux vers le tableau du Titien.

— Je crois savoir pourquoi tu l'aimes autant : tu aimerais être comme la Vierge, poursuit Leonardo, en m'effleurant les cheveux de son souffle léger. Tu voudrais rester là-haut dans ton univers, loin de tout ce qui pourrait te faire du mal. Au fond, tu penses être destinée à ça.

Je regarde la figure de la Vierge, si distante, si sereine, si invulnérable. C'est vrai, il a raison, j'aimerais me sentir comme elle.

La présence brûlante de Leonardo pèse sur moi. Que cela se produise ici, dans un lieu sacré, parmi des gens qui ne nous remarquent presque pas, m'électrise, étrangement. Il continue à me parler à l'oreille comme un démon.

— Maintenant, regarde l'apôtre. La dernière fois, tu m'as dit qu'il invoquait la Vierge, qu'il la faisait monter jusqu'au ciel.

— C'est ça, oui.

J'ai beau être déboussolée, mes connaissances en histoire de l'art ne m'ont pas abandonnée, c'est déjà ça.

— Et si tu te trompais ? me demande-t-il en m'attrapant violemment par les épaules. Moi j'aime à croire qu'il la rappelle, au contraire, qu'il veut la retenir sur cette terre, la ramener à sa nature *charnelle.*

Je n'y avais jamais pensé. À regarder ce tableau dans une tout autre perspective, je finis par me rendre compte que cette interprétation n'a rien d'invraisemblable, quoi qu'on en dise. Reste à savoir où Leonardo veut en venir. Je trouve Dieu sait comment la force de lui dire que je veux refaire l'amour avec lui, et tout ce qu'il a à me répondre, c'est une nouvelle exégèse de *L'Assomption*. Je suis tellement troublée que mes genoux risquent de ne plus me soutenir très longtemps.

— Pourquoi est-ce que tu me racontes tout ça ? je lui demande d'une toute petite voix.

Je n'y tiens plus.

Il me prend par la taille de manière à me tourner face à lui. Ses yeux prennent possession des miens.

— Parce que je veux être celui qui te ramène sur terre, Elena.

Il est si près que nos visages se frôlent. J'espère que personne ne nous remarque. Lui, il s'en moque. Ses mots enflammés continuent de caresser mon visage.

— Moi aussi j'ai envie de toi, encore, sans cesse. Mais à ma façon. Je veux voir ce qu'il y a sous tes airs d'intello sage comme une image... je veux connaître la véritable Elena. Je veux bouleverser ta vie.

J'ai du mal à avaler ma salive. *Bouleverser ma vie*. Et il en est parfaitement capable, en plus. Un petit frisson me court le long de la colonne vertébrale.

— Quand je t'ai vue la première fois, obsédée par ta fresque, j'ai été ensorcelé par ta timidité, par ton air innocent. Impossible d'y résister. Cela prendra le temps qu'il faudra, mais je finirai par découvrir ce que tu caches. C'est comme ça.

À ces mots, je sens ma poitrine s'enflammer. Ce que je cache...

— Mais tu dois me laisser faire. Tu dois accepter de te laisser guider... Je veux t'apprendre les mille et une façons de prendre du plaisir...

Sa voix est un irrésistible mélange de douceur et de férocité.

Je reste muette. Que me propose-t-il exactement ? Je ne peux que le deviner. Ça m'a tout l'air d'un marché, d'un pacte diabolique qui bouleversera toute mon existence. Je ne suis pas sûre de vouloir accepter mais chaque fibre de mon corps est prête à tenter le diable. Il n'y a que l'inconnu et le danger pour faire cet effet-là.

Devinant mon trouble, Leonardo m'entraîne hors de l'église en me prenant par la main. Par une porte latérale, nous débouchons sur une rue secrète, une impasse. Après m'avoir plaquée contre le mur écaillé de la sacristie, Leonardo me soulève le menton.

— Tu as compris ce que je suis en train de te dire, Elena ?

— Je ne suis pas sûre, dis-je dans un murmure.

— Si c'est le grand amour romantique que tu cherches, je ne suis pas la bonne personne. Si tu penses juste à te changer de ta petite routine ennuyeuse, tu fais fausse route. Ce que moi je te propose, Elena, c'est un voyage, une expérience qui te changera pour toujours.

Je halète, je cherche à me libérer de son étreinte, même si pour rien au monde je ne voudrais le fuir.

— Je vais m'occuper de toi, t'apprendre que ton corps ne doit connaître aucune inhibition, aucun tabou. Je vais te montrer comment te servir de tes sens, de tous tes sens, pour jouir, et rien d'autre. Seulement tu devras me faire entièrement confiance, et être prête à tout ce que je te demanderai.

Il marque un temps, et plonge ses yeux sans les miens.

— *Tout*. Même si cela te semble absurde ou idiot.

Il n'y a rien d'autoritaire dans sa voix, non. Il est convainquant, diaboliquement convainquant. S'il me proposait d'aller danser ou boire un verre de vin, je crois qu'il ne s'y prendrait pas autrement.

— Il faut que je réfléchisse, dis-je d'un ton implorant. Je… je ne sais pas quoi répondre… là, maintenant…

— Pas question. Décide-toi. Tout de suite. C'est ton premier test. À prendre ou à laisser.

Je retiens mon souffle. Les yeux clos, je me prépare comme pour me jeter d'une falaise. Un saut dans le vide, voilà ce que je suis en train de faire, moi qui ne sais même pas nager, moi qui ai toujours pris mes décisions avec la plus grande prudence, qui n'ai jamais été du genre à agir sur des coups de tête. Je suis en train de faire la chose la plus insensée de ma vie. Et peut-être la meilleure, du coup.

— C'est d'accord, dis-je, la gorge serrée.

— C'est d'accord ? répète-t-il.

— Oui. Je suis prête.

Je finis par ouvrir les yeux. Me voilà de nouveau dans ses bras. Je suis encore bien vivante – pour le moment. Leonardo me sourit avant de m'embrasser avidement. Sa langue se fraie un chemin dans ma bouche, encore palpitante d'émotion. Il se recule un moment pour me regarder dans les yeux, comme pour s'assurer que je sois vraiment là. Puis il recommence à m'embrasser, avec encore plus d'ardeur, en me dévorant les lèvres. Sa main se faufile avec délice dans mon jean et va droit où elle ne devrait pas aller, déchaînant un tourbillon de plaisir.

— Je veux qu'aujourd'hui, quand tu seras au boulot, tu penses intensément à moi et que tu te fasses toute seule ce que je suis en train de te faire. Jusqu'à ce que tu jouisses, me chuchote-t-il sans cesser de me caresser.

— Non, je t'en prie... Je ne crois pas que ce soit une bonne idée... ça me gêne trop, je ne réussirai jamais à...

Leonardo ne me laisse pas dire un mot de plus : il me couvre la bouche d'une main et me transperce d'un regard assassin.

— C'est justement pour ça que tu dois le faire. C'est moi qui décide, tu dois me faire confiance sans discuter. Tu te souviens de ta promesse ?

Ma volonté a soudain été réduite à néant. Inutile de protester.

— D'accord. J'essaierai.

— C'est bien, Elena. J'aime quand tu es comme ça...

Tandis que d'une main il continue à explorer mon entrejambe, il me pince un téton de l'autre. Je détourne mon regard, ivre de désir. Je suis déjà mouillée, excitée, mais je ne pense pas que le faire toute seule me donnera autant de plaisir. Je ne suis pas habituée à me toucher.

Mon désir augmente, j'aimerais que ses doigts aillent encore plus loin, mais voilà que Leonardo se détache de moi, me laissant ébahie et insatisfaite. Le petit sourire sadique qu'il a aux lèvres me dit qu'il l'a fait exprès.

— Je dois rentrer. On se voit ce soir à mon retour.

Il s'appuie des deux mains contre le mur et s'approche de moi.

— Rappelle-toi, Elena. À partir de cet instant, tu m'appartiens.

Il me donne un nouveau baiser et fait mine de s'en aller.

— Leonardo…

Je le retiens en l'attrapant par un bras.

— Dis-moi juste pourquoi. Pourquoi tu fais tout ça.

Il penche la tête sur le côté avec un sourire à la fois innocent et diabolique.

— Parce que j'en ai envie. Et parce que tu me plais à en mourir.

Je dois faire une drôle de tête car il soupire, comme pour trouver une façon de me dire les choses autrement.

— Écoute-moi bien, Elena. Tout ce que je choisis de faire ou de ne pas faire est de l'hédonisme à l'état pur. C'est mon seul principe, ma seule motivation. Je ne crois pas à la force des idées et encore moins à celle de la morale. J'ai suffisamment vécu pour savoir que la douleur te frappe quoi qu'il arrive, sans avoir à la rechercher. Puisqu'il n'y a aucun moyen de l'éviter, et puisque le bonheur absolu n'existe pas, il ne reste donc que le plaisir. Et tu finiras par comprendre à quel point je suis déterminé à trouver le mien.

Je suis sans voix. Ses traits laissent maintenant deviner à la fois la dureté de celui qui a dû se battre et une souffrance cachée et indélébile, comme le tatouage qu'il a dans la peau. Mais aussi une soif de vivre et le courage de celui qui n'a jamais baissé les bras. Tout cela, je le vois dans ce sourire qui semble défier le monde entier.

Tu es un mystère, Leonardo, une énigme que je n'ai aucun moyen de déchiffrer pour le moment. Mais j'accepte, malgré tout. Et, à partir d'aujourd'hui, je t'appartiens.

Je passe la journée sans pouvoir penser à autre chose. J'abandonne la fresque à plusieurs reprises afin de me réfugier dans la salle de bains et essayer ce que Leonardo m'a donné l'ordre de faire. Mais c'est une catastrophe. Je me sens sale. En fait, je me sens vraiment coupable, même si je ne sais pas exactement vis-à-vis de qui.

En évitant de me croiser dans le miroir, je baisse la fermeture Éclair de ma tenue jusqu'à pouvoir apercevoir celle de mon jean. C'est la troisième fois que j'essaie. Je ferme les yeux et je pense à Leonardo, à ses baisers brûlants, à son corps nu dominant le mien, puis je glisse timidement une main dans ma culotte pour la laisser glisser sur mon mont de Vénus. Mes lèvres sont sèches et muettes. Elles refusent catégoriquement qu'on les touche. Elles ne répondent pas au contact de mes doigts, comme pour rejeter cette main si maladroite. Une fois les yeux rouverts, je m'assieds en soupirant sur le rebord de la baignoire, les bras ballants. Je me rends compte à quel point je connais mal mon corps. Je suis pleine de blocages et d'inhibitions. Peut-être parce que je n'ai jamais vraiment essayé de me donner du plaisir seule : j'ai toujours laissé faire les autres, c'est-à-dire le peu d'hommes que j'ai connus… et pour être tout à fait honnête, la comparaison avec Leonardo me fait croire que ce n'était pas le mieux qu'on puisse rêver.

J'essaie à nouveau de me concentrer, mais au moment même où je tends la main, une sonnerie de portable m'interrompt brutalement. Le temps de l'attraper, je vois apparaître le nom de Filippo sur l'écran. Incroyable. Pourquoi est-ce que tu m'appelles maintenant, Fil ? Tu me surveilles à distance ou quoi ? Tout est déjà assez compliqué comme ça… Je me sens soudain ridicule.

Bon, ça suffit, j'abandonne. J'ignore comment me voit Leonardo, voilà tout. Ou peut-être que libérer ma sensualité n'est pas un objectif que je peux atteindre seule.

Débarrassée de ma tenue de travail, je m'apprête à rentrer chez moi, frustrée. La première étape de mon voyage érotique s'est soldée par un véritable fiasco.

Je voudrais lâchement m'éclipser avant le retour de Leonardo, mais le nettoyage des outils s'est révélé plus compliqué que d'habitude. Leonardo finit par rentrer assez tôt pour m'empêcher de partir. Je me retrouve prisonnière de son étreinte. Bon, je dois bien avouer que je l'attendais tout de même un peu…

– Salut, Elena. Tu n'as rien à me dire ? me demande-t-il en chuchotant.

J'aimerais lui mentir, lui dire que ça s'est bien

passé, que j'ai le feu au corps, de partout. Mais je n'y arrive pas. D'ailleurs je crois que mon visage en dit suffisamment long.

— J'ai essayé.

— Tu as essayé, répète-t-il en me dévisageant d'un air sérieux.

— Mais… ça ne s'est pas spécialement bien passé.

Je pousse un soupir, craignant sa réaction.

— Viens, montons dans ma chambre.

Ça n'a pas l'air de l'énerver. Peut-être qu'il s'y attendait – et c'est encore plus blessant pour moi. Les jambes en coton, je me laisse prendre par la main avant de le suivre. Je ne sais pas ce qu'il a derrière la tête, mais je me sens en sécurité quand il me serre comme ça.

Je connais cette pièce. Il y règne plus ou moins le même foutoir que le jour où je m'y suis faufilée avec Gaia. Le lit est défait. Le champagne et les joints ont disparu mais on y respire le même air chargé de volupté, et ce parfum d'ambre entêtant qui a imprégné les murs et les draps.

Leonardo me pousse sur le lit. Lui reste debout devant moi.

— Déshabille-toi, m'ordonne-t-il. Je veux voir ce que tu sais faire.

Je m'assieds au bord du matelas, les mains agrippées aux draps. Une vague de sueurs froides me descend le long de la colonne vertébrale. La présence d'un miroir face à moi m'inquiète. L'idée que la violoniste sexy au corps de rêve se soit trouvée dans cette pièce me stresse aussitôt.

— Allez, Elena, m'encourage Leonardo en me

prenant la tête entre ses mains. Déshabille-toi. Tu ne fais rien de mal.

Me déshabiller devant un homme n'a jamais été ni simple ni naturel. Cela me met mal à l'aise. Je suis toujours tellement gênée que j'éteins la lumière pendant les préliminaires. Bref, offrir ma peau nue au regard d'un autre est une épreuve particulièrement anxiogène.

Lentement, je me lève. Me voilà face à lui. D'un geste tremblant, j'enlève mon tee-shirt. Une fois en soutien-gorge, je devine à son regard sévère que je dois l'enlever lui aussi. Je défais l'agrafe tandis qu'il m'aide à le faire glisser le long de mes bras.

— Je suis dingue de tes seins, ils sont si… tendres et ronds.

Il les caresse, délicatement. Puis il m'embrasse sur la nuque, à un endroit si sensible que mes genoux se plient au contact de sa langue.

— Tu dois te débrouiller toute seule, maintenant.

Je laisse glisser ma main entre mes seins et commence à m'en caresser un, les doigts refermés sur le téton.

— Comme ça, Elena… Maintenant occupe-toi un peu de l'autre aussi… m'ordonne-t-il en m'embrassant à nouveau dans le cou.

Je m'exécute, en essayant de me détendre. Tout se passe comme si ses gestes et ses mots m'encourageaient à faire pleinement confiance à mon corps.

— Bien…

Ses yeux brillent de désir. Il m'attrape une main et l'approche de mon ventre.

— Maintenant fais descendre ta main lentement. Glisse-la dedans.

Je me sens encore plus nue et plus vulnérable qu'au moment où tout mon corps était prisonnier de son étreinte. Il y a quelque chose d'intensément érotique et de défendu dans tout ça. J'ai l'estomac noué d'angoisse, mais je sais que je ne peux pas m'arrêter maintenant. Je ne veux pas.

Je laisse ma main se frayer un chemin dans mon jean, puis commence à bouger mes doigts en avant et en arrière, comme si je pinçais les cordes d'une guitare. Rester là à me regarder l'excite, j'en suis sûre. Sans défense, je me sens totalement à la merci de ces yeux qui semblent vouloir me dévorer.

– Personne ne te procurera le plaisir que tu peux te donner seule, me rassure-t-il. Apprends à te connaître.

Il se précipite sur moi pour me caresser à travers mon jean. J'arrive à le sentir. Il appuie du bout des doigts sur le bord extérieur de mon vagin. Il les remonte pour me tenir dans le creux de sa main. Ces gestes lents et précis m'enflamment de passion.

Leonardo retire sa chemise avant de m'arracher mon pantalon et ma culotte. Il s'assied ensuite au bord du lit pour m'attirer vers lui, de manière que sa poitrine nue épouse la courbe de mon dos. Il se penche en avant. Mon cou tressaille au contact de ses lèvres charnues. Son souffle frôle mes tétons qui se dressent aussitôt. L'image que me renvoie le miroir me frappe avec la violence d'une gifle. La vue de mon corps m'est si insoutenable que je détourne le regard. Leonardo m'attrape le menton pour me forcer à contempler mon reflet dans la glace.

– Regarde comme tu es belle, Elena. Tu dois

aimer ton corps, tu dois en être fière, parce qu'il te donne du plaisir. Et il m'en donne à moi.

J'essaie, mais c'est dur. Le spectacle de ma chair nue, de mon sexe offert à son regard, de ma pose lascive ne me remplit pas de fierté mais de honte. Leonardo me prend une main et la presse contre mon sexe humide et chaud.

— Continue à te toucher, me susurre-t-il à l'oreille. Ne t'arrête pas.

Je m'exécute, les yeux clos, ce qui m'évite au moins de me sentir gênée. Je sens lentement mon vagin mouiller. Leonardo, de son côté, s'est enduit les mains d'huile pour les faire glisser sur mes seins. Un délicieux parfum de rose caresse ma peau. Il laisse ses doigts effleurer mon corps avant de les approcher de la pointe de mes seins durcis d'excitation, et de les serrer. Ses mains se sont maintenant refermées sur eux ; elles les malaxent, comme pour les modeler. Il n'y a que Leonardo, et lui seul, pour me procurer ce plaisir indescriptible.

— Du bout des doigts. C'est comme ça que tu dois faire, maintenant. Lâche-toi complètement.

Il me saisit le poignet pour me le poser contre le pubis.

Ma main explore mon entrejambe, grisée par l'excitation de la découverte, mais encore timidement.

— Maintenant essaie avec mes doigts… si cela te donne encore plus de plaisir…, me chuchote-t-il en lâchant un de mes seins. Mais je veux que te le fasses toi-même. Encore un petit moment.

J'attrape délicatement sa main et la laisse glisser

à l'intérieur de moi. Je fais ensuite courir ses doigts le long de mon clitoris.

Tout d'un coup, Leonardo se libère de mes mains. Il commence à me caresser légèrement. Son geste tendre m'effleure à peine l'intérieur des cuisses. Il attend que j'écarte complètement les jambes, le dos cambré, pour remonter le long de mes jambes. Là, il passe les doigts le long de mon vagin et appuie légèrement dessus en effectuant un petit mouvement circulaire. Il referme le pouce et l'index sur une de mes lèvres et la serre délicatement. Là-dessus, il frôle mon sexe du bout des doigts, du bas vers le haut. Son geste décrit la courbe d'une parenthèse, dans un sens, puis dans l'autre. Une vague de plaisir se propage à travers tout mon corps.

Il attend que mon corps tressaille au contact de ses doigts pour me caresser le clitoris, en appuyant tout doucement dessus. Puis il descend encore, jusqu'à ce que mon vagin l'autorise à entrer.

– Maintenant ouvre les yeux, Elena, me murmure-t-il à l'oreille. Je veux que tu me regardes.

Mes paupières s'ouvrent comme un rideau, et l'image de mon corps, prisonnier du sien, apparaît devant moi. Nos regards se croisent dans le miroir tandis que Leonardo enfonce lentement son majeur en moi. Le voilà qui décrit de petits cercles, en écartant délicatement ma chair. Vaincue, je me laisse aller. Cela lui montre sans ambiguïté – mais était-ce bien nécessaire ? – qu'il peut aller plus loin. Il se met à remuer le doigt encore plus profondément : il est complètement enfoncé en moi. Il s'arrête pour me titiller encore un moment. J'ai encore plus envie de lui, et il le comprend en un éclair. Il attend que mon vagin se détende pour faire entrer un autre doigt, m'offrant une divine sensation de plénitude. Dans le reflet du miroir, mon visage a l'air transfiguré par le plaisir. Tous mes muscles se contractent dans un spasme : un courant d'énergie les traverse de l'intérieur. Je ne me reconnais presque pas : c'est la première fois que je me regarde jouir. Dans la glace, je vois Leonardo sourire, comme s'il devinait mes pensées. M'entendant haleter, il plie les doigts en forme de L en frottant la base de mon clitoris. « Viens, maintenant », semble me dire son geste. Ses yeux le disent aussi. Nous allons tous les deux me regarder atteindre l'orgasme.

— Oui, Leonardo..., dis-je en gémissant.

J'ai la tête qui tourne, mes sens s'abandonnent, emportés par cette tornade de plaisir.

— Plus fort !

Je le supplie. Je passe les bras dans son dos pour m'agripper à lui tandis qu'il fait bouger ses doigts de plus en plus vite. De l'autre main, il me donne de petites tapes sur le pubis.

— Ça te plaît, *comme ça* ?

— Oui, j'aime ça..., fais-je d'une voix rauque.

Je suis une boule de désir.

— Encore, je t'en prie... ne t'arrête pas.

Maintenant c'est moi qui le lui demande.

Il poursuit son petit jeu irrésistible. Je suis à la merci d'une tornade dévastatrice, qui me vide de toutes mes forces. Et Leonardo en est le maître absolu. Mon corps s'agite dans tous les sens, tressaute. Au comble de l'excitation, je gémis sans me retenir. Encore et encore. Soudain, je pousse un hurlement, un râle, qui me fait fondre sous ses doigts. Tandis que mon dos se courbe violemment contre son torse, une myriade de minuscules étincelles explosent à l'intérieur de mon corps.

Leonardo me serre dans ses bras de toutes ses forces et me couvre de petits baisers dans le cou.

— Bien, murmure-t-il tout contre ma bouche. Ça, c'est ce qui s'appelle jouir.

Je suis allongée sur le lit, comblée et épuisée. Le voyant me regarder d'un air satisfait, je me couvre du drap. Ça le fait sourire.

— Ça te dérange à ce point qu'on te regarde ?

— Oui..., dis-je d'une toute petite voix.

Je sais que ça n'a aucun sens : j'étais complètement nue entre ses bras deux minutes plus tôt. Seulement voilà, je ressens le besoin de protéger mon intimité, de la cacher sous ce morceau de tissu.

— Alors ce sera le prochain tabou dont il faudra te libérer. Parce que moi j'aime beaucoup te regarder.

Il me parle d'une voix douce, allongé à mes côtés, la chemise ouverte sur son torse, la tête appuyée dans la pliure du coude.

Une idée me traverse l'esprit en un éclair. J'ai l'impression d'avoir pris une décision insensée. Insensée mais terriblement excitante. Le goût de l'interdit m'attire mais m'effraie aussi un peu. J'ignore où tout cela va me mener. Pour l'heure, une seule chose est sûre : je veux aller jusqu'au bout.

Je regarde Leonardo et son expression changeante, toujours différente. Ses traits ne me sont pas complètement familiers, comme si je devais toujours les découvrir sous un angle nouveau. J'ignore bien pourquoi. Qui est vraiment cet homme ? Qu'est-ce qui l'a attiré chez moi ? J'ai l'impression que ces questions resteront définitivement sans réponse. Et pourtant je suis dévorée par une insatiable curiosité. Et je finis par dire n'importe quoi. Parfait.

— Tu as eu beaucoup de femmes dans ta vie ?

Je lui pose la question sans prendre de gants. Il m'a déjà dit qu'il n'était pas du genre à avoir des copines. Et la manière dont il a trouvé les clés pour faire vibrer mon corps laisse supposer une certaine expérience.

Ma question n'a pas l'air de le surprendre :

— J'en ai eu beaucoup, oui.

Avec un long soupir, il s'allonge sur le dos, les mains derrière la nuque.

— Le truc, c'est que les sentiments ne sont pas exactement mon fort, je te l'ai dit.

Son visage a soudain l'air plus sombre. C'est alors qu'il se tourne brusquement vers moi en me regardant sérieusement.

— Tu n'es pas la seule, Elena, si c'est ce que tu veux savoir. Ne t'attends pas que je te sois fidèle.

J'aurais envie de disparaître sous les draps. Je me sens bête, une vraie gamine.

Vu la surprise qui se lit dans ses yeux, Leonardo a l'air de s'en être rendu compte :

— Je croyais avoir été clair…

— C'est très clair, bien sûr…

Je m'empresse de répondre avec un grand sourire.

En réalité, je me sens blessée. Au prix d'un effort surhumain, je surmonte la déception. « Pas de grand amour romantique avec moi » : il me l'a pourtant dit de façon suffisamment claire. Je dois juste bien me coller ça dans la tête.

— De toute façon, je dois y aller, dis-je en me levant du lit, encore enveloppée dans le drap.

Je me rhabille en vitesse. Leonardo me raccompagne à la porte. Je me sens soudain entièrement sous sa coupe, presque écrasée par la force qui émane de lui. Il s'arrête sur le pas de la porte et me replace une mèche de cheveux derrière l'oreille.

— Tout va bien ? me demande-t-il gentiment.

Je lui réponds que oui, sans pourtant en être sûre.

— À demain, alors ?

Avant même de m'avoir laissé le temps de répondre, sa bouche s'empare avidement de la mienne. Il m'attrape le visage. Son baiser se fait de plus en plus profond. Puis il se recule et me regarde, comme s'il voulait m'étudier sous toutes les coutures.

— J'ai une idée pour toi. Quelque chose de spécial, me chuchote-t-il d'un ton mystérieux. Ne tarde pas à venir.

— D'accord…

Je sors tout étourdie.

J'ai hâte d'être à demain.

9

Autour de moi, tout est noir et silencieux.

Il m'a laissée ici toute nue, attachée à un fauteuil, les yeux bandés par un foulard en soie noire. Je me sens minuscule au centre de cette pièce gigantesque, la salle de réception, la plus grande du palais.

En allant retrouver Leonardo ce matin, je ne savais vraiment pas à quoi m'attendre. Je me suis imaginé des centaines de scénarios différents. Inutile, puisqu'il réussit toujours à me surprendre.

Et cette fois encore.

Il m'a ouvert la porte en affichant cet air confiant qui ne présage jamais rien de bon. Il ne m'a pas posé de questions. Il s'est contenté de m'attirer vers lui pour m'embrasser. Puis il m'a prise par la main et m'a guidée à travers les escaliers et les couloirs jusqu'à cette salle. Une fois au centre de la pièce, il a commencé à me déshabiller. Mon cœur battait la chamade, je pensais que nous allions faire l'amour – et c'est que je désirais de toutes mes forces. J'aurais voulu qu'il m'embrasse, que son corps me fasse oublier ma nudité, qui me rendait nerveuse et empotée.

Mais non. Il m'a ordonné de me retourner, et j'ai obéi. Il m'a bandé les yeux avec le foulard qui se trouvait dans sa poche de pantalon, sans me laisser le temps de dire un mot.

— Tu n'as pas besoin de tes yeux aujourd'hui, Elena. Je vais t'apprendre à voir autrement.

Après m'avoir fait asseoir, il m'a attaché les poignets aux accoudoirs avec je ne sais trop quoi – peut-être les cordons des superbes rideaux en brocart de la pièce – avant d'en faire autant avec mes chevilles, qu'il a rivées aux pieds de la chaise.

— Qu'est-ce que tu as en tête ? lui ai-je demandé d'une voix brisée.

— Chhh... Ce n'est pas l'heure des questions, m'a-t-il répondu tout bas.

Il m'a recouverte d'un de ces draps rêches dont on se sert pour protéger les toiles des artistes, comme si j'étais l'une de ses créations. Il m'a laissée le visage et les seins à l'air libre. Il m'a caressé la joue, puis j'ai entendu ses pas s'éloigner.

Je suis ici depuis plus d'une heure. Plus exactement, je crois qu'une heure s'est écoulée, vu que les cloches de San Barnaba n'ont sonné qu'une fois.

Au début j'étais complètement perdue, incapable de contrôler mon esprit. J'étais paniquée, désorientée, j'avais l'impression d'être torturée pour rien. Je me suis maudite de m'être collée dans ce pétrin et d'avoir accepté ce pacte infernal. À cet instant, je n'avais qu'une envie : me libérer et m'enfuir.

Et puis j'ai compris.

L'odeur de cette pièce, subtile et entêtante – un mélange de boiseries anciennes, de poussière et d'humidité –, a lentement envahi mes narines. Le velours du fauteuil a commencé à me chatouiller le dos, tandis qu'une brise légère s'est mise à filtrer par une des fenêtres. Un léger frisson m'a traversé le corps, faisant durcir mes mamelons. Du silence ont même fini par se détacher des sons : les voix sur le Grand Canal, le ronflement des vaporettos dans le lointain, une goutte tombée on ne sait où, ma propre respiration, devenue presque assourdissante.

Leonardo m'a bandé les yeux parce qu'ils dévorent tout. Mon regard est si avide qu'il écrase mes autres sens. Il est soumis chaque jour à un nombre incalculable de stimulations : mon travail, mes passions, la ville où j'habite. Cela fait vingt-neuf ans que je m'enivre de la beauté de Venise, que je me nourris de marbres, de stucs, de peintures et de pierres. Je ne lis le monde que par les yeux. Et voilà qu'ils sont plongés dans le noir, endormis, drogués. Cette manière de connaître les choses me suffisait. J'étais heureuse et remplie de certitudes. Mais ça, c'était avant de le rencontrer.

Un rayon de soleil se glisse entre les volets et offre sa tiède chaleur à ma main droite, ankylosée. Je ne le vois pas, mais j'essaie de le sentir. J'essaie d'observer le monde sans mes yeux. *Au-delà des yeux*. Là où se trouve la véritable Elena, celle que désire Leonardo.

Mes chevilles commencent à me faire mal, mes poignets aussi. Mon sang a du mal à couler jusqu'au bout de mes veines. Une petite larme passe sous le bandeau et coule jusqu'à mes lèvres – elle est chaude et salée – quand je perçois un léger bruissement. Il y a quelqu'un dans la pièce.

— Leonardo ? C'est toi ? dis-je en gigotant sur mon fauteuil.

J'entends ses pas s'approcher. Depuis combien de temps est-il ici ? Depuis combien de temps est-il en train de m'observer ? Il est maintenant debout face à moi, je parviens à sentir sa présence, la chaleur de son corps et son parfum d'ambre.

— Leonardo, libère-moi… je t'en prie…

Pas de réponse. Il soulève un bout du drap avant de le faire glisser avec une lenteur insoutenable. Me voilà toute nue, entièrement offerte à son regard, impuissante. Pendant une seconde qui me paraît durer des heures, je sens ses yeux explorer chaque partie de mon corps. Sa manière de faire n'a rien de délicat ; elle m'aiguillonne, me provoque de petits électrochocs sous la peau. Son regard me blesse et m'excite en même temps.

Soudain, sa voix est tout près de mon oreille :

— Je te regarde, Elena. Partout.

J'aimerais lui dire que ça me plaît d'être regardée comme ça, que c'est une sensation nouvelle pour moi, mais j'ai la gorge serrée. Pas moyen de parler.

Il a dû s'agenouiller devant moi, les mains posées sur mes cuisses. Voilà maintenant que ses lèvres humides se posent sur les miennes. Elles descendent lentement le long de mon cou ; je sens sa barbe contre ma joue, mes seins, mon nombril. Sa barbe qui me frôle, me chatouille, me pique et me tourmente. L'anneau qu'il porte à l'oreille glisse contre mon épaule. Puis ses lèvres se posent de nouveau sur les miennes, sa langue se fraie brutalement un chemin entre mes dents et pénètre dans ma bouche.

Une vague me secoue le ventre et prend plaisir à couler lentement, de plus en plus bas. J'aimerais sentir le reste de son corps, jeter mes bras autour de son dos, mais je ne peux qu'ouvrir et refermer les mains, bouillant d'impatience.

— Détends-toi, Elena, me souffle-t-il tout près du visage. Pour le moment, il n'y a que moi qui peux me servir de mes mains.

Il doit avoir un regard troublé, brûlant de désir, j'en suis sûre, même si je ne peux pas le voir. Son sourire énigmatique, cruel, doit flotter sur son visage.

Il fait courir ses doigts le long de mes joues, jusqu'au menton. Il m'attrape par les cheveux, faisant s'échapper quelques mèches du bandeau. Sa langue s'est glissée dans mon oreille. La chaleur de son sang envahit tout mon corps.

— Même si tu ne me vois pas, tu peux me sentir, j'en suis sûr.

Sa voix de velours résonne tout autour de moi, et aussi à l'intérieur de moi. Leonardo se réfugie dans le creux de mon cou. Il respire, il s'enivre de mon odeur.

— Tu ne dois te fier qu'à tes sens, Elena.

Aussitôt, quelque chose de frais, de vivant me frôle la peau et glisse sensuellement de ma joue jusqu'à ma gorge, puis de ma gorge jusqu'à mes seins, en s'arrêtant sur mes tétons. Les mains de Leonardo guident cet objet intrigant et humide le long de mes cuisses et entre mes jambes avant de le remonter à nouveau pour le poser sur ma bouche.

— Lèche-la, m'ordonne-t-il d'une voix diabolique. Doucement…

Les lèvres entrouvertes, je m'exécute. C'est une orange, une simple orange – mais soudain j'ai l'impression d'en redécouvrir le goût – le goût amer du péché, une saveur qui se mélange à celle de mon corps.

Leonardo se met ensuite à lécher le jus qui dégouline de mes lèvres jusqu'à mon nombril. Je sens ses mains bloquer mes jambes qui voudraient d'instinct se refermer. J'aimerais bouger, échapper à cette douce torture, mais c'est impossible.

Ses doigts sont maintenant enfoncés en moi. Il les écarte de façon à pouvoir plonger le majeur dans mon puits d'amour, puis il le porte à ma bouche pour me le faire sucer. Je découvre le goût de mon sexe mouillé de désir.

Leonardo me détache une cheville. J'entoure ses hanches de ma jambe en prévision de ce qui va suivre. Mais surprise, il se recule.

Je sens une goutte d'un liquide froid et dense atterrir sur mon genou et me couler jusqu'au pied. Puis une autre, que Leonardo m'étale du bout des doigts sur la bouche. Elle a un goût de sucre et d'alcool.

— Tu sais bien que je ne bois pas, dis-je d'une voix blanche.

— Je ne pense pas que ça va te tuer, me susurre-t-il, haletant d'excitation.

Il m'en donne encore, directement au goulot. C'est une saveur forte, violente, à laquelle je ne suis pas habituée. Je détourne le visage avec une grimace. Avec un ricanement provoquant, Leonardo aspire les gouttes qui m'ont coulé sur le menton et dans le cou.

— Elena, me siffle-t-il à l'oreille, tu n'es pas un ange innocent. Le vice fait aussi partie de ton être... ne pense qu'à ton plaisir, maintenant.

Joignant le geste à la parole, il plonge de nouveau la main entre mes jambes. Je sursaute. Il avale une gorgée à son tour, puis m'attrape par la nuque pour m'approcher de lui. Il me fait boire encore. Le breuvage assassin descend dans ma gorge. J'aime son goût à la fois doux et amer. Il rafraîchit ma bouche et me brûle le corps.

— Ça te plaît, hein ? J'en étais sûr...

Sa langue pénètre dans ma bouche et cherche la mienne. Puis il m'attrape la tête et la penche vers le bas. Une multitude de petits points blancs explosent dans mes yeux toujours plongés dans le noir. Tout s'agite tellement que j'en ai le vertige.

— Lèche-moi, m'ordonne-t-il d'une voix douce et lourde d'envie.

J'hésite entre ma peur de toujours et mon désir présent. Je le frôle de ma langue, comme on frôle le danger. Je goûte à son envie ardente. Il est dur. Je sens sa peau tendue se gonfler encore davantage.

Quelques secondes plus tard, sa main finit par

éloigner mon visage de son sexe impatient. D'un geste adroit, il me libère l'autre cheville.

Ses doigts courent rapidement le long de mes jambes. Il les remue, il les masse, comme pour les réveiller. Mes bras tombent sans crier gare le long des accoudoirs du fauteuil. Leonardo vient de défaire tous les nœuds. Je suis libre. Libre de le toucher. Libre de faire ce que je désire. Je lève la main vers le bandeau mais il l'attrape au vol.

— Non. Tu gardes ça.

C'est un ordre. Il resserre le nœud pour le garder collé à ma nuque.

— Je t'en prie, dis-je d'un ton plaintif.

— Non, Elena, ça ne te va pas, me chuchote-t-il en pressant ses lèvres chaudes et humides contre mes yeux bandés.

L'instant d'après, il m'attrape par les hanches et me soulève du sol. Il me plaque contre le mur en me serrant encore plus fort. Je le sens prendre mes fesses à pleines mains. Son sexe glisse dans le mien et s'enfonce avec des mouvements experts, sans se presser.

Je sens son souffle dans mon oreille.

— Tu ne te connais pas encore. Mais tu y arriveras, sans même t'en rendre compte.

Sa voix vibre de désir.

Ma respiration se confond avec la sienne. Le plaisir brûle désormais dans nos corps en sueur comme un incendie.

Il finit par m'allonger par terre, sur le drap qui m'avait servi de couverture. Une fois étendu par-dessus mon corps, il entre de nouveau en moi. Je me laisse pénétrer, plus profondément cette fois. La pièce résonne de mes gémissements, toujours plus haletants. De mes soupirs. Il me griffe, il m'étreint. Le souffle court, je me sens de nouveau perdre l'équilibre. Tout mon être s'abandonne à lui, explose sous les coups de sa chair, de son désir. Leonardo cherche mon plaisir au fond de mes entrailles, et il le trouve. Soudain, l'orgasme me dévore. Contractant les muscles comme pour le retenir, je sens sa puissance implacable envahir violemment tout mon corps, de la pointe des pieds jusqu'au sommet de mon crâne. Les ongles dans le dos de Leonardo, je m'abandonne. Je m'entends gémir. J'ai perdu tout contrôle. Ce n'est plus moi, ce n'est plus l'Elena que je connaissais. Je suis l'impuissante spectatrice de moi-même.

Leonardo se retire et inonde mes seins de sa jouissance avant de s'écrouler à mes côtés, à bout de souffle.

De la pâte à modeler. J'ai l'impression d'être de la pâte à modeler. Une extase visqueuse et sensuelle me retient clouée au sol. Peu importe, je ne souhaite pas bouger. De petits frissons continuent de me courir le long de la colonne vertébrale.

Une main douce me caresse le visage et m'ôte enfin le bandeau en soie noire. La faible lumière de l'après-midi me fait battre légèrement les paupières. Sur le moment, j'ai du mal à bien y voir, mais peu à peu ma pupille se réhabitue et se dilate. J'ai l'impression que la pièce n'est plus celle où je suis entrée, comme si je venais de me réveiller d'un rêve, comme si je n'avais jamais vu cet endroit. Les baies vitrées donnant sur le Grand Canal, les lustres en verre de Murano, le velours des sièges, les deux statues de Maures encadrant la cheminée : rien n'est plus comme avant. L'odeur de la poussière se mêle à celle du sexe.

Mon regard croise celui de Leonardo. Il me sourit comme s'il venait enfin de me retrouver.

— Te voilà, me dit-il d'une voix douce et rassurante tout en m'essuyant les seins avec un bout de tissu. Tu es encore plus belle, maintenant.

Je n'ai plus la force de parler. Je lui souris en lui passant la main dans les cheveux tandis qu'il se baisse pour me déposer délicatement un baiser au creux du nombril.

— Alors, est-ce que c'était si terrible de ne pas voir et de se laisser regarder, pour une fois ? me demande-t-il, la bouche sur mon épaule.

— C'était merveilleux.

Je ne réponds que d'un murmure. J'ai peur de briser la magie de cet instant.

— Tout ce besoin de contrôler n'est qu'une illusion, Elena. C'est quand tu t'abandonnes à toi-même que tu deviens celle que tu es vraiment.

Il me caresse le front et me replace une mèche derrière l'oreille.

— Et ce qui s'est passé aujourd'hui n'est qu'un petit aperçu…

Tout sourire, il me donne ensuite une petite tape sur l'épaule.

— Maintenant tourne-toi, je veux te masser le dos.

J'obéis, encore courbaturée. Les genoux serrés

autour de mes hanches, il laisse ses mains courir à leur guise sur ma peau nue. Petit à petit, mes muscles retrouvent leur vigueur.

Quelle heure peut-il être ? J'ai cessé de compter les coups du clocher de San Barnaba. Je vais bientôt devoir m'en aller : voilà tout ce que je sais. Et je sais aussi qu'au moment d'emprunter ces rues trop étroites et bondées de monde, je sentirai encore le parfum de Leonardo. Il ne me lâchera pas, il me poursuivra de force jusqu'à la porte de chez moi, quand je grimperai l'escalier d'un pas léger, portée par mes pensées. Cette odeur me tiendra compagnie pour le reste de la journée, et rien ne pourra le faire disparaître.

— Où es-tu, Elena ?

Il me pince le dos, comme s'il voulait m'arracher au tourbillon de pensées où je suis plongée.

— Je suis là. Mais je ne vais pas tarder à y aller.

Je ne vais pas tarder. Mais, en attendant, je savoure. Je suis bien là où je suis, là, maintenant, dans ce carré de lumière qui s'étend sur le sol, mon corps nu à côté du sien, sans rien d'autre.

10

Cela fait des jours que je n'ai pas revu Leonardo. Il a brusquement disparu. Pas un message, pas un appel. Je traîne partout avec moi l'impression étrange d'avoir été amputée d'une partie de moi-même. Peu de temps s'est écoulé depuis le jour de notre pacte – si on peut appeler ça comme ça –, et pourtant je ne peux déjà plus me passer de lui. Je ne me suis jamais sentie aussi dépendante de quelqu'un. J'attends notre prochain rendez-vous comme si nous ne nous étions pas vus depuis des mois : je suis à lui, et j'aimerais l'être encore plus. Personne ne s'était jamais emparé de moi de façon aussi viscérale.

Leonardo ne s'est pas montré au palais. J'ai jeté un œil dans sa chambre – j'ai un comportement de parano, ça ne me ressemble pas. Draps froissés, chemises éparpillées sur le tapis : le désordre habituel. Chaque fois que j'ai tenté de l'appeler sur son portable, j'ai été refroidie par la voix anonyme de son répondeur, qui me conseillait de réessayer plus tard.

Et c'est ce que j'ai fait, sans jamais recevoir de réponse. Leonardo s'est volatilisé. Son silence fait naître en moi tout un tas de questions. Et parmi elles, l'une me hante sans cesse. Et s'il s'était déjà lassé de moi ? Je me fais toutes sortes de scénarios absurdes. Un coup je l'imagine allongé sur un lit d'hôpital, une perfusion dans le bras, mais l'instant d'après je le vois dans une luxueuse chambre d'hôtel, en serrant une autre dans ses bras. Peut-être qu'il m'a plaquée pour rester avec sa somptueuse violoniste – ce qui est le plus plausible, au fond.

Le travail ne m'aide pas à me vider la tête. Ma main tremble, mes yeux sont incapables d'y voir clair, et ma tête s'invente des films à n'en plus finir. Je me demande si je pourrai de nouveau être heureuse comme je l'ai été ce jour-là, tout contre sa peau nue. Et, par-dessus tout, je me demande s'il aura pensé à moi comme je pense à lui depuis cet instant. Comme une obsession.

Je rentre de l'île de San Servolo en vaporetto. Pour essayer de me changer les idées, je suis allée voir une rétrospective consacrée à un célèbre photoreporter suédois. Je ne suis pas sûre que c'était la meilleure des choses à faire. Tandis que les images des paysages iraniens hypnotisaient les visiteurs, j'ai parcouru les salles noires de monde sans pouvoir m'empêcher de penser à Filippo. C'était avec lui que j'allais voir des expositions, d'habitude. C'était extraordinaire de voir à quel point nous partagions les mêmes opinions sur tout, à quel point nous nous comprenions d'un simple regard. Il avait parfois le courage de rester des heures entières appuyé contre un mur, un cahier et un stylo à la main, à recopier des textes, faire des croquis, prendre des notes. Cela finissait évidemment par m'énerver. Le temps de lui chiper son carnet bien-aimé, je le poussais vers la sortie. Ce qui nous faisait rire comme des enfants.

Il n'empêche. Si Filippo était là, tout serait plus compliqué, maintenant.

Un léger brouillard s'installe sur les eaux de la lagune à mesure que le jour disparaît silencieusement à l'horizon. Profitant du coucher de soleil depuis le vaporetto, j'ai l'impression de suivre le soleil dans sa course à travers le ciel. C'est toujours à cette heure que le ciel de Venise se remplit d'une étrange nostalgie.

Une fois descendue à la station San Zaccaria, je me fraie un chemin à travers les gens qui se sont précipités sur le ponton. Tous ceux que l'on croise autour des embarcadères des vaporettos ont généralement l'air de partager les mêmes pensées, la même condition. Nous sommes tous des marins, même si nous nous contentons de passer d'un quartier à un autre.

J'ai décidé de passer dire bonjour à mes parents. J'en profiterai peut-être pour prendre mon premier repas digne de ce nom depuis le début de la semaine. Sans appétit depuis des jours, je commence à me sentir l'estomac vide. Mais je ne suis pas encore d'humeur à affronter le supermarché. Si j'allais faire les courses maintenant, je risquerais de remplir un chariot entier de gâteaux au chocolat, et, à coup sûr, j'attendrais de les avoir payés et d'en avoir ingurgité un paquet sur le chemin du retour pour m'en mordre les doigts.

Je file sous les arcades du Florian, à l'abri de la foule, abandonnant la place Saint-Marc aux touristes et à leurs photos. Défiant le vent froid qui coupe mon visage, j'arrive place Santa Maria del Giglio, je sonne à l'interphone des Volpe. C'est ma mère qui me répond. Je devine à sa voix qu'elle est aux anges. Elle ne s'attendait pas à ma visite.

Une fois en haut de l'escalier, je me laisse envelopper par le parfum d'un strudel à la pomme juste sorti du four. Ma mère est un véritable cordon bleu. Sans elle pour veiller à mon alimentation, il y a fort à parier que je serais morte de faim après toutes ces années de discipline végétarienne !

Le temps d'enlever mon blouson et de chiper un bout de strudel, je m'affale sur le canapé. J'allume la chaîne hi-fi, faute de mieux. Chez les Volpe, pas de télé avant vingt et une heures : depuis toujours, c'est la règle. Voilà pourquoi j'ai grandi sans dessins animés, avec des compilations de chansons de variété plein les oreilles.

Après avoir laissé reposer la pâte de ses gnocchi au potiron – une autre de ses spécialités –, ma mère me rejoint au salon et commence à me bombarder de questions sur l'inauguration du restaurant de Brandolini. Comme cela fait longtemps que je ne l'ai pas vue, j'étais sûre qu'elle me ferait passer tout un interrogatoire sur l'événement du mois. J'en raconte les grandes lignes, en évitant bien sûr de parler de Leonardo. On dirait qu'elle veut tout savoir – qui était là, qui n'était pas là – et elle exige des détails sur chaque invité présent.

— J'ai lu dans le journal qu'il y avait ce cuisinier très connu..., insiste-t-elle, dans l'attente d'une réponse satisfaisante.

— Mais oui maman, c'est le type qui vit au palais où je restaure la fresque.

Je reste dans le vague, mais je sens déjà mes joues s'empourprer. Si elle savait ce que sa petite fille chérie fait avec ce « cuisinier très connu »... Je remets mon écharpe en place. Je ne l'ai pas enlevée pour cacher une trace caractéristique que Leonardo m'a laissée dans le cou.

— Et alors, il est comment ? poursuit-elle de son ton inquisiteur.

— Je ne l'ai croisé que deux ou trois fois, dis-je en baissant les yeux vers le tapis. Mais il cuisine bien, à ce qu'il paraît.

— Et qu'est-ce qu'il y avait à manger ?

— Toutes sortes d'amuse-bouches, des trucs ultra-sophistiqués... mais rien de comparable avec ce que tu cuisines toi, maman.

Je la rassure avec un petit sourire flatteur, ce qui la fait glousser de plaisir. Elle se donne de petits coups sur les cheveux qu'elle se teint avec la même coloration châtain cuivrée depuis vingt ans. Chaque fois qu'on lui fait un compliment sur sa cuisine, ma mère est ravie.

— Tu n'enlèves pas ton écharpe ?

Et voilà, je le savais. Rien ne lui échappe.

— C'est juste que j'ai un petit torticolis, elle me tient chaud, comme ça, dis-je en faisant une grimace de douleur.

— Mon trésor, il faut plus te couvrir avec cette humidité !

— Non, c'est peut-être la faute de la fresque. J'ai dû rester trop longtemps dans une position inconfortable sur mon escabeau.

Au secours, comment vais-je réussir à lui faire gober mon excuse si je me revois en pleine étreinte avec Leonardo ?

— C'est sûr qu'à trop solliciter ses muscles, c'est la contracture assurée, dit-elle avec la plus grande conviction.

Je t'en prie maman, arrête. Tu ne sais pas – et tu ne veux pas savoir – quels muscles ta petite fille chérie a trop sollicités. Autant changer de sujet.

— Où est papa ?

— Il est passé à la quincaillerie.

— Pour quoi faire ?

— Va savoir, répond-elle en secouant la tête d'un air résigné. Depuis son départ à la retraite, il se passionne pour le bricolage.

— Bien. Comme ça, je pourrai lui demander de me construire une nouvelle bibliothèque, vu que la mienne est blindée.

— Tu ne peux pas savoir le plaisir que tu lui ferais. Il a l'air de s'amuser comme un petit fou avec sa nouvelle perceuse.

Ma mère a à peine fini sa phrase que mon téléphone sonne dans mon sac. Sur l'écran de mon iPhone clignote un numéro commençant par 041, l'indicatif de Venise. Qui peut bien m'appeler depuis un fixe que je n'ai pas enregistré dans mon agenda ? Oh non, ça doit être un appel du cabinet du dentiste pour me rappeler mon rendez-vous de demain.

— Allô, fais-je d'un ton distrait.

— Salut, c'est moi.

Une voix puissante me parvient de l'autre bout du fil. *Sa* voix.

Le temps de lancer un regard rassurant à ma mère – l'air de dire « Tout va bien, un appel pour le boulot » –, je m'éclipse dans ma vieille chambre d'ado. J'entends mon cœur battre dans mes veines.

— Leonardo…

Appuyée au radiateur, je regarde par la fenêtre. L'espace d'un instant, j'ai l'impression que l'eau du tuyau juste en dessous de moi cesse de s'écouler, que le temps s'arrête. Le front posé contre la vitre, je lui demande :

— Mais où étais-tu passé ? J'ai essayé de t'appeler des dizaines de fois.

— Je sais, se contente-t-il de me répondre.

— J'ai cru que tu ne voulais plus me voir, j'ajoute d'une voix incertaine.

— Mais non, Elena, ne t'emballe pas… J'étais en Sicile, poursuit-il calmement. C'était une urgence, j'ai dû partir précipitamment. C'est tout.

— Tu aurais pu au moins me passer un coup de fil.

Devinant une pointe de colère dans ma voix, il prend une grande respiration.

— Ne t'attends pas que je t'appelle, Elena. Ne t'attends pas à la petite routine des couples lambda. Je dois pouvoir agir en toute liberté. C'est pour ça que je refuse de m'attacher.

La réalité était donc bien plus simple que tout ce que je m'imaginais. Il aurait pu inventer n'importe quelle excuse, mais il a préféré me dire la vérité sans prendre de gants. Il ne m'a pas appelée parce qu'il n'en avait pas envie. À moi de m'y faire. C'est à prendre ou à laisser.

— Je suis au restaurant, ajoute-t-il. Cela fait une heure que je suis rentré et je t'ai appelée en premier.

— Pour me dire quoi ? lui dis-je d'un ton sec, blessée dans mon orgueil.

— Viens me retrouver. Je t'attends à minuit, après la fermeture.

— Pourquoi ?

Je change mon téléphone d'oreille afin d'essuyer ma main moite sur mon pantalon. Je suis tout agitée.

— Parce que j'ai envie de te voir. Mets-toi en robe de soirée. On dîne ensemble, j'espère que tu as très faim.

J'ai l'impression que mon hésitation le fait sourire. Il est déjà sûr et certain que je dirai oui. Comme toujours. Je voudrais pourtant avoir la force de lui dire non, histoire de me donner un genre et de me venger d'avoir été abandonnée comme ça. Mais à quoi bon se mentir : j'ai terriblement envie de le voir, moi aussi.

— D'accord. À tout à l'heure.

Et au diable l'orgueil.

— À tout à l'heure.

Fin de la communication. Je serre mon téléphone si fort que mes doigts me font mal. Je suis heureuse d'avoir enfin eu de ses nouvelles, je n'attendais que ça, même, mais je me sens de plus en plus perdue. Le fait est que je suis entièrement livrée à ses projets nébuleux. Que pouvait-il bien avoir de si urgent à faire en Sicile pour se volatiliser de cette façon ? J'ai soudain envie de pleurer. Je ne sais rien de Leonardo, de son passé ou de ce qu'il fait quand il n'est pas avec moi. J'ai beau connaître le moindre centimètre carré de son corps, son monde intérieur reste un mystère pour moi.

J'ai besoin de quelques instants pour me reprendre. Avant de retourner au salon, je passe à la salle de bains contrôler l'état de mon visage. Tandis que le feu qui me dévore le corps m'est monté jusqu'au front, une vague humide s'est doucement propagée entre mes jambes. Le seul fait de penser à lui provoque en moi une réaction physique. J'ai envie de lui, j'en meurs d'envie.

Je retrouve ma mère penchée sur le plan de travail en marbre de la cuisine, occupée à rouler les gnocchi à la fourchette. Sa dextérité me laisse chaque fois pantoise.

— C'était qui ? me demande-t-elle en continuant à découper ses petits bouts de pâte.

Mon Dieu ! Qu'est-ce que je peux bien lui répondre ?

— C'était Gaia.

— Comment va-t-elle ? Ça fait tellement longtemps que je ne l'ai pas vue.

Me voilà en route pour un nouvel interrogatoire. J'ai brusquement un flash-back de mes années de lycée, quand je rentrais crevée à la maison après une journée d'école et que ma mère me demandait les notes de mes camarades ou de quoi nous avions parlé en cours de littérature. Si je n'étais pas particulièrement en verve, elle prenait soin de combler les silences en parlant des crêpages de chignon de ses amies, du comportement désagréable de l'employé de la Poste ou du fait qu'elle avait croisé mon institutrice de CE2 chez le marchand de légumes. Elle n'a pas beaucoup changé depuis cette époque.

— Gaia va bien, elle est toujours très occupée.

Je m'approche du portemanteau pour en décrocher mon blouson.

— Excuse-moi maman, mais je ne peux pas rester dîner.

— Comment ça ? Tu t'en vas comme ça ?

Les sourcils froncés en signe de désapprobation, ma mère me regarde de travers.

— J'avais même préparé de la salade de fruits, comme je sais que tu n'en manges jamais, ajoute-t-elle avant de me jeter un œil inquiet. Elena, tu es toute pâle... Tu es sûre que tout va bien ?

Pâle ? J'avais l'impression de prendre feu il n'y a pas cinq minutes. Merde. Est-ce qu'elle se doute de quelque chose ? À l'époque du lycée je refusais de lui parler des garçons qui me plaisaient pour éviter d'être harcelée de questions. Je ne vois pas pourquoi je lui en dirais plus maintenant. Je reste bouche cousue sur certains sujets. À bientôt trente ans, j'aimerais encore garder l'estime de mes parents, leur donner une belle image de moi. Ma mère est une femme qui trouve sa raison de vivre dans sa recette du strudel et dans ses napperons brodés. Elle ne comprendrait pas la relation qui peut m'unir à Leonardo. D'ailleurs, pour être honnête, je ne la comprends pas non plus.

— Mais oui, je vais bien maman. C'est ce torticolis qui doit me donner l'air d'une loque.

Les yeux baissés, ma mère se met à lisser sa jupe. Elle l'a mauvaise. Je lui ai fait une fausse joie en lui disant que je resterais à dîner. Être fille unique est un travail à temps plein, je n'ai pas de frères ou de sœurs pour me relayer quand je dois prendre le large.

Je m'approche d'elle pour lui coller un baiser sur la joue.

— Allez, ne fais pas cette tête... Gaia a insisté. Tu sais comment elle est. Elle a un truc important à me dire.

— Qu'est-ce qu'il y a de si important ?

Elle insiste. Elle a peut-être compris qu'il y a autre chose à part Gaia. Elle veut voir si je vais cracher le morceau.

— Je ne sais pas, maman, mais ça avait l'air urgent... Je file.

— D'accord, mais sois prudente.

Enfin, elle a cédé. Avant de partir, elle me met un plein Tupperware de gnocchi au potiron dans les mains.

— Mets-les au frigo, tu peux les garder jusqu'à demain. Et mange-les !

J'aurais pu rester dîner chez mes parents et retrouver Leonardo plus tard, mais je n'aimais pas l'idée de passer brutalement de ce foyer chaleureux aux griffes de mon pygmalion. Ça aurait été sacrément traumatisant. Hors de question aussi de rester à la maison : je mourrais d'impatience. J'ai donc appelé

Gaia pour lui proposer de dîner ensemble. Elle a accepté aussi sec. La dernière fois que nous nous étions appelées, son histoire avec Jacopo marchait à plein régime, mais j'imagine qu'il a dû y avoir des rebondissements suffisamment importants pour qu'elle tienne absolument à me les raconter.

J'enfile des sous-vêtements noirs que j'ai achetés un jour dans une boutique de lingerie du centre, une paire de bas autofixants et une robe en dentelle, noire elle aussi, que je gardais dans mon armoire sans jamais la mettre. C'est Gaia qui me l'a offerte, je ne sais plus pour quelle occasion, mais je l'ai toujours trouvée trop courte et trop décolletée. Or, ce soir, je m'habille pour que Leonardo puisse me déshabiller ensuite. Ça me donne envie d'oser.

Avec Gaia nous nous retrouvons aux Oche, une pizzeria dans le quartier des Zattere. Comme il y a pas mal de queue à l'entrée, je lui propose d'aller dans un petit boui-boui quelques mètres plus loin. Je refuse d'arriver en retard à mon rendez-vous avec Leonardo, mais Gaia insiste. Elle meurt d'envie de manger sa pizza, mais elle me promet de faire un esclandre si la situation ne se règle pas rapidement. Voilà qui me rassure. Je prends le temps de l'étudier en détail : elle est plus rayonnante que d'habitude ce soir. Elle a les traits détendus et son brushing est parfait. Deux énormes boucles d'oreilles en perles et or blanc lui pendent aux oreilles.

— J'ai quelque chose sur le visage ? me demande-t-elle en se donnant de petits coups sur les joues.

— Je regardais juste tes boucles d'oreilles. Magnifiques...

— C'est vrai ? C'est un cadeau de Jacopo, dit-elle en souriant de toutes ses dents.

— Brandolini n'en rate pas une, on dirait…

Vu sa mine réjouie, elle devait être impatiente d'aborder le sujet.

— Il m'a emmenée dans une résidence de luxe dans les collines de Toscane. On a passé un week-end merveilleux. J'ai rencontré un paquet de gens de son milieu ; je pensais que c'était des snobs alors qu'en réalité…

Elle continue un peu de raconter son histoire, ce qui permet de tromper l'attente, et finit par me demander comment s'est passé *mon* week-end.

— Très bien, lui dis-je. J'ai travaillé. J'ai bien avancé sur ma fresque.

— Et Leonardo, tu l'as revu ou pas ? me demande-t-elle l'air de rien en suivant le serveur qui nous guide vers notre table à l'étage. Moi je ne l'ai pas vu depuis le soir de l'inauguration. On devrait retourner à son restaurant un de ces quatre !

Je manque de faire une attaque.

— Oui, on pourrait faire ça, bien sûr.

Au moment où j'essaie de lui répondre sans trop en dire, je manque de m'entraver dans l'escalier. Une fois à notre table, je vois la surprise se peindre sur le visage de Gaia au moment de retirer mon pardessus.

— Tu t'es enfin décidée à mettre cette robe ! se réjouit-elle en me faisant tourner sur moi-même dans la lumière. Et ton maquillage est très bien. Bravo, pour une fois que tu m'écoutes, ça fait plaisir ! Quand je te dis qu'il faut un peu plus que de l'eau et du savon pour être belle… Heureusement que toutes ces conneries sont mortes avec les féministes dans les années soixante-dix.

— Mais je t'écoute toujours, lui dis-je en souriant.

— Ben voyons..., réplique-t-elle en trempant une branche de céleri dans un peu de sauce. J'aime aussi beaucoup ton collier. Un peu voyant, mais ça le fait bien.

Dommage pour elle qu'elle ignore ce que ça cache. Ce n'est tout de même pas rien d'obtenir l'approbation de Gaia. Je peux oser croire en mes chances de plaire à Leonardo.

Le serveur se présente à notre table afin de prendre nos commandes. Elle demande une pizza avec roquette et bresaola et moi, une salade. Leonardo m'a dit d'arriver l'estomac vide, je ne veux pas me couper l'appétit.

Gaia me regarde d'un air atterré :

— Tu ne prends rien d'autre ? Tu me laisses m'empiffrer toute seule ?

— Eh oui, j'ai pratiquement dîné chez mes parents. Je te l'ai dit, en plus. Tu connais le strudel de ma mère...

— Ah, le strudel de Betta... Bon, je te pardonne pour ce soir.

La voilà calmée. Elle me parle mais garde les yeux rivés sur le serveur, qui est encore debout à côté de nous. Je ne peux pas lui en faire le reproche, il est vraiment beau mec. Elle lui rend son sourire en minaudant.

— Juste une chose. La pizza... bien cuite, s'il vous plaît, dit-elle en jetant ses cheveux sur le côté.

Un clin d'œil, et le serveur s'en va. Gaia ne perd pas une miette du spectacle de sa chute de reins moulée dans son jean slim.

— Il est trop jeune pour toi, tu ne penses pas ? lui dis-je sans même me préoccuper qu'il puisse nous entendre.

— Quoi ? répond-elle d'un air innocent. Oh, c'est bon, je ne le draguais pas. C'est juste parce qu'il est homo, que les choses soient claires.

Nous éclatons de rire. Malgré Brandolini, Gaia reste une incorrigible croqueuse d'hommes. C'est moi qui ai changé : alors que je lui ai toujours raconté mes histoires, je ne me sens pas de lui parler de Leonardo. Je devrais lui expliquer que notre relation n'en est pas exactement une, que nous avons conclu une espèce de pacte, un jeu pervers, où il a tout à gagner et où je n'ai qu'une chose à perdre : moi seule. Non, je ne pense pas que Gaia m'approuverait. Je suis même sûre qu'elle se ferait du souci, qu'elle me conseillerait de lâcher l'affaire. Mais je ne veux pas lâcher l'affaire, pas encore.

— Tiens, parle-moi de Filippo..., lance-t-elle pour s'en sortir, en se tamponnant les commissures des lèvres avec sa serviette. C'était quand, la dernière fois que vous vous êtes appelés ?

— Il y a pas mal de temps, sur Skype. Il est très pris par son travail.

— Je n'en reviens pas ! s'exclame-t-elle en agitant les bras. Rien que pour cela vous iriez très bien ensemble. Vous êtes vraiment des drogués du boulot, tous les deux !

Là-dessus, elle se penche vers moi pour me dire très sérieusement :

— Elé, je te l'ai déjà dit, tu devrais te montrer un peu plus audacieuse avec lui.

— Je ne sais pas.

Je garde les yeux rivés sur ma serviette. Filippo m'a l'air si loin, en ce moment.

— Mais pourquoi est-ce que tu te contrôles autant ? Détends-toi et écoute ton cœur, pour une fois…

— Je te l'ai déjà dit, c'est la distance qui me fait peur…

Ça, et le fait que je couche avec un autre.

— Eh bien va le voir ! Ou alors, tu pourrais faire quelque chose par Skype, par exemple…, ajoute-t-elle avec un air coquin.

— Arrête un peu, tu penses que Filippo soit le genre de mec à…

— Mon Dieu, mon Dieu, Elé, réveille-toi ! C'est un homme, lui aussi… il ne doit pas être très différent des autres.

— Mais ferme-la, tu veux !

Je me cache derrière ma serviette. Immanquablement, voilà que j'ai devant les yeux l'image que me renvoyait le miroir pendant que je prenais mon pied dans les bras de Leonardo.

Heureusement, nos commandes arrivent. En avalant ma première bouchée de salade, je sais que j'aurai à faire un effort surhumain pour la finir entièrement. J'ai l'estomac noué et la bouffe m'a l'air désespérément insipide. À cet instant je n'ai que l'odeur et la saveur de Leonardo dans la tête. Un mélange d'ambre, de mer et de terres lointaines. Je me demande ce qui m'attend tout à l'heure, quand nous nous retrouverons, mais je préfère chasser cette idée de ma tête.

Pour me distraire, j'essaie de parler à Gaia.

— Alors comme ça, Jacopo te plaît vraiment. Mais j'aimerais comprendre : ton cycliste, il occupe quelle place dans ton classement sentimental ?

À ma grande surprise, Gaia change d'expression. Je ne pensais pas toucher un point aussi sensible.

— Malheureusement, je n'ai pas encore oublié Belotti, soupire-t-elle. Je sais qu'il est en stage d'entraînement avec son équipe en ce moment, mais il me rappellera tôt ou tard, tu verras.

Je suis étonnée de la voir aussi attachée à ce type.

— Et le cas échéant, qu'est-ce que tu feras ? Tu plaqueras Brandolini dans la seconde ?

— Je ne sais pas. Peut-être que je le ferais pour être avec lui.

Elle croise le regard du serveur et demande l'addition en faisant un geste en l'air.

— Mais pour le moment, je garde Jacopo.

— Et tu fais bien.

Entre le comte et le cycliste, je vote sans hésiter pour mon cher employeur.

— On va boire un truc au Skyline ? propose-t-elle en retrouvant d'un coup son insouciance habituelle.

Je lui sors l'excuse que j'avais pris soin de préparer :

— Je ne peux pas, je dois me lever tôt demain pour travailler, dis-je en faisant mine d'être abrutie de sommeil.

Là-dessus, je lâche un bâillement dans les règles de l'art.

— J'aurais parié mes Manolo Blahnik que tu dirais non.

Bien, mon interprétation a été convaincante.

— Mais promets-moi qu'à peine rentrée chez toi tu allumes ton ordi et tu appelles Filippo sur Skype.

— O.K… s'il est encore debout.

Nous nous disons au revoir au coin du pont. J'embrasse Gaia en la remerciant pour la soirée. Le temps de nous séparer, je fais quelques pas en direction de la maison avant de m'engouffrer dans la deuxième rue à droite et de me mettre à courir. Vers une tentation à laquelle je ne peux plus résister, désormais.

Je longe le Grand Canal jusqu'à la place San Polo. Seuls quelques palais sont encore éclairés. Ailleurs, la pénombre domine. L'obscurité est accentuée encore davantage par le léger brouillard typique de cette période préhivernale, qui émousse les arêtes et fait pâlir les couleurs. J'ai froid, mes mains sont glacées, mais je sens mon corps agité par un tourbillon de chaleur. J'ai enlevé mon collier et mon écharpe : plus besoin de les garder autour du cou. À présent je veux que chaque centimètre de mon corps lui appartienne.

Le restaurant est fermé. J'appelle Leonardo sur son portable. Pas de réponse, mais l'instant d'après je vois son ombre apparaître sur les vitres de l'entrée. Il ouvre.

Le voilà qui apparaît dans l'embrasure de la porte avec l'air négligé que je lui connais, l'air de quelqu'un qui ne croit pas beaucoup au monde mais énormément en lui-même. Il m'attire à l'intérieur en me prenant par la taille avant de me poser un long baiser sur les lèvres.

— Bienvenue.

Je me pends à son cou comme à un roc inébranlable. Il m'a mise au supplice, il est parti sans laisser de traces mais maintenant le voilà, dans mes bras. J'ai déjà tout oublié.

Il me guide à travers les tables d'un pas assuré jusqu'à son royaume. La cuisine. Plongé dans une demi-obscurité, l'endroit fait un peu peur. Tout a l'air si propre et si ordonné. Dieu sait quel chaos il doit régner ici tandis que les clients attendent leurs commandes, confortablement installés dans la salle. On jurerait presque un laboratoire, à part ce coin de comptoir préparé pour deux personnes, sous un rayon de lumière orange. Non loin de là, toujours sur le comptoir, je distingue différents plateaux cachés sous des cloches en argent. Des couverts, des assiettes et des verres, tous aussi épurés les uns que les autres, brillent comme des instruments de précision. On dirait effectivement le décor d'une expérience, plus que d'un dîner.

— Voilà ta place.

Leonardo m'enlève mon pardessus et me fait asseoir sur un tabouret avant de s'installer à son tour.

— C'est la première fois que je mange dans la cuisine d'un restaurant. Je crois même que je n'en ai jamais vu une en vrai, dis-je en jetant des regards curieux tout autour de moi.

— Il faudrait que tu la voies en journée, pleine de monde, de bruits, de mouvement. Mais je la préfère la nuit, plongée dans le vide et le silence.

Il laisse courir ses yeux sur ma robe.

— Tu es très en beauté, observe-t-il, comblé, avant de s'arrêter sur mon cou. Et cette marque ?

— C'est toi qui me l'as faite...

Au moment où je lève instinctivement la main pour la cacher, Leonardo l'attrape et se penche vers moi pour y déposer ses lèvres chaudes et charnues.

— Tu as faim, j'espère, me demande-t-il ensuite en me tendant un apéritif à base de fraise et de champagne.

— Plutôt.

Nos verres s'entrechoquent dans un tintement cristallin. En réalité, j'ai un nœud à l'estomac. C'est lui que je veux. Je me fiche bien de manger. Je trempe à peine les lèvres dans ma flûte avant de la reposer sur le comptoir.

— Il faut tout boire, me reproche-t-il d'un ton à la fois sournois et menaçant.

— Je ne peux pas. J'ai la tête qui tourne dès la deuxième gorgée, tu le sais.

— Parfait, ça me permettra de te ramener chez toi sur mon dos.

Malgré son sourire, je comprends à son regard que je ne peux pas refuser. J'avale une nouvelle gorgée qui descend en me tordant l'estomac comme une feuille morte. Ça brûle, mais je dois reconnaître que c'est délicieux.

— Ça n'est pas si terrible, hein ? me demande-t-il en buvant à son tour.

Je fais oui de la tête tout en continuant de siroter mon apéritif. Leonardo prend un glaçon dans le seau à champagne et me le passe dans le cou avant de le faire descendre jusqu'au creux de mes seins. Au contact de sa langue, mon corps est instantanément parcouru d'un frisson. Mes tétons durcissent, réclament qu'une langue, que des dents les torturent. Mais le moment n'est pas encore venu, mon désir doit prendre son mal en patience. Car Leonardo a autre chose en tête.

— Ce soir, Elena, c'est ton palais qui guidera ton plaisir, me chuchote-t-il. Je veux que tu oublies tes goûts et tes habitudes. Que tu goûtes à tout, même à des choses que tu n'aimes pas, ou qui ne te plaisaient pas jusqu'à ce soir.

Joignant le geste à la parole, il soulève la cloche en argent qui recouvre un plat entier d'huîtres marinées. Là voilà, son idée : il veut briser mes tabous en matière de nourriture. Mais il n'y parviendra pas.

— Je t'en prie, non, dis-je d'un ton implorant, les yeux mi-clos.

Je ne sais pas si je vais y arriver. À une certaine époque de ma vie, quand j'étais adolescente, j'ai commencé à considérer tout aliment vivant comme immangeable. Bref, c'est depuis ces années-là que manger de la viande (quel que soit l'animal) m'a donné l'impression d'avoir la mort dans l'estomac. Je vais prendre des airs de grande tragédienne, je m'en rends bien compte, mais c'est comme ça.

— J'ai déjà goûté aux huîtres. Ça me fait vomir, je t'assure.

J'espère l'apitoyer, mais il secoue la tête, impassible.

— Tes expériences passées n'ont plus d'importance. Laisse-toi guider par tes sens, et rien d'autre. Ici et maintenant.

D'un geste décidé, il saisit une huître et l'approche de mes lèvres. Hésitante, j'extirpe le mollusque avec les dents avant de sentir sa chair molle fondre entre ma langue et mon palais. L'huître a l'air encore vivante. Elle n'a pas un goût de mort, comme je le redoutais, mais de mer, un goût effrontément féminin et intrigant. Ce n'est qu'en l'avalant, déboussolée, que je découvre un arrière-goût d'orange confite.

— J'aime marier les aliments avec les fruits confits. Astucieux, non ?

Leonardo me regarde comme s'il devinait chacune de mes sensations. Il en déguste une à son tour.

— Tu as vu ? Tu as survécu… Allez, prends-en une autre.

Pas très rassurée, j'attrape une autre coquille. Cette fois, je détache le mollusque avec la langue, comme si je donnais un baiser sensuel. Je me sens aspirée par son regard magnétique mais cela ne me gêne pas. Au contraire, ça m'excite. Sans me quitter des yeux, il empoigne une bouteille de valpolicella déjà ouverte et nous sert deux pleins verres.

— Maintenant, goûte-moi ça.

Je bois de ce vin dense et sombre. Il est fort, riche en arômes, il me réchauffe le cœur avant de me faire chavirer la tête. Leonardo se lève pour prendre deux nouvelles assiettes, me laissant plonger dans une agréable ivresse. J'observe son corps imposant se mouvoir avec une surprenante agilité. Un sourire se dessine sans raison sur mes lèvres. Le voilà qui se retourne, j'essaie de le dissimuler en m'appuyant le menton dans le creux de la main.

— Tu es déjà pompette… mais tu me plais comme ça aussi. Et n'essaie pas de le cacher, me lance-t-il d'un ton de reproche, comme on surprend un enfant les doigts dans un pot de confiture. Tu es très belle avec ces joues colorées et ces yeux brillants.

D'instinct, je me regarde dans le reflet de la cloche qu'il vient de poser devant moi. Il a raison : mon teint a pris des nuances rougeâtres, en particulier sur les pommettes. Mon regard brille d'un éclat étrange, un peu liquide. Mais ça m'amuse. J'en suis encore à m'étudier quand Leonardo découvre l'assiette. Un tartare de viande rouge m'apparaît, triomphant dans sa monstruosité. Quelle horreur ! Avec un mouvement de recul, je m'efforce de réprimer une grimace de dégoût à mesure que l'odeur du sang, mêlée d'épices, envahit mes narines. Je regarde Leonardo, l'air perdu.

Son signe de tête ne laisse aucun doute :

— Oui, Elena. Tu dois manger ça. Cru.

Je bois une autre gorgée de vin pour me donner du cœur à l'ouvrage. Peut-être est-il censé m'aider à me préparer aux saveurs fortes, me dis-je. Mais je ne peux pas, c'est trop pour moi. J'avale un peu de salive.

— N'essaie pas d'imaginer le goût que ça a, me conseille Leonardo. Découvre-le, point barre.

Là-dessus, il plante sa fourchette dans son tartare et en goûte un morceau. Puis il trempe deux doigts dans une sauce au gingembre afin de me l'étaler sur les lèvres. Sa langue s'approche alors de ma bouche avant de s'y glisser en un éclair. À sa saveur se mêle, de façon subtile mais entêtante, celle de la viande et du gingembre.

D'un coup de fourchette, il porte une bouchée de tartare à mes lèvres. J'oppose une faible résistance avant de me retrouver avec ce violent goût de sang dans la bouche. J'ai beau avoir le réflexe de mâcher et d'avaler, mon estomac se révolte, tordu dans un spasme. Je me dépêche de faire passer le tout avec une lampée de vin.

Leonardo étudie chacune de mes réactions.

— Allez, Elena. Encore un morceau. Si quelque chose ne te plaît pas la première fois, ça ne veut pas dire que ça ne te plaira pas la fois suivante. Il n'y a rien d'inné ou d'instinctif dans le plaisir : il faut y arriver doucement, il faut le conquérir.

Je baisse les yeux sur mon assiette, les poings serrés. Par l'effet de ma seule volonté, j'empoigne ensuite ma fourchette pour prendre une nouvelle bouchée. Je prends cette fois le temps de savourer ma viande, en respirant lentement. Je ne sais pas si elle est bonne, mais elle a un goût d'interdit – ce goût ambigu des règles qu'on viole. Je finis par m'enhardir, et j'en prends encore. Et encore. Je n'arrive pas y croire : je mange de la viande, après des années, après en avoir oublié jusqu'à l'odeur. C'est un geste animal, féroce, primitif. Si je m'exécute, c'est parce que Leonardo me l'a demandé, mais aussi parce que j'ai moi-même l'impression d'être un morceau de viande, une proie, un être d'instinct. Voilà la façon dont je me sens sous son regard avide.

Et ça me plaît, je suis bien forcée de l'admettre. Manger l'un en face de l'autre, nous regarder, boire du vin : c'est déjà faire l'amour. Comme si nous nous nourrissions l'un de l'autre.

Le temps de finir notre tartare, Leonardo assaisonne d'huile et de piment une salade de fenouil aux oranges et aux olives noires. Il la mélange à pleines mains, les yeux braqués sur moi. Je n'ai aucune intention de fuir. J'attends qu'il vienne me prendre, sans hâte. Je suis à la fois pleine d'audace et sans défense, plongée dans un état d'abandon et de toute-puissance. Est-ce à cause de lui ou du vin ? Je ne sais plus. Peu importe, d'ailleurs. J'ai perdu le contrôle et je ne veux pas le retrouver. Quoi qu'il ait en tête, je veux qu'il le fasse.

Leonardo me sert un peu de salade dans mon assiette. Je la goûte, tandis qu'il s'approche de plus en plus près. Le feu du piment me descend dans la gorge, mêlé à l'âcreté de l'orange, à l'amertume de l'olive et à la fraîcheur du fenouil.

— Prépare-toi, Elena, me souffle-t-il au visage, car la prochaine chose que je vais manger, c'est toi.

Sa main glisse sous ma jupe et remonte le long de mes bas avant d'atteindre ma culotte. Elle s'insinue lascivement sous l'élastique et me pénètre sans ménagement.

J'en laisse échapper ma fourchette, le souffle coupé. Le piment qui est resté sur ses doigts irrite mon entrejambe, il y sème l'incendie. J'essaie de m'échapper, complètement désorientée, mais Leonardo me retient d'un geste.

— Inutile d'essayer de t'enfuir, m'ordonne-t-il.

Aussitôt après m'avoir enlevé ma culotte pour la jeter par terre, il m'écarte les jambes, les mains posées sur les genoux. Puis il s'accroupit devant moi. Sa bouche s'unit avidement à mon sexe. Il le suce, il le savoure, il le lèche. Sa barbe hirsute aux reflets roux finit par me brûler aussi fort que le piment. Les mains agrippées au bord du comptoir, je me laisse submerger par cette douce torture. Leonardo lève de temps en temps les yeux vers moi, comme s'il voulait mesurer l'effet qu'il a sur moi.

Je le supplie de ne pas s'arrêter. Je veux qu'il continue à me dévorer aussi intensément.

Ses lèvres humides et rouges se tordent un instant dans un sourire pervers, puis se posent à nouveau sur mon clitoris, ses yeux transperçant toujours les miens. Sa langue me pénètre encore et me caresse. Sa bouche est plongée dans mon sexe, ses mains dans mes cuisses et son regard dans le mien. Pouvais-je imaginer connaître un jour ce paradis de volupté ? Je porte deux doigts à ma bouche et commence à les sucer. Je gémis, je m'agite dans tous les sens. Le feu qui brûle en moi redouble d'intensité. Au comble du plaisir, je jette la tête en arrière dans un hurlement déchirant. Je finis écroulée sur le comptoir, au milieu des couverts et des assiettes.

Leonardo se relève en se passant la langue sur les lèvres. Je le regarde, les yeux encore embués par mon orgasme violent. Je trouve la chose sensuelle et amusante à la fois. Nos regards finissent par se croiser. Nous nous sourions avant d'éclater de rire. Si c'est au vin que je dois cette sensation de plénitude et de bonheur, alors je regrette toute ces années de sobriété stupide… Mais ce n'est pas juste le vin. Maintenant que Leonardo m'enlace et m'embrasse, je le sais avec certitude.

— Tu es belle. Et tu l'es encore plus quand tu ris, me chuchote-t-il.

Un nœud au creux du ventre, je souhaite que cette étreinte ne finisse jamais.

Un instant plus tard, il se recule et prend mon visage entre ses mains.

— Le dîner n'est pas encore terminé. Il reste le dessert. Ça te dit ?

— Oui.

Il m'aurait demandé n'importe quoi que j'aurais dit oui.

Il sort une bouteille du frigo et la pose sur le comptoir. Je lis le nom sur l'étiquette : du picolit.

— C'est un vin que j'aime beaucoup, me dit-il en la débouchant. Ça vient d'un cépage très rare. Peu de grains arrivent à maturité à cause d'une anomalie génétique. À première vue, les grappes ont l'air rabougries, presque malades. On a du mal à croire qu'on puisse en tirer quelque chose de bon. Et pourtant, sens-moi ça…, conclut-il en m'en versant un verre.

J'en bois une gorgée. Une douceur merveilleuse m'envahit.

— C'est exquis.

— Ce vin est la preuve que les erreurs et les défauts peuvent cacher quelque chose de sublime. Il suffit d'avoir la patience de le découvrir.

Le temps de me poser un baiser sur la bouche, il sort son foulard en soie de sa poche de pantalon. Peut-être veut-il à nouveau me bander les yeux, mais non, il s'empresse de me rassurer.

— Ne t'inquiète pas, ce n'est pas pour les yeux, cette fois.

Tout en me parlant de cette voix irrésistible, il passe derrière moi pour m'attacher les mains dans le dos. Il boit ensuite une gorgée de vin avant de m'approcher le verre des lèvres. Je bois comme si c'était la chose la plus naturelle du monde, à présent.

Il sort un plateau du congélateur et le pose devant moi après l'avoir arrosé de picolit. Un cylindre de sorbet au chocolat noir m'apparaît dans toute sa beauté sensuelle.

— Allez. Goûte.

Un sourire moqueur se dessine sur son visage.

Je me penche en avant et commence à le lécher. Doucement, d'abord, puis avec de plus en plus d'avidité. Le chocolat fond sous la chaleur de ma langue. Toujours derrière moi, Leonardo m'étreint et m'accompagne dans cette danse lente. Je sens son sexe dur contre mes fesses, son torse musclé collé à mon dos, tandis que sa langue me frôle le cou.

Je sens tout à coup le poids de ma tête vide. Le picolit a ravivé mon ivresse et Leonardo mon désir.

Soudain, il se détache de moi. Du coin de l'œil, je le vois enlever sa chemise et son pantalon avant de relever calmement ma robe. Déjà nue et humide, j'écarte les jambes pour le laisser s'enfoncer en moi. C'est une sensation enivrante de le sentir dans mon corps, c'est comme accueillir l'univers entier. Son sexe affamé se nourrit du mien. J'ai l'impression d'être à deux doigts d'exploser, et même si j'ai hâte, je voudrais que cela ne s'arrête jamais. Il entre et il ressort à un rythme frénétique ; mes reins ont envie de bouger pour accompagner son mouvement. Je ne tarde pas à me perdre dans un nouvel orgasme, dans un mélange de salive, de sueur et de gémissements.

Sans même me laisser le temps de me remettre, Leonardo me détache les mains et me tourne vers lui. D'une main, il s'agrippe au comptoir.

— À ton tour maintenant, Elena, me dit-il en posant ma main autour de son sexe raide.

Avec un peu d'hésitation, je commence à le caresser. Doucement d'abord, puis de plus en plus vite. Une fois agenouillée devant lui, je me mouille les lèvres et la langue d'un peu de salive. Son sexe m'appelle à lui. D'une main je le saisis par la base, la peau entre le pouce et l'index ; de l'autre, je lui caresse l'intérieur des cuisses et les testicules. Je le lèche deux fois, laissant couler ma salive le long de sa chair enflammée, et je commence à le sucer.

Me tenant doucement la tête entre les mains, Leonardo se met à aller et venir au rythme de mes propres mouvements. Le plaisir de le sentir gonfler en moi se répercute jusque entre mes jambes. En ramenant la bouche vers le haut, j'effectue quelques petits mouvements de la tête avant de me concentrer sur le bout de son sexe. La pointe de la langue posée sur le bord inférieur de son gland, j'appuie doucement sur le frein.

— Oui, Elena, comme ça, gémit-il. J'aime ce que tu me fais.

Je le regarde. Il a les yeux et la bouche à moitié fermés. Il prend son pied. Ça m'excite moi aussi de savoir que je peux prendre ce géant puissant et le réduire à une boule de plaisir. Je me sens forte.

Je continue comme ça jusqu'au moment où Leonardo pousse un gémissement plus rauque. Il va jouir. Je laisse son jet chaud jaillir dans ma bouche tandis que son sexe vibre encore entre mes lèvres. J'attends qu'il ait fini pour me reculer doucement. Il m'aide à me relever en m'attrapant par les épaules. Puis il me regarde, en me serrant par la taille. J'ai encore son sperme dans la bouche. Je n'ai jamais avalé, mais cette fois je me demande ce que ça peut donner. Alors j'arrête de me poser la question, et je le fais, tout simplement. C'est un goût douceâtre et visqueux, troublant aussi, comme tout ce qui se rapporte à Leonardo. Maintenant, je le sais.

Je ne suis plus moi-même. Ou peut-être que si, c'est bien moi, et je dois apprendre à me découvrir, à prendre en compte cette Elena qui a l'air d'avoir dormi pendant vingt-neuf ans à l'intérieur de moi. Avec un sourire presque étonné, il pose son front sur le mien.

— Maintenant tu sais aussi le goût que j'ai, Elena.

Et il me remplit la bouche d'un baiser.

La tête contre sa poitrine, j'écoute son cœur battre. C'est un son calme, régulier ; je pourrais l'écouter pendant des heures.

Tandis que nous nous rhabillons, je repense à ces jours passés sans Leonardo, à cet éloignement insoutenable, à l'attachement profond qui nous unit désormais, à la facilité avec laquelle nous nous sommes retrouvés. Avec lui je me sens toujours désorientée : je lui ai confié ma vie la plus intime et la plus secrète. Et pourtant, je ne le connais toujours pas.

C'est comme si son âme était partagée en deux : d'un côté lumineuse et hédoniste (cette facette qu'il aime montrer) ; et de l'autre mystérieuse – une ombre noire qu'il tient jalousement cachée mais qui lui reste collée à la peau, sans pour autant la laisser deviner à ceux qui le connaissent mal.

En me tournant pour le regarder, je tombe sur cet étrange tatouage qui s'étire entre ses omoplates. Je m'approche pour le toucher du bout des doigts, bien consciente qu'il renferme son secret. Je me hasarde à lui demander quand il se l'est fait faire.

Aussitôt son visage s'assombrit et se fige.

— Je ne veux pas parler de ça, répond-il d'un ton sec et ombrageux.

— Tu sais que j'aurai quand même envie de savoir, lui fais-je remarquer.

— Je sais. Malheureusement je ne pourrai pas te donner satisfaction là-dessus, lâche-t-il en se dépêchant de remettre sa chemise.

Tout à coup, il me fixe, comme s'il jugeait nécessaire d'apporter une précision :

— Il y a des choses que je veux garder pour moi, Elena. Inutile que nous sachions tout l'un de l'autre.

Entre nous, cela ne peut être que sexuel, et rien d'autre. Voilà ce qu'il est en train de me dire. Je m'enferme dans le silence – pas question de lui montrer que j'ai du mal à accepter cette condition.

La cuisine est soudainement devenue glaciale.

— Allez, je te raccompagne chez toi, me dit-il en retrouvant sa gentillesse.

Il a surtout l'air d'avoir envie de s'en aller.

J'enfile mon pardessus sans tarder et le précède rapidement vers la sortie. Avant de me laisser ouvrir la porte, Leonardo me saisit par un bras et m'attire vers lui.

— Écoute Elena, excuse-moi si j'ai été brusque.

Il me serre si fort qu'il me fait presque mal. Interdite, je lève les yeux vers son visage, sur lequel je lis une douleur que je ne lui avais jamais vue.

— Mais tu dois me faire une promesse.

— Laquelle ?

— Que tu ne tomberas pas amoureuse de moi.

Pourquoi me dit-il ça maintenant ? Qu'est-ce que cela signifie ? Je reste là à le regarder avec de grands yeux écarquillés.

— Je le dis pour toi, poursuit Leonardo en enfonçant ses doigts dans mes bras. Parce que je ne tomberai pas amoureux de toi. Et si un jour je me rends compte que tu es trop attachée à moi, tout sera fini. Je te jure que je n'aurai aucun remords.

J'avale ma salive pour faire passer le nœud qui étreint ma gorge. Je me glisse dans le rôle de la femme forte et émancipée. Moi aussi j'ai ma fierté.

— Très bien, tu avais été clair d'entrée de jeu, lui dis-je en espérant avoir l'air tranquille et sûre de moi.

— Alors promets-le-moi, insiste-t-il sans relâcher son étreinte.

— Oui, je te le promets.

Il finit par me lâcher et nous sortons ensemble du restaurant. Tout en me massant les bras, je le suis en silence à travers les rues. Bien sûr que je ne vais pas tomber amoureuse, me dis-je, alors que mon estomac se tord de rage et de frustration. Je ne sais rien de lui, il est fuyant, lunatique, et même brutal. Et moi je suis une femme indépendante, parfaitement à même d'avoir une aventure sexuelle sans tout compliquer avec des sentiments. Une fois que nous aurons fait un bout chemin ensemble, chacun repartira de son côté, comme nous nous l'étions dit dès le premier instant.

Je ne tomberai pas amoureuse de lui.

Je ne tomberai pas amoureuse de lui.

Je me le répète encore et encore, jusqu'à ce que mes mots se vident de leur sens et se transforment en une vaine prière.

11

Je rentre du cinéma. On donnait au Giorgione le troisième film d'une rétrospective Tornatore. J'y suis allée sans Gaia. Seul Filippo aurait eu le courage de s'enfiler les deux heures et demie de *Baarìa* avec moi, mais il n'est pas là, et je le sens de plus en plus loin de moi. Nos rendez-vous sur Skype se sont un peu faits rares ces derniers jours, surtout par ma faute. De temps en temps j'ai l'impression d'avoir commencé à oublier son visage, de ne plus me rappeler ne serait-ce que sa voix. Loin des yeux, loin du cœur…

Mon esprit est désormais hanté par une seule et même pensée : Leonardo. Tout me ramène à lui, il est avec moi quoi que je fasse. Je n'arrive pas à m'en défaire. Pendant le film, alors que je me laissais éblouir par ces paysages brûlés de soleil, par ces visages burinés par le vent, je n'ai pas pu m'empêcher de penser à la Sicile. À *sa* terre. Quel visage peuvent bien avoir ses parents, ses amis ? À quoi ressemble son village natal ? Pourquoi suis-je en train de rêver que j'irai un jour ? Peut-être avec lui ?

Stop. Je me laisse emporter par mon imagination, et c'est une erreur. Je ne peux pas me laisser séduire par l'idée de tomber amoureuse. Je dois garder le contrôle de la situation, rationaliser, séparer cœur, corps et esprit. Plus d'un mois s'est écoulé depuis notre première fois ensemble, et je ne sais pas comment cela finira. Sans doute très mal pour moi. Mais je n'ai pas l'intention de renoncer à lui, je veux vivre cette aventure jusqu'au bout.

Il est vingt-deux heures. Dehors il gèle, les illuminations de Noël qui éclairent les palais se reflètent dans le canal. Noël est dans quinze jours et j'ai du mal à y croire : le temps a passé à une vitesse folle.

J'entends un sifflement dans la rue, puis une voix d'homme – « Mate un peu ! » – suivie d'une discussion chargée d'allusions. Deux jeunes passent devant moi en me déshabillant des yeux. Après m'avoir souri avec une mine réjouie, ils disparaissent dans mon dos en parlotant entre eux. Cela m'est aussi arrivé dans la rue l'autre jour avec un type qui s'est retourné en croisant mon regard. La chose m'a surprise, car je n'y suis pas habituée. Avant Leonardo, ce genre de trucs ne m'arrivait pas si souvent que ça, peut-être parce que inconsciemment je prenais soin de ne pas les provoquer. Je tenais les gens à distance, en quelque sorte. Mais je ne suis plus la même ; une énergie sensuelle m'habite, à présent. Et ça doit se voir, car j'ai l'impression que les autres me regardent autrement. Quand je m'observe dans la glace, je suis presque satisfaite de mon reflet – je ne suis plus celle d'avant, mais je me plais. Ça, c'est sûr. Contempler mon corps nu ne me fait plus peur. Il est devenu quelque chose d'intime et de familier, un paysage où je vis sans aucune inhibition. Le mettre en valeur ou m'en servir pour provoquer ne m'angoisse plus : la lingerie en dentelle noire, les chaussures à talon, un léger maquillage ou les décolletés ne sont plus un tabou pour moi. Si j'ai redécouvert une féminité à laquelle je ne faisais pas attention jusqu'ici, c'est grâce à Leonardo. À force de vouloir à tout prix devenir une *femme* pour lui, je le suis aussi devenue pour moi-même et pour les autres.

Avant de rentrer à la maison, je fais un petit détour de quelques centaines de mètres. À pas lents je m'approche de l'arrière du palais de Brandolini, juste pour avoir la sensation d'être tout contre lui. D'ici j'arrive à voir les appartements de Leonardo à l'étage. Il y a de la lumière. Je suis tentée de sonner à l'interphone, mais je sais que cela mettrait fin à notre pacte. J'attends toujours qu'il m'appelle, qu'il me fasse une proposition indécente. À certains moments, cette attente me pèse à en mourir, car j'aurais envie d'être en permanence avec lui. Je lève les yeux vers ses fenêtres, en contemplation.

Allez, Leonardo, montre-toi et dis-moi que tu me veux. Je suis là pour toi.

Tout à coup, je vois passer une ombre noire derrière les carreaux, mais ce n'est pas la sienne. C'est la silhouette d'une femme, je le vois à la rondeur de sa poitrine et à sa longue chevelure en cascade. Une femme nue… la violoniste ! Je suis sûre que c'est elle. Mon cœur cesse de battre, mon sang se fige dans mes veines. Je ne rêve pas : tout cela se passe sous mes yeux.

Un nœud dans la gorge, les jambes flageolantes, je parcours la rue qui débouche sur le Grand Canal en devinant presque la surprise qui m'attendra un peu plus loin. C'est bien ce que j'imaginais : un bateau à moteur blanc est amarré au ponton devant le palais. Son bateau.

J'ai la sensation d'avoir pris une claque en plein visage. Je serre les poings de toutes mes forces, les ongles enfoncés dans la peau. J'aimerais pleurer mais les larmes ne coulent pas, étranglées par la colère qui me bout dans le corps. *Tu n'es pas la seule, Elena. Ne t'attends pas que je te sois fidèle.* Ces mots résonnent dans ma tête de façon tellement obsessionnelle que c'en est insupportable. Je suis hors de moi, et peu importe si Leonardo s'était montré très clair dès le début. Le fait d'avoir été prévenue n'amortit pas le choc. Un coup dans la gueule reste un coup dans la gueule ; il fait mal même si on l'a vu venir.

J'aurais envie d'arroser son bateau d'essence, à cette salope, et d'y jeter un briquet allumé, comme dans les films. Ou bien d'appuyer comme une sourde sur l'interphone pour interrompre leur moment de tendresse et les agonir d'injures tous les deux. Mais non. Je repars, en ramassant les morceaux. Je bats en retraite, blessée et impuissante.

Des journées interminables et des nuits plus longues encore se sont écoulées depuis ce soir-là. Leonardo s'est volatilisé une fois de plus. Quant à moi, j'évite d'aller au travail aux heures où il est au palais. Je ne sais plus quoi penser. Je devrais peut-être ne plus y penser. À la longue, mes désirs incontrôlés de vengeance et – pire – mes exigences ont laissé place à une profonde tristesse. Et pourtant, Leonardo me manque. Rien n'est plus douloureux que son absence. Je refuse de croire que je l'ai perdu pour toujours. Je ne peux pas accepter que cette femme me l'ait piqué. Chaque nuit je m'endors en pensant à lui, en sachant bien que ses yeux noirs hanteront mes rêves. Je le hais, mais impossible de l'oublier.

C'est un matin, alors que j'ai arrêté d'espérer, qu'il décide de réapparaître, sans crier gare. Il est presque midi, et je m'occupe d'une finition sur la fresque. Dans ma poche, mon iPhone vibre une fois. Un nouveau SMS.

17 heures, aux Mendicoli.
Je te veux en jupe et en bas.

C'est Leonardo, diaboliquement sûr de lui, comme toujours. Mes mains tremblent au moment de taper ma réponse.

Attends-moi. J'y serai.

Que pouvais-je lui répondre d'autre ? Que j'en ai marre de lui et que je ne veux plus le voir ? Ce ne serait pas vrai : inutile de se mentir à soi-même.

Je décide donc *illico* de lui laisser mener le jeu. Je n'ai pas tellement le choix, d'ailleurs. Je ne vais pas lui faire toute une scène, je n'imposerai pas d'inutiles exigences, mais j'ai besoin de le regarder dans les yeux pour comprendre si tout cela change quelque chose à notre pacte. Et, surtout, si je suis vraiment en mesure d'en accepter les conditions.

Il est bientôt cinq heures ; il fait presque nuit noire. J'ignore pourquoi Leonardo a voulu me donner rendez-vous à San Nicolò dei Mendicoli, l'un des coins les plus secrets de la ville. Peu de gens connaissent cet endroit ; pour ma part, je l'ai toujours trouvé fascinant. C'est un de ces lieux qui nous sont gravés dans la mémoire parce qu'ils ont l'air coupés du reste du monde. Du temps où je fréquentais l'institut d'Architecture, j'étais obligée de passer par là pour aller en cours. Au début de l'été, il m'arrivait de me réfugier dans l'église pour fuir la chaleur écrasante. Je restais assise au frais, un bouquin dans les mains, bercée par la musique sacrée qui jaillissait en continu de derrière l'autel. À ma connaissance, c'est la seule église où un disque enregistré peut tourner vingt-quatre heures sur vingt-quatre, emplissant l'atmosphère de notes paradisiaques. Mais la raison pour laquelle Leonardo a choisi la place des Mendicoli m'échappe encore. Peut-être qu'il n'y a aucune raison en particulier. J'espère juste qu'il soit à l'heure, car je ne tiendrai pas longtemps habillée comme ça. Les bas nylon ne sont pas l'idéal en ce début d'hiver. J'ai beau m'être emmitouflée jusqu'aux pieds dans mon manteau de tsarine, je me sens toute nue. Le froid humide qui remonte le long de mes jambes me donne des frissons partout dans le dos.

Leonardo est à l'heure. Il n'est pas encore cinq heures mais il est déjà là. Il a le regard perdu à l'horizon, le corps enveloppé dans un long manteau digne de celui de Keanu Reeves dans *Matrix*. À peine m'a-t-il aperçue qu'il se précipite vers moi pour me saluer d'une étreinte et d'un baiser enflammé.

— Tu es de plus en plus belle… Chaque fois j'ai l'impression de rencontrer une femme différente, dit-il en me détaillant de la tête aux pieds.

Je l'observe. Ses yeux sombres n'ont pas changé : ils irradient toujours cette lumière chaude à vous faire fondre le cœur. Être de nouveau dans ses bras, c'est comme rentrer à la maison.

— Pourquoi nous voir ici ?

Je lui pose la question en levant les yeux vers le clocher de l'église, qui vient de sonner cinq heures.

— Parce que c'est un endroit qui me plaît. Je l'ai découvert par hasard il y a quelques jours, en allant au débarcadère de Santa Marta pour réceptionner un chargement de marchandises.

Il regarde tout autour de lui en me réchauffant le visage de ses mains.

— C'est beau, on se croirait presque hors du monde.

— C'est vrai.

Nous pensons la même chose. Est-ce que je dois commencer à m'en inquiéter ? Les mains posées sur les siennes, j'en oublie un instant cette femme nue à la fenêtre de sa chambre, mes tristes pensées et les cauchemars qui ont peuplé mes nuits ces derniers jours. Quand il m'embrasse, je ne sais qu'une chose : qu'il a encore envie de moi. Et que j'ai envie de lui moi aussi.

Nous restons quelques minutes au coin de l'église à nous embrasser avant d'entrer dans le bar à vin quelques mètres plus loin. Je n'ai pas envie de boire, mais Leonardo a insisté pour y aller. Tandis qu'il me pousse vers le comptoir, sa main se pose sur mon dos puis glisse jusqu'à mes fesses. Le bar est presque désert. Nous nous installons sur nos tabourets sous les yeux curieux du gérant qui n'a rien d'autre à faire. Même si mon corps brûle encore de jalousie, je m'abandonne aux gestes de Leonardo, à ses doigts dans mes cheveux, à ses jambes enlacées aux miennes. Nous choisissons un pinot gris dans la carte des vins. Leonardo règle la note. Nos verres à la main, nous sortons. Le muret qui longe le canal nous sert de table d'appui, comme cela se fait partout dans Venise.

Je me montre assez détendue jusqu'à ce que Leonardo jette un regard un peu trop insistant à une fille qui nous passe sous le nez. Un nouvel accès de jalousie m'empoisonne le sang. J'étais partie avec l'idée de ne pas faire tout un esclandre, convaincue de pouvoir m'en tenir à cette ligne de conduite, mais c'est dur. J'avale une gorgée de vin avant de reposer mon verre sur le muret. Le regard perdu de l'autre côté du canal, j'ai le visage fermé, il s'en est rendu compte.

— Qu'est-ce qu'il y a ? demande-t-il en secouant la tête.

— Je l'ai vue, tu sais…

La boule de colère que j'avais dans l'estomac se défait dans la seconde, m'inondant de fiel.

Leonardo me regarde sans comprendre :

— Qui est-ce que tu as vu ?

— Arrête, tu veux ? Pas besoin de cachotteries entre nous, non ?

Je me tourne vers lui avec des flammes dans les yeux.

— Ta maîtresse, je l'ai vue. Dans ta chambre, il y a quelques jours.

Dans un soupir, je fais quelques pas en arrière.

Les yeux écarquillés, Leonardo finit par retrouver son air calme et détendu.

— Alors comme ça, tu m'espionnes, maintenant, ricane-t-il. Méfie-toi de ce que tu pourrais découvrir, Elena, ajoute-t-il me caressant le bout du nez.

D'un geste brusque j'éloigne sa main.

— Au moins dis-moi qui c'est, quelle place elle a pour toi…

— Elle s'appelle Arina, précise-t-il.

— Arina ou autre chose, qu'est-ce que ça peut me faire !

À l'instant où l'image de cette femme m'apparaît devant les yeux, je me sens désespérément minuscule et minable. La confiance que je pensais avoir gagnée ces derniers temps s'évanouit aussitôt.

— Tu as continué de la voir pendant tout ce temps ? je lui demande.

— Bien sûr que j'ai continué de la voir, c'est une amie. Mais nous n'avons couché qu'une ou deux fois ensemble, me dit-il d'un ton provocateur, avec une sérénité qui me met les nerfs en vrille.

Je suis tout étonnée d'avoir eu aussi facilement une réponse. Leonardo n'a rien à cacher parce qu'il ne me doit rien. Là voilà, la vérité.

Mes yeux se mettent à briller, rougis par des larmes de colère que je retiens avec une volonté de fer. Il m'attire vers lui en m'attrapant par une hanche, une main posée sur mon visage.

— Elena, ne réagis pas comme ça. Tu veux savoir ce que cette femme représente pour moi ? C'est une aventure, un voyage, comme toutes les autres...

— Et moi ? Je suis comme les autres, moi aussi ?

— Non, pas toi, réplique-t-il en me regardant droit dans les yeux. Parce que chaque voyage est différent, chaque voyage est beau à sa manière.

— Mais je ne te suffis pas.

Droit au but.

— Pourquoi raisonner comme ça ? Je ne comprends pas comment tu en arrives à conclure des trucs pareils... Si tu avais d'autres amants, je serais heureux pour toi, je n'aurais rien à y redire.

On le croirait presque remué par ma raideur.

— La jalousie est une cage qui te donne juste l'illusion de posséder l'autre. Mais tu ne peux pas emprisonner tes désirs, déclare-t-il solennellement avant de m'étreindre.

J'essaie de me débattre en le rouant de coups de poing. Je le déteste, lui et sa foutue liberté, mais, en même temps, je l'envie. J'aimerais avoir des idées aussi larges, mais il est difficile de se libérer des codes qu'on a assimilés, des grilles qui gouvernent depuis si longtemps notre manière de penser. D'un autre côté, je ne le vois pas me faire de grands serments de fidélité. S'il m'en faisait, je ne le croirais d'ailleurs pas complètement. Je dois regarder la réalité en face : je n'aurai jamais Leonardo pour moi toute seule, je ne pourrai jamais le retenir prisonnier. Je peux juste espérer que ses « voyages » le ramèneront toujours un peu vers moi.

Nous marchons vers la place Sant'Angelo. Je reste distante, murée dans le silence. Une main passée autour de ma hanche, Leonardo attend que j'arrête de faire la tête. En levant les yeux, j'aperçois tout à coup une figure familière tout près de nous. Jacopo Brandolini. Il vient dans notre direction. J'ai juste le temps de m'écarter de Leonardo avant que le comte ne s'aperçoive de notre présence. Oh non, il va nous demander ce que nous faisons là. Qu'est-ce que nous allons bien pouvoir inventer ?

— Salut Jacopo, lui lance Leonardo sans se départir de son calme habituel.

— Oh, bonsoir.

C'est à nous deux qu'il s'adresse. Je vois les yeux de Brandolini glisser jusqu'à mon visage.

— Quel bon vent vous amène par ici ?

Il change d'épaule sa sacoche en cuir avec un sourire surpris.

— Et vous ? dis-je avec un rire nerveux.

Tendue comme jamais, je tente désespérément de grappiller deux secondes. C'est un désastre absolu.

— Je vais chez le seul tailleur digne de ce nom qui soit resté en ville. Je me fais faire mes chemises sur mesure.

Effectivement, maintenant que j'y pense, toutes ses chemises sont brodées de ses initiales JB sur les poignets.

Mince, pas moyen d'arrêter de remuer ma jambe droite. Je suis trop agitée. Calme-toi, Elena. Il ne nous a pas vus marcher bras dessus, bras dessous. Respire.

— Je revenais de Santa Marta, j'étais allé contrôler l'arrivée d'un chargement, dit Leonardo, parfaitement maître de la situation. C'est là que j'ai rencontré Elena, juste devant l'église.

— L'église de San Nicolò dei Mendicoli… Le prêtre cherche quelqu'un pour un travail de restauration, je complète.

Mais qu'est-ce qui m'a pris de dire ça ? Aller voir un prêtre en mini-jupe, bas et bottines à talon ? Réfléchis un peu, Elena. Je resserre mon manteau autour de moi.

— Vous savez, je pense avoir fini la fresque pour Noël…

— Oui, le résultat est vraiment superbe. Vous avez fait un excellent travail, Elena, réplique Brandolini, apparemment satisfait.

— Merci.

Je m'apprête à ajouter quelque chose afin de prendre congé mais il me prend de court.

— Je vous offre un verre ? demande-t-il en indiquant un bar dans notre dos.

Je bafouille une réponse incompréhensible avant de jeter un regard implorant du côté de Leonardo.

— Merci, mais je dois filer au restaurant, s'excuse-t-il avec une habileté à toute épreuve. Une autre fois, peut-être.

N'écoutant que mon courage, je décline poliment l'invitation moi aussi.

— Ça aurait vraiment été avec plaisir, mais je dois encore finir mes achats de Noël, hélas.

C'est la première excuse qui me passe par la tête. Leonardo est en train de faire de moi une horrible menteuse.

— Très bien. On se voit au palais, alors.

Là-dessus, il prend congé en nous serrant la main. J'ai encore du mal à comprendre comment il peut coucher avec Gaia et continuer de me servir toutes ces formules de politesse. Il doit tout de même se douter que je sais tout de leurs histoires.

— Au revoir, lui répondons-nous.

Nous le regardons se diriger vers la boutique du tailleur, à l'autre bout de la rue. Je pousse un soupir de soulagement une fois qu'il est entré.

— Quelle coïncidence, commente Leonardo.

— Venise n'est pas grande, dis-je assez tièdement. Tu es au courant, comme ça.

Mais il m'attire de nouveau à lui et me colle un baiser sur la joue. Avoir joué cette petite comédie ensemble nous a fatalement rapprochés. Maintenant, il se sent autorisé à passer outre la distance que j'avais mise entre nous. Je me tourne aussitôt afin de m'assurer que Brandolini ne soit pas encore dans les parages. Tant de précautions de ma part le font rire.

— Il est parti, ne t'inquiète pas… Et, quand bien même, il n'y aurait aucun mal à ce qu'il nous voie.

— Non, effectivement. Mais je n'ai aucune envie de passer pour une de tes maîtresses.

Toujours d'aussi mauvais poil, je reprends mon chemin. Du coin de l'œil, je le vois secouer la tête et me suivre avec une expression partagée entre résignation et amusement. J'y comptais un peu.

Nous faisons encore quelques mètres côte à côte avant de nous retrouver rue de l'Avogaria. Au mur il y a un panneau : ÉCOLE DE TANGO.

J'y étais allée une fois avec Filippo, pendant notre période Carlos Gardel. Une soirée désastreuse. Après avoir passé une heure à nous massacrer les pieds, nous avions compris tous les deux que nous n'étions vraiment pas faits pour le tango.

Leonardo passe devant moi et se met à marcher à reculons pour faire l'andouille. Pas très académique, mais c'est aussi une manière de danser le tango, après tout.

— Tu vas me faire la gueule encore longtemps ? me demande-t-il en cherchant mon regard.

— Je ne sais pas, lui dis-je d'un ton boudeur.

— Tu es une vraie gamine, tu le sais, ça ?

Il s'arrête d'un coup, et je me cogne contre son torse. Il me retient dans ses bras musclés. Je suis prise au piège.

— Donne-moi un baiser et faisons la paix, m'ordonne-t-il en riant.

— Non.

J'ai envie de rire moi aussi, mais je me retiens. En réalité, je meurs d'envie de l'embrasser.

— Alors je me débrouille tout seul.

Il m'embrasse en appuyant sa langue contre

mes dents, qui restent obstinément serrées. Sans se décourager, il me plaque contre le mur et glisse une main sous mon pull pour me caresser un sein.

— Laisse-moi, lui dis-je sans grande conviction.

— Pas question.

À peine ses doigts courent-ils sur ma peau nue que je me mets à vibrer comme un instrument sensible au moindre de ses gestes. Sa langue s'attarde sur mon cou et remonte pour dessiner des cercles concentriques dans mon oreille. Je m'abandonne à cette lente et agréable torture jusqu'à oublier tout ce qui m'entoure. Je finis par me rendre : j'ouvre la bouche pour y laisser entrer sa langue. D'une main je lui caresse la nuque tandis que l'autre glisse sur son sexe. Je le sens sous le tissu de son pantalon. Il a envie de moi.

— Allons chez moi, lui dis-je dans un murmure.

Mais non. Il me prend par la main et m'entraîne jusqu'à une volée d'arcades qui s'ouvrent d'un côté de la rue – presque un petit tunnel qui mène dans une cour fermée, plongée dans le silence. Il avance sans hésitation, comme s'il connaissait l'endroit. Sous ces arcades se trouve une vieille porte cochère encastrée dans un mur. Leonardo me plaque contre le bois et m'attrape par les fesses. Mon bassin collé au sien, je peux sentir son excitation.

— Qu'est-ce que tu veux faire ?

Je crains sa réponse.

— La même chose que toi, me répond-il en me mordant le cou.

— Ici ?

— Pourquoi pas ?

Mon portable se met soudain à sonner. Je réussis à l'extirper de la poche de mon manteau pour voir qui m'appelle, en me promettant de ne pas répondre quoi qu'il arrive. Oh non, c'est Brandolini. Je regarde Leonardo sans savoir quoi faire.

— Réponds, me conseille-t-il nonchalamment.

Un peu inquiète, je m'exécute.

— Allô ? dis-je en essayant d'avoir l'air naturelle.

— Ah, Elena, bonsoir.

La voix tranquille du comte résonne à l'autre bout du fil tandis que Leonardo glisse une main sous ma jupe.

— J'ai oublié de vous dire : si vous avez besoin d'une recommandation auprès de don Marco pour le chantier aux Mendicoli, je peux intervenir. Je le connais bien.

Je ne suis pas sûre d'avoir tout bien compris. Me recommander auprès du prêtre, c'est de ça qu'il parle ? Tandis que d'une main Leonardo caresse légèrement ma culotte, de l'autre il me serre très fort un sein. Je retiens un gémissement.

— Ah, merci.

J'ai la voix brisée par le désir.

— Je le fais vraiment de tout cœur, car j'ai toute confiance en vous.

— C'est très gentil à vous, mais je préférerais attendre. Je ne suis pas encore sûre de ce travail… Excusez-moi, mais je ne vous entends pas bien…

Je fais mine de ne pas avoir de réseau. En réalité je l'entends très bien ; c'est juste que la main de Leonardo vient de passer sous la dentelle de ma culotte pour s'enfoncer dans mon sexe humide.

— Désolée, je dois vous laisser.

— D'accord, Elena, conclut Brandolini. On se voit ces prochains jours.

Le temps d'éteindre mon téléphone, je le laisse glisser dans la poche de mon manteau tandis que Leonardo fait courir sa langue entre mes seins, dans le creux du décolleté de mon chemisier. Puis il écarte un bonnet de mon soutien-gorge noir pour me sucer un téton. J'essaie de m'opposer :

— Arrête, je t'en prie. Quelqu'un pourrait nous voir...

— Je sais, me répond-il sèchement, c'est justement pour ça que nous sommes ici.

Tout était donc prémédité ! C'est une autre de ses expériences : il m'a conduite ici pour me mettre à l'épreuve, pour tester mon sens de la pudeur.

Je n'ai plus aucun moyen de contrôler la situation, désormais. Leonardo soulève un peu ma jupe, déjà suffisamment courte, pour m'arracher ma culotte si violemment qu'il la déchire sur les côtés. Je n'ai plus rien en-dessous du nombril. L'idée que quelqu'un puisse nous surprendre me colle une peur bleue et m'excite en même temps. Leonardo défait son pantalon et laisse jaillir son sexe dur et gonflé. Il me plaque dans un coin entre la porte et le chambranle en marbre et me soulève une jambe. Le temps de m'attraper les fesses, il est déjà enfoncé en moi. Nous sommes tous les deux couverts par son ample manteau. Leonardo reste immobile quelques instants, comme pour me faire savourer son envie, puis continue d'aller et venir, lentement.

Je meurs de plaisir. J'aimerais que cette douce

agonie ne finisse jamais. Je la sens s'épanouir lentement à l'intérieur de mon corps et remonter le long de ma colonne vertébrale, jusque dans mon crâne. Je gémis, incapable d'empêcher ma jouissance d'exploser.

Leonardo continue à m'embrasser la bouche et le cou. J'ai beau être à moitié nue dans l'air glacial, son corps, collé au mien, exhale une chaleur torride.

Nous entendons tout à coup des voix s'approcher. Nous nous arrêtons d'un coup. Leonardo me plaque encore plus contre le mur, tout en restant en moi. Nous respirons doucement, nos visages presque collés l'un contre l'autre. Mon cœur bat la chamade tout contre le sien. Deux hommes passent dans la rue et traversent les arcades sans nous remarquer. Je regarde Leonardo terrorisée ; lui me sourit d'un air effronté. À peine se sont-ils éloignés qu'il me soulève l'autre jambe pour me tenir pratiquement à bout de bras. Ses mouvements de va-et-vient se font de plus en plus rapides.

— Qu'est-ce que nous sommes en train de faire, Elena ? me chuchote-t-il pour me provoquer. Si on nous voyait, une fille sage comme toi..., ajoute-t-il d'une voix diabolique.

Cet instant est tellement fou, pervers, excitant ! Je ne comprends plus rien. Je jouis, voilà tout ce que je sais. À cet instant, plus rien n'a d'importance. Les jambes autour de sa taille, je lui attrape une mèche de cheveux rebelles, la bouche collée à son oreille.

— Salaud.

Il me pénètre d'un coup de reins encore plus violent. Je gémis, plus fort qu'avant.

Une nouvelle vague grandit à l'intérieur de mon corps, avec des secousses si profondes qu'elles me font presque hoqueter. Je sens l'orgasme monter, déchaîné, dévastateur. Sans pouvoir me contrôler, je pousse un hurlement rauque et puissant que Leonardo bloque de sa main musclée. Je continue à hurler, sans m'inquiéter de tout ce qui m'entoure. Tandis que ma vue se trouble, une larme chaude me coule au coin de l'œil. Leonardo jouit l'instant d'après. Dans un cri caverneux, il s'enfonce en moi en plongeant la tête au creux de mon cou.

Il me tient encore quelques instants dans cette position, les genoux autour de sa taille, et m'embrasse doucement. Il garde les yeux clos, sans avoir l'air de vouloir bouger. De loin en loin les sons de la ville se font de nouveau entendre, entrecoupés de notre respiration haletante : le bruit sourd d'un moteur de vaporetto, une fenêtre qui claque quelque part, les voix des gens sur la place toute proche. Une fois revenue de ce sommeil extatique, je sens Leonardo sortir de moi. Il m'aide à redescendre par terre, un pied après l'autre. Un halo de chaleur s'est répandu tout autour de nous et s'envole avant de s'évanouir dans l'air humide de l'hiver.

— Maintenant, tu peux rentrer, commente-t-il avec un sourire.

Je souris à mon tour en secouant la tête, résignée, amusée, ébahie.

Nous nous rhabillons en vitesse. Il doit aller au restaurant ; je vais retourner chez moi. En rabaissant ma jupe, j'aperçois ma culotte à terre, déchirée. Je la regarde d'un air hésitant, sans oser la ramasser.

Leonardo s'en charge à ma place. Il la fourre dans sa poche et me conduit hors de la cour en me tenant par la main.

— Tu es mieux sans, me dit-il en me faisant un clin d'œil.

Là-dessus, il me donne un baiser qui finit par une morsure.

Je n'ai pas la force de lui répondre. Cet homme me désarme chaque fois. Je dois me résoudre à rentrer comme ça, avec juste l'odeur du sexe pour me couvrir le bas du corps.

C'est bon, Leonardo. Tu as gagné, une fois de plus.

12

Je suis debout depuis des heures. Je me suis fait plaisir avec un petit déjeuner royal, chose que je ne fais jamais. Un bon café, quelques fruits de saison, le tout accompagné de deux tartines de pain grillé au Nutella. Je peux m'avouer satisfaite.

Me voilà maintenant assise devant mon MacBook. J'ai désespérément besoin que quelqu'un me dise quoi faire. Je regarde par la fenêtre. Dehors, les arbres de la place San Vio sont décorés de rubans rouges et de guirlandes lumineuses jaunes qui les font briller la nuit. À l'entrée de la pizzeria trône une étoile filante et un peu kitsch avec l'inscription JOYEUSES FÊTES. Le temps a filé : Noël est dans cinq jours. J'ai moi aussi sorti mes décorations et installé mon sapin artificiel. Petite nouveauté, cependant : cette année j'ai peint des vers amoureux de plusieurs poètes célèbres sur mes boules en verre Ikea. C'est un arbre de Noël romantique, une petite concession à mon cœur condamné au silence.

Je me retourne vers mon ordinateur. Ce qui me pousse à l'allumer maintenant se résume en un seul mot, et non des moindres : Filippo. Je n'ai toujours pas répondu à son dernier mail. Hélas, il est depuis revenu plusieurs fois à la charge pour savoir ce qui m'arrivait. Il m'a encore invitée à Rome. J'ai l'impression de l'avoir trompé. Même si ce n'est pas mon petit copain, même si nous avons décidé d'un commun accord de ne pas nous mettre ensemble, je me sens quand même rongée par la culpabilité chaque fois que je pense à lui.

Mais ma décision est prise. Je vais lui écrire. La page blanche ouverte devant moi, je laisse mes pensées libres de me guider où elles veulent.

De : Elena Volpe
À : Filippo De Nardi
Objet : De tout cœur

Mon cher Fil,

Je t'écris de nouveau après ce long silence.

J'ai traversé une période difficile. Je pourrais inventer tout un tas d'excuses, mais cela ne servirait à rien de te mentir. La vérité, c'est que je devais trouver le courage de te parler avec toute la sincérité que tu mérites. Fil, j'ai rencontré un homme dont je ne peux plus me passer. Je suis incapable de me l'expliquer à moi-même, et encore moins aux autres, mais je vais tout de même essayer. Nous ne sommes pas ensemble. Il y a juste quelque chose de brutalement sexuel. Il s'est emparé de moi et il a bouleversé ma vie. Il s'est mis en tête de me faire oublier mes blocages et mes limites, presque par défi ou par jeu, et je l'ai laissé faire. J'ai appris à jouir comme cela ne m'était jamais arrivé. Maintenant qu'ils se sont réveillés, mes sens le réclament désespérément. Il m'a libérée, en quelque sorte, mais je ne peux plus redevenir celle que j'étais avant. C'est une espèce d'obsession. Je pense à lui à chaque instant de la journée. Chaque fois que nous nous voyons, j'ai encore plus envie de le revoir.

Je ne te demande pas de me comprendre, je me rends compte que tout cela peut paraître absurde.

Je suis tellement désolée, mais vu notre relation (ou celle que nous avons voulu avoir), je crois que nous retrouver à Rome représenterait plus qu'un simple séjour. Ce serait le début d'une histoire dont j'aurais eu envie avant, mais qui me semble inconcevable aujourd'hui. Je ne peux pas, Fil. Je ne peux vraiment pas.

Tu vas me détester, je le sais, et tu ne vas plus jamais vouloir me revoir. Je l'accepte, je l'ai mérité, et je ne ferai rien pour m'y opposer. Là, maintenant, j'ai juste besoin de vivre ça jusqu'au bout, peu importe où cette histoire m'emmènera.

Pardonne-moi si après cette lettre je disparais à nouveau dans le silence.

Bibi

J'ai écrit d'une traite, presque dans un état de transe. Voilà ce que j'avais sur le cœur, et je l'ai couché noir sur blanc, presque contre ma volonté. J'ai écrit plus pour moi que pour lui, j'en ai bien conscience.

Après avoir relu mon mail encore deux fois, je fais le tour du salon, comme pour prendre de la distance. Je finis par me rasseoir, pointant un doigt hésitant vers le clavier. Je n'ai jamais eu aussi peur de la touche ENVOYER. S'il lit vraiment cette lettre, Filippo souffrira énormément mais il saura la vérité, au moins. Soudain, une alerte de Skype me signale qu'il est en ligne. Quelques secondes plus tard, il m'écrit un message :

Bibi, tu es là ? On peut se parler ?

Je me sens sale, comme si j'avais été prise en flagrant délit. Je réponds oui et j'accepte son appel vidéo.

Il n'est pas chez lui, à ce que je vois. Il m'appelle depuis un endroit que je reconnais à l'instant :

— Coucou Bibi ! Tu viens prendre un thé chez Babington's ? me lance-t-il avec ce sourire qui va droit au cœur.

Ses yeux verts brillent au soleil. Comment pourrais-je oser faire mal à cet homme qui a tout du prince charmant ?

Je m'agite sur ma chaise, un peu mal à l'aise.

— Peut-être, Fil ! Mais tu es place d'Espagne ?

— Oui, en bas des marches.

Il tourne son écran. La vue panoramique sur la Trinité-des-Monts m'apparaît dans toute sa splendeur. J'ai l'impression d'être dans un film dont il est le réalisateur.

— Tu vois ?

— Quel spectacle ! C'est vraiment incroyable…

La dernière fois que je suis allée dans ce quartier, c'était avec lui, pour un voyage d'études en troisième année de fac.

— Alors, quand est-ce que tu te décides à venir ?

Nous y voilà. Je savais qu'il allait me le demander, mais je ne sais pas quoi lui répondre.

— Tôt ou tard…, dis-je en cachant ma douleur derrière un sourire.

— Tu en as terminé avec ta fresque ?

— Oui, c'est le dernier jour aujourd'hui, fais-je avec un soupir.

— Alors tu peux venir pour Noël, non ?

— Tu ne reviens pas, toi ?

C'est minable, mais je n'ai pas trouvé mieux pour éviter de lui répondre.

— Le 27 je travaille, malheureusement, bougonne-t-il en haussant les épaules. Allez, Bibi, viens. Tu me manques. Ne me laisse pas tomber…

Oh mon Dieu, je n'arrive pas à soutenir son regard. Toi aussi tu me manques, Fil, mais pas de la même façon. Trop de choses ont changé depuis que tu es parti.

— Fil, je ne peux pas pour Noël.

J'ai une boule dans la gorge, mais j'arrive encore à gérer.

— C'est juste que pour le réveillon j'ai le grand repas de famille… Mes parents y tiennent, tu sais comment ils sont. Je ne les vois déjà pas beaucoup…

J'essaie de le convaincre en prenant un air de chien battu.

— J'ai compris… *Noël en famille*…, dit-il avec un sourire résigné. Je suis le seul enfant ingrat qui boycotte les réunions de famille.

— Mais non, tu n'es pas ingrat.

— C'est vrai ?

— Oui.

La seule ingrate ici, c'est moi.

Il sourit d'un air coquin avant de se retourner brusquement, comme s'il avait vu quelque chose ou quelqu'un.

— Je dois te laisser, maintenant. Je dois discuter du projet avec l'assistant de Renzo Piano, il vient d'arriver.

— O.K., bon courage alors.

— Merci, à toi aussi.

Il me regarde droit dans les yeux, comme s'il voulait y lire quelque chose. À moins que ma mauvaise conscience ne me rende parano.

— On s'appelle pour se souhaiter un joyeux Noël… Et ne t'imagine pas que je vais lâcher l'affaire : j'espère qu'on se verra bientôt, conclut-il en me lançant un baiser.

— Moi aussi.

Je lui envoie un baiser à mon tour, tandis que je regarde son visage disparaître.

En refermant Skype, je me retrouve de nouveau face à mon mail, comme on voit un nuage menaçant s'inviter dans un ciel dégagé. Qu'est-ce qui m'a pris ? Je ne peux effacer Filippo de ma vie. Pas comme ça, en tout cas, pas avec un mail glacial. Il ne mérite pas ça.

La flèche se déplace vers la touche SUPPRIMER. Je clique sans états d'âme et sans remords. Oui, je veux supprimer ce mail. Et je veux me débarrasser de mon sentiment de culpabilité, de mes incertitudes et de ces obligations morales qui me pèsent tellement qu'elles finissent par m'écraser. C'est sans doute hypocrite et égoïste de ma part, mais j'ai besoin de savoir que Filippo est là. J'ai besoin de croire, dans un petit coin de ma tête, que nous avons encore quelque chose à nous apporter l'un à l'autre. Si nous devons nous dire adieu, nous nous le dirons, mais pas maintenant. Pas comme ça.

Je repense à ce que m'a dit Leonardo sur le fait qu'on ne peut pas enfermer ses désirs dans une cage. Hors de cette cage – je m'en rends compte maintenant –, il y a l'enfer des sentiments. Seulement voilà, j'y suis. Plus moyen de revenir en arrière.

En début d'après-midi je me prépare à sortir ; je me lave les cheveux et m'habille avec soin, comme pour un événement important. Et de fait, c'en est un. J'ai fini de restaurer la fresque. Il ne me reste plus qu'à rendre les clés du palais. À en juger par la somme rondelette – bien supérieure à celle dont nous avions convenu – qui vient d'être créditée sur mon compte courant, Brandolini doit avoir été plus que satisfait de mon travail. Ce sera donc la première fois depuis la fin de mes études que je pourrai faire des cadeaux à Noël sans l'angoisse du porte-monnaie, enfin ! C'est une belle satisfaction.

Je franchis la porte d'entrée avant de m'engouffrer dans l'escalier. La voilà, la fresque m'accueille à mon arrivée dans le vestibule. Ses jeux de couleurs ont enfin retrouvé leur intensité et leur éclat. Esquissant un sourire, je m'approche pour mieux l'observer. J'imagine que le peintre anonyme apparaît devant moi et m'offre quelques grains de grenade en signe de reconnaissance. On peut dire que ce détail m'aura coûté pas mal de jours de travail et de frustration ! Sans l'aide de Leonardo, je n'aurais probablement jamais réussi à trouver la nuance exacte. C'est grâce à lui que mes yeux se sont transformés, qu'ils ont appris à regarder différemment cette grenade, mais aussi le monde entier. Cette fresque a accompagné les derniers mois de ma vie, elle m'a vue changer. Cela me fait quelque chose de m'en séparer. La prochaine fois que je reviendrai dans ce palais – si j'y retourne –, ce ne sera plus pour elle, mais pour Leonardo.

Il me suffit de penser à lui un seul instant pour qu'il se matérialise dans le vestibule. Le voir apparaître comme par l'effet d'un sortilège maléfique me fait sursauter. C'est comme ça chaque fois que nous nous croisons.

— Salut, lui dis-je, je pensais à toi, justement.

— Ah oui ? Et qu'est-ce que tu pensais ? me demande-t-il en s'approchant, le regard fixé sur la fresque.

— Que si je n'avais pas restauré cette fresque, nous ne nous serions jamais rencontrés.

En me tournant légèrement, je croise son regard sombre. Ses petites rides au coin des yeux me disent qu'il sourit.

J'aurais envie de l'embrasser, mais j'attends qu'il fasse le premier pas, comme toujours.

— Tu as fait un super travail, Elena. C'est vraiment magnifique.

— Il faudrait fêter ça.

Incapable de résister, je me retourne. Je m'apprête à approcher ma bouche de la sienne mais il suffit que je me hisse sur la pointe de pieds pour qu'il se recule. Je suis soufflée.

— On fêtera ça à mon retour, me dit-il d'un ton calme et résolu.

— À ton retour ?

J'ouvre grand les yeux. Il me faut un moment pour digérer son refus.

— Tu pars ?

— Ce soir, pour la Sicile.

— Longtemps ?

— Je ne sais pas, je déciderai quand j'y serai.

Il a un regard trouble, presque violent. Soudain, je le sens froid et distant.

— Et le restaurant ?

— Quelqu'un va me remplacer, répond-il avec un haussement d'épaules. Mes collaborateurs sont autonomes, désormais.

La nouvelle me bouleverse. Je m'étais déjà imaginé tout un tas d'idées – de fantasmes, plus exactement – au sujet de ces vacances de Noël. Si j'ai dit non à Filippo, c'est aussi parce que j'espérais passer toutes mes journées avec Leonardo. Et en définitive…

J'essaie de dissimuler mon désespoir :

— C'est vraiment nécessaire ?

— J'en ai besoin, répond-il avec un regard déterminé. Au moins une fois par an, peu importe où je sois, je rentre en Sicile.

— Tu as des proches là-bas ?

— J'ai mon passé.

Je préfère me mordre la langue avant d'oser lui poser d'autres questions. Leonardo ne supporte pas qu'on s'immisce dans sa vie privée. C'est précisément pour cette raison que son attachement à sa terre natale constitue à la fois quelque chose d'intime et d'inviolable.

— Essaie de t'amuser sans moi.

Il me prend par la main et s'efforce de sourire, comme pour détendre l'atmosphère.

J'aimerais lui demander de ne pas y aller ou de m'emmener avec lui. Je ne supporte pas l'idée d'être séparée de lui aussi longtemps.

— Tu me téléphoneras, au moins ?

Voilà tout ce que j'ai le courage de lui dire.

— Non, Elena, fait-il d'un signe de tête. Je préfère qu'on ne se parle pas tant que je ne serai pas rentré.

— Pourquoi ?

Je l'attrape par un bras. Je sais que je ne devrais pas insister, mais j'ai besoin d'une explication.

— Parce que j'ai besoin d'une coupure, de rester seul. Parce que ma vie ne se limite pas à ce que je fais ici. Je ne veux pas tout mélanger.

Son regard n'admet aucune contestation.

— Je t'appelle dès mon retour.

Le temps de me faire une dernière caresse, il prend la direction de l'escalier, sans se retourner.

Je suis abasourdie. Il est parti, sans s'excuser, sans se justifier. Il m'a laissée là avec une énième pilule à avaler, les bras ballants.

Ça suffit. Je dois filer, et tout de suite. Je cherche le gardien dans le jardin pour lui remettre le trousseau de clés.

— Au revoir, Franco, et bonnes fêtes, lui dis-je en vitesse, sans en faire des tonnes.

— Joyeux Noël à vous aussi mademoiselle, me répond Franco en s'inclinant légèrement, comme à son habitude. Portez-vous bien.

Je lève la tête, le temps d'un dernier coup d'œil vers ces fenêtres, et c'est fini. Je me précipite dehors à toutes jambes.

Adieu, Perséphone. Adieu, Leonardo.

C'est le jour du réveillon. J'ai dû fournir un effort surhumain pour traverser cette période d'euphorie festive après avoir été jetée comme une malpropre. En plus du pèlerinage rituel de magasin en magasin à la recherche de cadeaux tout à fait inutiles, voir tous ces gens heureux et affairés m'a fichu un coup de cafard monstre. Moi qui aime Noël, d'habitude, cette année je le déteste de toutes mes forces.

J'ai tout de même réussi à survivre à ces quatre jours. Mais le pire est encore à venir. Il est vingt heures. Dans moins d'une heure, je serai chez mes parents pour le traditionnel repas en famille. Si je m'en sors, je pourrai vraiment me dire hors de danger.

À vingt et une heures passées, après avoir loupé un vaporetto et usé la moitié du talon de mes bottes neuves, je me retrouve devant chez les Volpe. Croulant sous mes paquets, je tente de sonner à la porte.

Ma mère vient m'ouvrir, vêtue d'un tailleur rouge cerise, manifestement inquiète.

— Elena ! On était à deux doigts de lancer un avis de recherche. Tout le monde t'attend.

Dans le fond de la pièce, ma famille est en train de

discuter au son du dernier disque de Mariah Carey spécial chants de Noël.

— Excuse-moi, maman, j'ai manqué le bateau.

D'un seul geste j'arrive à l'embrasser, enlever mon manteau pour l'accrocher à la patère, me recoiffer et culpabiliser.

— Mon trésor, tu ne trouves pas ta jupe un peu trop courte ? me demande-t-elle en jetant un regard perplexe à ma robe en dentelle – celle que j'avais portée pour dîner avec Leonardo dans la cuisine de son restaurant.

— Non, je ne trouve pas..., dis-je nonchalamment. Tu te plains toujours de ne jamais me voir en robe... Ce soir, j'ai voulu te faire plaisir, voilà !

L'espace d'un instant, au moment d'entrer dans la salle à manger, l'envie de fuir me traverse l'esprit. J'ai face à moi une armée en ordre de bataille, installée tout autour de la table de fête. Ma famille. Ils tapent du pied par terre en brandissant leurs couverts, comme s'ils n'avaient pas mangé depuis une semaine. Je chasse cette pensée d'un mouvement de tête. Tout est sous contrôle, Elena, tu peux le faire.

Personne ne manque à l'appel : ma grand-mère, mes tantes, mes cousins ; ma mère est même parvenue à corrompre mon oncle Bruno, lui qui est toujours en vadrouille aux quatre coins du monde avec ses amis homos. Je salue tout le monde d'un grand geste. Au milieu des sourires des uns et des autres, je me dépêche de rejoindre ma place. On m'a évidemment installée à côté de ma cousine Donatella. À part le fait qu'on a quasiment le même âge, nous n'avons absolument rien en commun. À vingt-cinq ans, Donatella a épousé Umberto, le clone vénitien de Flavio Briatore. L'année d'après, elle a pondu la petite Angelica, sept ans aujourd'hui. Assise à ma gauche, elle me dit bonjour d'un signe de la main.

— Coucou, tata !

Caressant sa petite tête de Barbie miniature, je lui souris, les dents serrées, sans une once de sincérité.

— Elena, tu es splendide, s'exclame Donatella.

Je lui fais la bise en me laissant inonder par son écœurant parfum à l'iris jaune.

— Merci, tu as l'air en forme toi aussi.

— Oh non, ne me dis pas ça. J'ai pris cinq kilos.

L'air désespéré, elle écarte un pan de sa jupe pour me montrer un bout de sa cuisse.

— Regarde, j'ai tout pris là.

Et voilà, ça commence. C'est le même cinéma chaque année. Le problème, c'est que je ne suis vraiment pas d'humeur à l'écouter débiter ses âneries. Il faut que je trouve une solution avant qu'on n'en arrive à disserter sur les dernières découvertes en matière de crèmes anticellulite.

Histoire de changer de conversation, je me tourne vers sa fille :

— Il t'a apporté quoi, le père Noël ?

— Un nouveau portable, me répond-elle en me montrant fièrement un iPhone dernière génération.

— Superbe...

Qu'est-ce qu'elle peut en faire à son âge ? Non mais franchement !

— Je peux voir le tien, tata ?

Et arrête de m'appeler tata, je te connais à peine, cocotte.

Je sors mon iPhone de mon sac. Elle le prend dans ses petites pattes avec un air surpris.

— Mais c'est le 4, celui-là ! Tu ne sais pas que le 5 vient de sortir ? me demande-t-elle, scandalisée.

Sale petite peste pourrie gâtée. Il me prend soudain une folle envie de redevenir une enfant et de lui tirer les cheveux.

Je lui sors de nouveau mon sourire en plastique. Décidant de l'ignorer, je reporte mon attention sur l'entrée tout juste sortie de la cuisine. Comme c'est la tradition chez les Volpe, on mange maigre au réveillon. Ce sera poisson du début à la fin : brandade de morue à la vénitienne, coquilles Saint-Jacques gratinées et feuilletés de saumon.

Ma mère rougit de plaisir aux compliments de l'assistance.

Pour ne pas me laisser mourir de faim, elle a préparé un menu végétarien spécialement pour moi, comme d'habitude en de pareilles occasions. Elle ignore évidemment tout de ma récente conversion à la viande. Pour éviter mille et une questions et ne pas ruiner ses efforts, je décide de faire comme si de rien n'était.

— Merci maman, tu es un amour, lui dis-je en grignotant deux ou trois gressins.

Je prends une petite part de ce risotto au trévise qu'elle a préparé avec tant d'amour pour sa petite fille.

J'observe chacun des membres de ma famille. J'ai l'impression de me trouver au milieu d'un groupe d'étrangers. Je n'ai pas envie de rester ici, je veux retrouver ma vie, ou du moins celle qui fut la mienne ces deux derniers mois. Chaque jour passé sans Leonardo est un jour de perdu. Je me verse une grande rasade de prosecco, histoire de me mettre de meilleure humeur.

Ma mère me regarde comme s'il venait de me pousser des écailles.

— Elena, qu'est-ce que tu fais ? s'exclame-t-elle, transie d'horreur.

— Quoi ? C'est défendu de boire, maintenant ?

Je remplis mon verre tout en lui jetant un regard innocent.

— Mais depuis quand est-ce que tu bois du vin ?

Elle insiste, et ça m'énerve. Elle ne supporte pas que quelque chose échappe à son contrôle ou ne reçoive pas son approbation.

— Depuis maintenant, si ça ne te dérange pas, lui dis-je sèchement.

— Eh bien si je peux te dire le fond de ma pensée, ça me dérange un peu, oui…

— Maman, tu me les brises !

Saisie par ma réflexion, ma mère me regarde d'un air incrédule. Mon père aussi. Un silence pesant tombe sur la table. Ma grand-mère, qui est un peu sourde, demande à un de mes cousins ce qui se passe. Ma tante, elle, arrange sa serviette sur ses genoux en toussotant. Je jette un œil tout autour de moi, en regrettant un peu ce que je viens de faire. J'ai dépassé les bornes. Je ne réponds pas comme ça d'habitude. Je suis toujours sage et obéissante à la maison. Je viens de comprendre que ce ne sont pas eux, les étrangers. C'est moi qui ai changé..

Une chance, mon oncle Bruno vole à mon secours.

— C'est bon, Betta, le vin c'est bon pour la santé,

dit-il en lui pinçant le bras. Et puis il faut bien trinquer pendant les fêtes !

Il lève son verre pour faire tchin tchin avec moi, en me lançant un clin d'œil.

— C'est vrai ça, à la nôtre ! renchérit mon père en levant son verre à son tour.

Au coup d'œil qu'il me jette, je comprends qu'il m'a pardonnée.

Le dîner se poursuit sans problème jusqu'au panettone. Nous nous souhaitons un joyeux Noël en échangeant nos cadeaux. Je reçois un oreiller en patchwork fait par maman – il devrait aller avec la couverture qu'elle m'a offerte l'an dernier –, une casquette en laine, deux paires de collants tricotés à la main et une écharpe en cachemire. J'ai évidemment l'air de quelqu'un de frileux. Et si à cet instant je me sens glacée, tous ces vêtements chauds n'y changeront rien.

Dès que j'en ai l'occasion, je donne un baiser de réconciliation à ma mère. Je dis au revoir à mes parents, et je file chez moi. Heureuse de me retrouver seule. Mission accomplie.

Il est près d'une heure du matin. Les clochers de Venise annoncent joyeusement la sortie de la messe de Noël, tandis que les quelques gondoliers encore au travail se dépêchent de boucler leur dernier tour de barque. Je marche d'un pas rapide en tâchant de me concentrer sur le petit nuage de vapeur que je crée en respirant. Je ne veux pas réfléchir. Avant d'ouvrir la porte de mon immeuble, je lève les yeux vers le ciel, et je regarde les étoiles. J'ose espérer que Leonardo est en train de les regarder, lui aussi.

Tard dans l'après-midi, le jour de Noël, je vais retrouver Gaia, qui habite un petit loft près des Jardins de la Biennale. Il n'est pas rare de voir d'étranges installations sous les fenêtres de sa chambre. En ce moment on peut apercevoir la dernière œuvre d'un artiste brésilien, un alignement de totems en plastique blanc qui s'illuminent de petites lumières fluorescentes à la tombée de la nuit. Plus que des totems, on dirait surtout de drôles de bonshommes de neige. Même si cela n'était sans doute pas dans les intentions de l'artiste, je trouve qu'ils sont en plein dans l'esprit de Noël. J'ai choisi d'offrir à Gaia un coffret recouvert de paillettes avec à l'intérieur un mascara volumisant de Lancôme et une pince à recourber les cils de Shu Uemura. Comme elle adore ce genre de trucs, je suis sûre qu'elle appréciera.

Après m'avoir ouvert, Gaia m'étouffe sous un câlin si énergique qu'elle manque de m'écraser contre la photo géante de Marilyn Monroe accrochée au mur.

— Joyeux Noël ! me lance-t-elle toute contente.

— Joyeux Noël à toi aussi Gaia, dis-je en quittant mon manteau.

Elle me conduit au salon en faisant traîner ses pantoufles. Il n'y a qu'à la maison qu'elle ne porte pas de talons.

— Viens, on va se poser tranquillement sur le canapé, fait-elle en éteignant la télé.

Chaque fois que je m'assieds sur son canapé en cuir blanc hors de prix, je pense automatiquement aux trucs barbares qu'elle y fait avec ses amants.

— Si par hasard tu es guérie, tu serais partante pour un Bellini ? demande-t-elle.

— O.K.

— Super ! Là, tu me fais plaisir.

Elle me regarde, littéralement abasourdie par mon envie de boire de l'alcool.

Elle disparaît dans le coin cuisine avant de revenir les bras chargés d'un plateau et de deux verres. Je remarque qu'elle porte un brillant à l'annulaire :

— Et ça ? je demande en pointant la bague.

— C'est Jacopo qui me l'a offerte, me répond-elle en l'approchant de mon visage.

— Une bague de fiançailles ? dis-je en ouvrant deux grands yeux.

— Non, une bague.

— Gaia, ne joue pas à la cruche, lui dis-je d'un ton de reproche.

— D'accord, d'accord. Jacopo veut faire les choses sérieusement.

— Mais pas toi, lui fais-je en devinant ses pensées.

— Ça va un peu trop vite, tu ne crois pas ?

Elle cherche mon assentiment d'un regard. Elle a l'air en mauvaise posture. Elle n'est pas vraiment amoureuse, je le lis sur son visage. Mais ç'aurait été un miracle, vu le peu de précédents.

— Mais alors, pourquoi est-ce que tu as accepté un cadeau aussi important ?

— Excuse-moi, mais qu'est-ce que je devais faire ? réplique-t-elle pour se justifier. Lui rendre son cadeau ? Le jour de Noël ?

— Je ne sais pas, Gaia, mais vous auriez intérêt à en parler.

— Écoute, j'y tiens à Jacopo, dit-elle en sirotant son apéritif.

— Je n'en doute pas. Mais peut-être que tu tiens un peu plus à quelqu'un qu'on ne voit jamais.

Dans le mille. « Lis », me dit-elle en me tendant son BlackBerry. C'est le dernier SMS de Belotti.

Joyeux Noël, petite. Tôt ou tard, je viendrai te chercher.

Gaia a l'air d'avoir des petits cœurs à la place des yeux. En d'autres circonstances, je l'aurais mise en garde, j'aurais mon rôle habituel, celui de l'amie sérieuse et un peu donneuse de leçons qui te ramène à la réalité et qui te dit ce qu'il faut faire. Mais je comprends tellement bien ce qu'elle ressent en ce moment que je ne me sens pas la force de lui faire le moindre reproche.

— Mais est-ce qu'il va vraiment venir te chercher ?

— Qui sait ? me répond-elle pleine d'espoir.

Elle n'a aucun remords vis-à-vis du pauvre comte. Elle se fiche bien qu'il puisse souffrir par sa faute. Tout ce qui lui importe, c'est d'être heureuse. Avec Belotti, dans l'idéal.

Effet de la loi de l'attraction ou pas, toujours est-il que mon iPhone choisit cet instant précis pour sonner à son tour. Dans mon cœur, je ne nourris qu'un seul espoir. Mon Dieu, faites que ce soit Leonardo.

— C'est qui ? C'est qui ? piaille Gaia, toute curieuse.

Je lis le message en essayant de masquer ma déception.

— Ah, c'est Filippo. Il me souhaite un joyeux Noël.

— Et c'est tout l'effet que ça te fait ?

Je ne l'ai peut-être pas assez bien masquée.

— Pourquoi, quel effet ça aurait dû me faire ?

— Tu aurais pu te montrer un peu plus enthousiaste, Elena ! me fait-elle en me secouant affectueusement par l'épaule. Qu'est-ce qui t'arrive ? Il ne te plaît plus ?

Je m'empresse de la détromper :

— Mais non, qu'est-ce que tu vas imaginer ? C'est juste qu'il me manque un peu…

— Un peu, c'est tout ? me demande-t-elle l'air perplexe. Écoute, Fil est un type génial. C'est l'homme idéal pour toi.

Je t'en prie, Gaia, ne te mets pas à me compliquer la vie toi aussi ! C'est une telle pagaille dans ma tête… Filippo est l'homme idéal, mais ce n'est pas lui que je désire en ce moment.

— On verra.

— Réponds-lui tout de suite, m'ordonne-t-elle. Moi, je vais chercher ton cadeau.

Je tape une réponse assez froide, assez formelle, mais je ne m'en rends compte qu'après l'avoir envoyée. Quand je lève les yeux, Gaia est de nouveau dans le salon, tout sourire.

— Voilà !

Elle me tend son paquet et j'en fais autant avec le mien.

Gaia déchire le papier en une nanoseconde. À en juger par sa tête, j'ai tapé juste, son cadeau lui plaît. Pour ce qui me concerne, j'ai toujours fait partie de ces gens qui mettent des heures à ouvrir leurs paquets : j'y vais à mon rythme, j'aime savourer la surprise.

Je secoue légèrement la boîte pour deviner ce dont il s'agit. Une huile pour le corps, peut-être, ou un parfum : le bruit a l'air d'être celui d'une bouteille en verre.

— Inutile d'essayer de trouver, tu n'y arriveras jamais…, dit Gaia, tout excitée.

Je finis par ouvrir la boîte. Et là, je deviens rouge comme une tomate.

— Un vibro ? En cristal ?

— En faux cristal, pour être précise.

Je le prends dans ma main. Je suis partagée entre la colère et l'amusement, l'indignation et le désespoir. En fin de compte, j'éclate de rire, car il n'y a rien d'autre à faire. Gaia se met à rire elle aussi. Elle a réussi son coup.

Et voilà, nous sommes en plein dans une scène de *Sex & The City*.

— Vu que tu n'en as pas et que tu n'aurais jamais pensé à en acheter un, je l'ai fait à ta place.

Elle le met en marche d'un geste expert, avec un clin d'œil.

— Il paraît qu'il est fantastique en action…

— Eh bien… c'est sûrement très chic.

Je secoue la tête en regardant la chose refléter sa lumière sur le mur.

— Tu ne m'en voudras pas de ne pas m'en servir, pas vrai ?

— Il ne faut jamais dire jamais. Quoi qu'il en soit, c'est toujours bien d'en avoir un…, répond-elle avec conviction.

— Au moins, ça change de la paire de collants habituelle..., dis-je avec un aplomb étudié.

Nous continuons de rire. Au fond de mon cœur, je me dis qu'il n'y a que Gaia avec qui on puisse passer un après-midi de Noël pareil.

Il me suffit pourtant de passer la porte de chez moi pour être de nouveau accablée de tristesse. J'ai cette sensation d'impuissance qui nous tombe dessus quand on nous prive de ce qu'on voudrait avoir. J'ai beau essayer de le chasser de mon esprit, Leonardo domine chacune de mes pensées. Pourquoi a-t-il été si dur ? Pourquoi continue-t-il à se montrer aussi fuyant, à s'entourer d'ombres et de mystères ? L'espace d'un instant, je suis à deux doigts de l'appeler ou de lui écrire un message. J'éteins finalement mon téléphone pour ne pas succomber à la tentation.

Je pose le sac contenant le cadeau de Gaia sur mon bureau. Je me dépêche de sortir le vibromasseur et de le cacher dans la salle de bains. Qu'est-ce que je vais bien pouvoir faire de ce truc ?

J'ai envie de Leonardo. Une envie que rien d'autre ne peut satisfaire.

13

Une séance de remise en forme complète. Voilà bien la dernière chose que je me sente physiquement et moralement en mesure d'affronter à l'heure actuelle. Hélas, Gaia et Brandolini m'ont invitée à réveillonner avec eux à l'hôtel Hilton. Toute tentative de décliner leur proposition s'est révélée inutile. Je devrais remercier mon amie et son « fiancé » mais vu mon humeur du moment, la perspective de leur tenir la chandelle pendant toute la soirée me déprime à l'avance. Je suis seule, sans Leonardo, je le serai encore plus entourée d'une foule de fêtards. Je me sens de mauvais poil et agressive, peut-être parce que j'ai tendance à souffrir de dépression saisonnière. Et le ciel de plomb cafardeux qui me menace de l'autre côté de la fenêtre n'annonce rien de bon.

Ce soir, j'aurais préféré (et de loin !) rester à la maison en pyjama et regarder un film enroulée dans ma couverture en patchwork, prête à risquer le diabète après une indigestion d'After Eight.

Mais non. Me voilà à m'escrimer devant mon miroir. Me lisser les cheveux, m'épiler complètement, me passer de la crème raffermissante sur les seins et sur les cuisses, enfiler de la lingerie rouge, me mettre du blush sur les joues, un peu d'ombre à paupières irisée et du rouge à lèvres longue tenue. Tout ça pour qui ? Cela avait un sens de le faire pour Leonardo, pour me montrer attirante, mais là ? Cela me paraît totalement inutile. Dieu sait ce qu'il est en train de faire, et avec qui ! À force d'être privée de lui, je commence à en vouloir toujours plus, comme une toxico en manque. Dommage qu'aucun dealer ne puisse me donner ma drogue là, tout de suite.

On sonne à l'interphone. Ce doit être Gaia et Jacopo. Ils sont passés me prendre pour me traîner de force à *leur* Nouvel An festif, pile à l'heure.

— Je descends tout de suite, dis-je dans le combiné, sans grand enthousiasme.

— O.K., grouille, répond Gaia, déjà au taquet.

Le temps de jeter un dernier coup d'œil à mon miroir pour me lisser une mèche rebelle, je dévale l'escalier en prenant soin de ne pas m'entraver dans mon manteau.

En bas, je trouve Gaia et Jacopo main dans la main. Je lève les yeux vers le ciel :

— Est-ce qu'il ne serait pas plus prudent de prendre un parapluie ?

À cet instant, j'aperçois une silhouette familière, juste derrière eux.

— Un parapluie ? On voit les étoiles !

Cette voix reconnaissable entre mille résonne à mes oreilles comme une caresse inattendue.

Gaia me fait un clin d'œil et Brandolini s'écarte pour me laisser passer.

Filippo est là, devant moi, sanglé dans son Burberry vert. Je n'arrive pas à le croire. L'espace d'une seconde, j'ai l'impression de rêver.

— Fil ! Qu'est-ce que tu fais ici ?

— Je suis revenu, fait-il en dégainant un de ses sourires lumineux.

Les sentiments qui partagent mon cœur sont si contradictoires qu'ils me plongent dans un état d'excitation mêlée de surprise. Je finis par être submergée par une immense tendresse. J'ai envie de me jeter à son cou. Mais non, je reste plantée là comme une gourde, les bras ballants. Qu'est-ce qu'on fait dans ces cas-là ? On s'embrasse ? Nos adieux de la dernière fois avaient été passionnés, mais il s'est passé tant de choses depuis que je ne sais pas si... Une chance, Filippo s'approche sans attendre et m'effleure les lèvres d'un bref baiser qui n'échappe pas à Gaia. Maintenant oui, je me serre contre lui avec l'énergie du désespoir, comme une naufragée. Je lui suis tellement reconnaissante d'être là, à lui ainsi qu'à Gaia pour cette merveilleuse surprise. Je suis sûre qu'elle est derrière tout ça.

Nous marchons quelques mètres derrière Gaia et Jacopo. Filippo m'offre son bras. Je m'y accroche, en profitant de la chaleur de son corps.

— Je suis heureuse que tu sois là, lui dis-je.

— Moi aussi.

— Mais tu es arrivé quand ?

— Il y a environ deux heures.

Je le regarde plus en détail à la lumière indistincte d'un réverbère. Son visage rasé de près est un peu creusé, il porte les traces de toutes ses nuits de travail, mais ses yeux brillent plus que jamais.

— Je pensais que tu avais à faire à Rome.

— C'est vrai, mais j'ai réussi à poser deux jours, m'explique-t-il avant de sourire. J'avais tellement envie de te voir.

J'avais envie de le revoir moi aussi, mais je ne m'en rends compte que maintenant. Jusqu'ici j'étais trop occupée à penser à autre chose.

— Deux jours seulement ?

— Malheureusement oui. Je dois être de retour au boulot le 2. Ce sont des esclavagistes. Et je me laisse exploiter.

Il ralentit et détache un instant son bras du mien pour me regarder.

— Tu es contente de me voir ou pas ? Vu le visage que tu as fait tout à l'heure, on ne dirait pas…

Il est tellement sensible qu'aucune nuance de mon humeur ne lui échappe. Je l'avais oublié.

— Bien sûr que je suis contente, lui dis-je en me fendant d'un sourire. Je ne m'y attendais pas, c'est tout…

Un frisson me transperce soudain la colonne vertébrale. Ce n'est pas la brise hivernale, non. C'est juste que je ne lui dis pas toute la vérité. Je suis heureuse de te voir, Fil, mais j'ai profité de ton absence pour devenir raide dingue de quelqu'un d'autre. Et je ne sais pas si tu pourras y faire quoi que ce soit, maintenant.

Nous reprenons notre route. Toujours agrippée à son bras, je me fais le serment d'oublier Leonardo au moins pendant quelques heures et de vivre ce moment sereinement. À cet instant, je suis heureuse de ne jamais avoir envoyé ce mail à Filippo. Si je l'avais fait, rien de tout cela ne serait jamais arrivé. Et si Filippo est là ce soir, cela veut dire que le destin est de notre côté, pour aujourd'hui du moins.

Nous montons tous les quatre à bord d'un bateau à moteur du côté des Zattere. Deux minutes plus tard, nous avons déjà traversé le canal de la Giudecca. Nous voilà devant l'entrée du Hilton. C'est drôle de voir la ville d'ici ; on dirait qu'on la regarde de l'autre côté d'un miroir. Nous glissons sur la passerelle recouverte de velours rouge et, grâce à la complicité de Brandolini, nous franchissons l'entrée blindée et le bataillon de videurs sourcilleux qui la gardent. L'hôtel dépasse tout ce qu'on peut imaginer en termes de luxe, la grande élégance du personnel n'a d'égale que sa courtoisie, à la limite de l'obséquiosité.

Après une halte au vestiaire et un premier cocktail, nous rejoignons notre table en compagnie de quelques connaissances de Brandolini. La salle, gigantesque, est décorée avec un goût exquis. Il y a au moins cinquante tables, les invités nagent dans l'euphorie, mais de cette manière propre aux gens très sophistiqués : tout le monde a l'air de se savoir constamment observé par une caméra de surveillance.

— Gaia s'est mise à fréquenter la haute société, observe Filippo en se penchant vers mon oreille.

Il n'est pas habitué à tant de luxe, lui non plus.

— Non, c'est la haute société qui s'est mise à fréquenter Gaia…

Nous échangeons un sourire complice.

Le dîner se déroule sans encombres. Je suis agréablement surprise de constater que les amis du comte sont moins prétentieux qu'on pourrait le penser. Gaia avait raison. Je me force à faire quelques sourires et à ne pas trop gamberger. J'essaie de me répéter que cela n'est qu'une soirée, après tout. Le fait d'avoir Filippo à mes côtés m'aide d'une certaine façon à me sentir en sécurité. Plus les minutes passent, plus j'ai l'impression de retrouver notre complicité de toujours. À un moment donné je finis même par le surprendre en train de jeter un œil à mon décolleté. Maintenant que j'y pense, il ne m'a jamais vue en robe de soirée. C'est le premier événement chic auquel nous participons ensemble. Ça m'amuse : au lieu de me couvrir, comme je l'aurais fait en temps normal, je soutiens son regard.

— Tu aimes ma robe ?

— Elle te va très bien…, répond-il en sursautant. Mais ce n'est pas juste la robe. Tu es différente Bibi, tu as l'air épanouie.

Lui, en revanche, paraît légèrement embarrassé.

— Trinquons aux changements positifs, alors, lui dis-je en faisant tinter mon verre de vin contre le sien.

Filippo ne m'a jamais vue boire. Ça lui fait effectivement un petit choc :

— Tu bois aussi, maintenant ?

— Eh oui, notre Elena est une petite poivrote… Il était temps ! intervient Gaia en trinquant à son tour avec nous.

Filippo esquisse un petit sourire gêné :

— Je pensais que tu ne buvais jamais, dit-il d'un ton étonné. Tu n'as même pas bu une goutte le jour de la remise des diplômes.

J'avale une gorgée dans un haussement d'épaules.

— Je le pensais moi aussi, mais peut-être que je me trompais.

Comme je me trompais sur tout un tas de choses.

— O.K., alors buvons aux nouveautés, s'exclame-t-il en vidant son verre.

Tandis que nous buvons joyeusement en dégustant des canapés et des vols-au-vent, je fais mine de m'intéresser aux conversations frivoles qui me bourdonnent dans les oreilles, un grand sourire aux lèvres. L'alcool commence à faire son effet, je me sens légère et détendue – c'est tout ce que je souhaitais. Je finis néanmoins par renverser sans le faire exprès une bouteille de vin sur la robe de la fille assise face à moi. Un serveur accourt pour réparer les dégâts. Les autres convives ne remarquent heureusement pas trop ma gêne. L'accident devient même prétexte à un nouveau toast. Ça n'a cependant pas tellement l'air d'amuser la fille, qui me foudroie d'un regard noir.

— Tu te sens bien, Bibi ? Tu as peut-être un peu forcé sur le vin, me chuchote Filippo d'un ton protecteur.

— Un tout petit peu…

Je m'appuie une main sur la tempe. J'ai peur d'être pompette, je tiens peut-être moins bien le vin que je ne le pensais.

— Je suis une catastrophe, hein ?

— Une magnifique catastrophe, me fait-il avec un clin d'œil. Et puis ça lui fera les pieds, à cette pétasse.

Que c'est bon de l'avoir près de moi, me dis-je dans les vapeurs de l'alcool. Que c'est bon d'être cajolée et aimée même quand je fais toutes les conneries du monde. Il n'y a que Filippo pour m'aider à me sentir comme ça.

Dans l'intervalle, Gaia s'est levée pour rejoindre le centre de la salle en compagnie des autres personnes de notre table. Le DJ vient de lancer un morceau de musique électro qu'elle adore. Du David Guetta ou un truc du genre. Mon amie se déhanche avec une grâce coquine, elle maîtrise parfaitement son corps, inondée de lumière sur la piste de danse, moulée dans sa mini-robe à paillettes. Ses cheveux commencent à boucler à force de s'agiter, ses joues ont pris une belle teinte rose, perlée. Il me prend l'envie de danser, ce qui d'habitude ne m'arrive jamais. Je me lève pour rejoindre notre petit groupe. J'entraîne Filippo, malgré ses protestations.

— On ne discute pas ! lui dis-je d'un ton autoritaire en le tirant par une manche.

Je repense à notre fameuse soirée à l'école de tango, et au nombre de fois où nous nous étions marché sur les pieds. À le voir faire de petits pas timides sans trop oser bouger, je sais qu'il y pense lui aussi. Il n'arrête pas de me sourire. J'éclate d'un rire sonore, je ne suis vraiment plus en mesure de contrôler quoi que ce soit. Filippo me demande ce que j'ai, mais je suis incapable de lui répondre. Je suis prise d'un fou rire nerveux, irrépressible, incompréhensible. Gaia finit elle aussi par s'en rendre compte. Mais ça l'amuse.

— Tu es déjà bourrée, Elena ? me demande-t-elle en m'attrapant les poignets.

— J'espère que oui, lui dis-je en essuyant mes larmes.

Mais je ne sais plus si ce sont des larmes de joie ou de désespoir.

Quelques minutes avant minuit, nous montons tous sur la terrasse pour assister au feu d'artifice. Ça m'a toujours plu. Pas seulement de les regarder. De les faire, aussi. Quand j'étais gamine, je dépensais toutes les économies que je gardais dans mon cochon-tirelire rose pour m'acheter des girandoles et des pétards. Avec papa, nous nous amusions comme des petits fous à les faire exploser dans le ciel. Mes amies me disaient que ce n'était pas fait pour les filles, mais ça n'avait pas l'air de déranger mon père, et j'étais très heureuse de partager ce moment avec lui.

La nuit se fait moins noire. On aperçoit même quelques étoiles. C'est peu dire que la vue qu'on a de là-haut est spectaculaire. On l'a l'impression de regarder des petits points en équilibre entre l'eau, la terre et le ciel. Le moment fatidique du compte à rebours est arrivé. Gaia et Jacopo s'installent contre la rambarde. Filippo et moi restons un peu en arrière, dans un coin plus isolé.

— Cinq.

Il me serre fort par la taille.

— Quatre.

Je me colle plus près de son corps.

— Trois.

Il me regarde.

— Deux.

Je lève le menton.

— Un.

Sa bouche n'est plus qu'à quelques centimètres de mon visage.

— Bonne année !

Nous le disons en chœur, les yeux dans les yeux, avant de laisser nos bouches libres de se chercher et de se trouver. C'est le premier véritable baiser de cette soirée. Il déborde de cette tendresse que j'avais oubliée. Filippo débouche la bouteille de Moët & Chandon qu'il a à la main. Nous en buvons quelques gorgées au goulot tandis que les feux d'artifice illuminent la ville et le canal à nos pieds de couleurs somptueuses. Nous admirons le spectacle en silence pendant quelques minutes.

— C'est le moment de faire un vœu, me susurre tout d'un coup Filippo.

— O.K.

Je ferme les yeux pour me concentrer. Hélas, j'ai beau aimer vivre cet instant avec Filippo, j'ai beau essayer de trouver autre chose, je n'ai qu'une chose en tête : Leonardo. Quand je rouvre les yeux, j'ai envie de pleurer.

— C'est bon ? me demande Filippo.

Je fais oui de la tête en tâchant d'échapper à son regard. Je lui arrache la bouteille pour en avaler une nouvelle rasade. Je m'efforce de lui sourire :

— Et toi ? Tu as fait le tien ?

— Pas la peine. Mon vœu est déjà exaucé, me dit-il en me prenant dans ses bras pour m'embrasser à nouveau.

Je me sens mourir. Je suis l'être le plus minable qui puisse exister. Je l'embrasse de toutes mes forces, aussi fort que je voudrais lui demander pardon.

Filippo m'attire vers lui et me serre contre sa poitrine. Nous restons dans cette position je ne sais combien de temps, j'ai la sensation d'avoir fait un long voyage dont je viens déjà de rentrer. Le feu d'artifice est maintenant terminé. La plupart des gens sont redescendus mais quelques personnes s'attardent encore sur la terrasse. Je sens la chaleur de Filippo se mélanger à la mienne. Seuls nos vêtements séparent nos deux corps. Mon sang bout dans mes veines. Le vin a dû me tourner la tête, mais j'ai soudain une folle envie de faire l'amour avec lui. Je ne sais pas si c'est par envie ou par colère, par bonheur ou par désespoir. Tout ce que je sais, c'est que je veux profiter de cette nuit pour m'oublier complètement, et me donner à lui une fois de plus. J'attendrai demain pour penser aux conséquences.

J'attrape donc son visage entre mes mains avant de l'embrasser fougueusement. Ma langue plongée dans sa bouche, je lui pose une main entre les jambes.

Là-dessus, Filippo se recule et me regarde d'un air ébahi :

— Qu'est-ce qu'il y a ? Ça ne te plaît pas ?

— Si, si, ça me plaît..., me répond-il en regardant tout autour de lui.

— Eh bien alors ?

Je le pousse vers un coin sombre de la terrasse.

— Bibi, on nous regarde.

Il aime ça, j'en suis sûre, mais il est trop gêné.

— Eh bien, laisse-les regarder.

Je lui fais poser une main sur mon sein.

— Mais qu'est-ce qui te prend, ce soir ? lâche-t-il.

Ses yeux verts brillent d'une lumière que je ne lui avais jamais vue.

— Il me prend que j'ai envie, dis-je d'un air de défi.

Je défais une bretelle de ma robe pour libérer un de mes seins.

— Mais qu'est-ce que tu fais ? Couvre-toi.

Épouvanté, contrarié, il la remet en place.

— Pourquoi est-ce que tu es aussi coincé ?

Moi je suis à la fois agacée et frustrée. Leonardo m'aurait laissée faire. Leonardo ne m'aurait pas dit ça. Leonardo m'aurait prise là, contre le mur. Leonardo, Leonardo, je n'arrive pas à me le sortir de la tête, merde ! « Pourquoi est-ce que tu ne fais rien pour me le faire oublier ? » Voilà ce que j'ai envie de lui crier, là, tout de suite.

— Tu es complètement saoule, me dit-il en s'enlevant une mèche de cheveux du front.

Il est tellement sexy quand il est en colère… Sa mâchoire est encore plus carrée.

C'est presque par vengeance que j'ai envie de lui. Son refus m'excite, je ressens le besoin de le choquer, de lui balancer en pleine gueule la nouvelle Elena, qui n'est plus à lui, mais à quelqu'un d'autre. Je défais sa ceinture d'un geste impatient.

— Allez, Fil ! Tu as envie de moi oui ou non ?

Il me bloque aussitôt le poignet.

— Arrête ça, Elena. Tu dépasses les bornes, siffle-t-il.

Il ne m'appelle *jamais* Elena. Il a l'air hors de lui.

— Eh bien dépassons les bornes ! lui dis-je du tac au tac, exaspérée. Tu ne peux pas te laisser aller, pour une fois ?

— Arrête ça, j'ai dit.

— Quoi, tu as besoin de réfléchir ? Tu as besoin de prendre du temps pour ça aussi ?

Ma voix déborde de colère et d'agressivité. Je n'arrive pas à m'empêcher de cracher mon venin :

— Je veux juste un peu de passion, c'est trop demander ? Fil, pourquoi est-ce qu'il faut peser chacune de nos putains de décisions ? Pourquoi est-ce qu'il n'y a jamais un peu de saine folie entre nous ? Tout est toujours tellement prévisible !

Je crie, je hurle, et déjà je m'en mords les doigts. Pâle comme un linge, Filippo me regarde d'un air incrédule.

— Je me suis tapé six heures de train pour te voir. Je pensais sincèrement qu'on pouvait partager autre chose qu'un petit coup vite fait sur la terrasse d'un hôtel.

Je plonge mon visage dans les mains. J'ai honte, j'ai tellement honte.

Il fait quelques pas en arrière, les yeux fermés. Il refuse que mon corps puisse toucher le sien.

— Je ne sais pas ce qui t'est arrivé ces derniers mois, Elena, mais je ne te reconnais pas. Et ce que j'ai vu ce soir… ne me plaît pas.

Il se tourne pour s'en aller mais je le retiens par un bras…

— Excuse-moi, je ne voulais pas…

— Bien sûr que si, tu voulais, s'exclame-t-il en se dégageant.

Il me jette un regard glacial, les poings serrés.

— Tu m'as dit le fond de ta pensée, c'était suffisamment clair. Je te souhaite une bonne année.

Là-dessus, il se rue vers l'escalier qui mène à la sortie. Je ne peux plus l'arrêter. Je n'essaie d'ailleurs même pas. Vidée de mes forces, je me laisse tomber le long du mur. J'ai la tête qui tourne, des haut-le-cœur, mais j'arrive heureusement à les contrôler. Je me relève calmement en respirant profondément. Je me traîne d'un pas hésitant jusqu'à notre table, à l'intérieur. Je m'en vais moi aussi. Inutile de rester plus longtemps. Après avoir récupéré mon sac, je dis au revoir en vitesse à Gaia et Brandolini, sans leur donner d'explications. Une chance, Gaia est encore plus bourrée que moi. Elle ne s'est même pas aperçue de la disparition de Filippo, pas plus que de mon état désastreux.

— Bonne année, me répète-t-elle à nouveau.

Le temps de me pincer le derrière, elle me laisse partir.

Me voilà rentrée. Seule, dans mon appartement de célibataire, à trois heures du matin, un 1er janvier, à deux doigts de vomir, une barre pas possible en travers de la tête. Je commence l'année en fanfare. Sans Leonardo. Et maintenant, sans Filippo. Qu'est-ce que j'ai fait pour mériter tout ça ? Je me sens fatiguée, vidée. J'ai fait mon choix mais le destin s'amuse à me mettre des gifles. Je désire ce que je ne peux pas avoir.

Les jambes flageolantes, je titube vers la cuisine à la recherche de quelque chose qui puisse absorber l'alcool qui me renverse l'estomac. Je tombe sur un morceau de pain que j'engloutis sans même me demander depuis combien de temps il traîne par là. Ensuite, direction la salle de bains. J'ouvre le robinet de la baignoire où je verse quelques gouttes d'huiles essentielles. J'en mets un peu trop mais peu importe. En attendant que la baignoire se remplisse, je repasse par le salon. Mes yeux tombent sur mon arbre de Noël encore éclairé. Je m'assieds par terre pour le regarder. Sur une boule, je lis un des vers que j'ai moi-même recopiés dessus :

J'aime et je hais en même temps. Comment cela se fait-il ? me diras-tu peut-être.

Je l'ignore ; mais je le sens, et c'est un supplice pour mon âme.

Catulle

J'ai les larmes aux yeux. Le nœud que j'ai dans la gorge commence à se défaire. Je ne suis qu'une sentimentale bonne à pleurer, une idiote, une gamine qui a joué à la femme et qui n'a réussi qu'à déclencher des catastrophes.

Je me libère de ma robe froissée et de cette stupide lingerie sexy en dentelle rouge, retourne à la salle de bains et plonge lentement dans la baignoire désormais pleine. La tête sous l'eau, je peux laisser couler mes larmes.

La voilà, la nouvelle Elena. Seule, paumée et pleine de remords. Victime et bourreau d'elle-même.

14

Enfin les vacances sont finies. J'ai laissé l'année à peine achevée derrière moi, avec joie mais sans regrets. La nouvelle année a beau avoir commencé de manière désastreuse, je dois aller de l'avant. Je me suis épargné les traditionnelles bonnes résolutions mais je me suis promis que cette année serait celle des décisions courageuses.

Tout d'abord, je veux me remettre au boulot d'arrache-pied. J'ai passé quelques entretiens, mais on dirait qu'il n'y a rien d'intéressant sur Venise en ce moment. J'ai donc décidé de contacter Mme Borraccini, directrice de l'institut de Restauration auquel je suis rattachée. Elle m'a proposé de participer au projet de restauration de la Cappella degli Scrovegni, à Padoue, au sein d'une équipe placée sous sa direction. Un travail de prestige, excellent pour mon CV. Reste le problème des allers-retours en train quotidiens. Je vais attendre mon entretien avant de prendre ma décision.

Je me suis ensuite inscrite à la salle de gym, sans trop savoir avec quel courage, pour être honnête.

J'ai barre au sol le mardi et cours de zumba le lundi et le samedi. Je suis évidemment bien meilleure en barre au sol, vu qu'il n'y a pas grand-chose à faire à part quelques étirements. Je ne suis pas d'une souplesse extraordinaire, mais j'arrive à toucher mes doigts de pied avec les mains, maintenant. Je jetterai en revanche un voile pudique sur la zumba. C'est Gaia qui m'a convaincue de m'y inscrire, et je maudis le jour où je lui ai dit oui. Non seulement la prof est une dingue, mais surtout je ne peux pas m'empêcher de me sentir ridicule chaque fois que je me regarde dans le miroir. Perdue au milieu de cette horde de femmes déchaînées qui remuent du popotin à un rythme effréné, j'ai systématiquement un train de retard sur le reste du groupe. Je quitte la leçon en crachant mes poumons, mais je dois reconnaître que je me sens plus légère, fatiguée dans le meilleur sens du terme et presque amusée par ma propre balourdise.

Côté cœur, en revanche, c'est vraiment le calme plat.

Filippo ne m'a plus contactée depuis cette terrible nuit du Nouvel An. Gaia s'acharne à me demander pourquoi nous sommes en froid. Je reste dans le vague, sans vraiment lui répondre. Je me suis contentée de lui dire que nous avons décidé de faire un break, sans pour autant lui raconter mon coup d'éclat, sans lui dire que c'est moi qui l'ai poussé à me quitter. Je suis vraiment impardonnable vis-à-vis de Filippo. Si je lui ai dit tout ça, c'est parce que inconsciemment je voulais l'éloigner de moi, le forcer à me détester. J'ai fini par y arriver. Savoir que notre histoire a pris fin avant même d'avoir commencé me laisse tout de même un arrière-goût amer. L'idée de m'être privée de la possibilité d'être heureuse me hante l'esprit. Mais si mon cœur a pris une autre direction, que puis-je bien y faire ?

On en revient une fois de plus à Leonardo. Je ne sais plus comment résister à ma folle envie de l'appeler. Or c'est le seul moyen pour moi de le retrouver. Être séparée de lui depuis si longtemps m'est parfois insupportable, mais j'ai confiance. La période des fêtes est finie depuis un moment. Il sera bientôt de retour, je le sais. Et nous serons de nouveau ensemble, lui et moi, même si j'ignore encore de quelle manière. Au fond, il y a des choses qu'il vaut mieux ne pas savoir.

Je viens de rentrer de la salle de gym. J'ai l'impression de voler : toutes les toxines que j'avais dans le corps se sont envolées après une séance si sportive que Gaia n'a même pas pu tenir la cadence. Ce soir, je pourrai me goinfrer sans trop me sentir coupable. Je me prépare des tramezzini à la roquette et à la bresaola – eh bien oui, maintenant ce n'est plus un problème –, brie et noix, gorgonzola et artichauts, deux de chaque. Je les garnis au maximum, comme à la Toletta, le bar de Venise qui sert les meilleurs tramezzini du monde.

Il est près de vingt heures quand on sonne à l'interphone. Qui cela peut-il être ? Je n'attends personne. Le temps de déposer mon couteau plein de brie sur mon assiette, je marche jusqu'à la porte en me léchant les doigts.

— Oui ?

— C'est moi.

Une voix ferme et puissante. *La sienne*.

Oh mon Dieu, je vais me sentir mal. Je me tourne d'instinct vers le miroir du mur. C'est une horreur : je porte un jean déchiré, des pantoufles en laine de mérinos et un sweat Adidas décousu qui me sert de tenue de maison. Un souvenir de mes années de lycée. Une chance que je n'ai pas aussi mon pyjama en pilou décoré de petits ours polaires.

— Leonardo ? !

Je préfère m'assurer que je ne rêve pas.

— Oui. Tu m'ouvres ?

Attends deux minutes, je dois me changer. Non, plutôt deux heures. Que je reprenne forme humaine.

— Monte.

J'appuie sur le bouton. La seconde d'après, je me rue dans la salle de bains pour me passer une fine couche de fond de teint compact sur les joues. Mes cheveux sont dans un état que Gaia n'hésiterait pas à qualifier d'ignoble. Mais je n'ai pas le temps. Vite, un chignon express.

Il monte l'escalier.

Je ne pensais pas qu'il arriverait comme ça, sans même passer un coup de fil pour me prévenir. Je ne suis pas préparée. J'ai le cœur qui bat la chamade et les jambes en coton, mais je dois avoir l'air sûre de moi, à l'aise. Je ne veux pas lui montrer à quel point il m'a manqué, même s'il doit sûrement s'en douter. Alors à quoi bon le lui cacher ?

Je lui ouvre la porte en essayant de prendre un air modérément étonné :

— Quelle surprise…

— Tu espérais l'avoir, non ? me répond-il.

Tant pis s'il a ruiné tous mes efforts. Il est tellement sexy avec sa barbe de trois jours, ses cheveux décoiffés et son teint légèrement plus bronzé que d'habitude.

— Viens, lui dis-je en l'invitant à entrer d'un mouvement de la tête.

J'ai du mal à me retenir de lui sauter au cou.

Il fait quelques pas vers le salon. Il lâche par terre son sac vert kaki avant de m'effleurer la joue d'un baiser distrait, en regardant tout autour de lui.

— Comment c'était sans moi ?

— Pas mal.

— Menteuse.

Il m'attire vers lui et m'embrasse encore et encore. La bouche plongée dans mon cou, il me prend brutalement le visage entre les mains et me pousse contre le plan de travail de la cuisine. Là, il met sa langue dans ma bouche. Pourquoi est-il aussi insaisissable ? Pourquoi ne veut-il pas être à moi ? Comme ils m'ont manqué, ces lèvres de braise, ces bras puissants, ce corps au parfum d'ambre et de vie… Pourquoi m'en priver alors que j'en ai tant envie ?

Incapable de résister plus longtemps, je lui réponds avec la même intensité.

— C'est comme ça que tu manges ? me demande-t-il sans crier gare en se reculant.

Il vient d'apercevoir une tranche de pain tartinée au brie sur une planche à découper.

— Oui. J'adore les tramezzini à la vénitienne.

Leonardo secoue la tête avec un petit sourire méprisant. Il a beau être un cuisinier de première classe, je ne laisserai personne dire du mal de mes tramezzini.

— Fais-moi confiance, il sont excellents…, lui dis-je d'un air convaincu.

Leonardo se met à rire, comme si je venais de dire une bêtise monumentale.

— Voyons voir s'ils sont vraiment *excellents*, siffle-t-il en imitant ma voix.

Joignant le geste à la parole, il mord dans un tramezzino brie et noix et le déguste lentement.

Je me sens sur la sellette, comme n'importe quelle concurrente de *Master Chef* à deux doigts d'être éliminée de l'émission, à ceci près que Leonardo n'est pas seulement sévère. Il est aussi terriblement sexy, ce qui le rend encore plus impressionnant.

Il me jette un regard qui ne promet rien de bon. L'instant d'après, il soupire et m'attrape par la taille pour me tenir dans ses bras.

— Bravo, commente-t-il en se léchant les lèvres, pour un peu, je te prendrais comme assistante.

— Merci, mais j'ai déjà un travail. Plus ou moins…

Il me donne une grande claque sur les fesses.

— Enfin, si tu as un petit creux, il y en a d'autres…, dis-je en indiquant la planche.

— O.K., répond-il.

Il enlève son blouson et nous nous installons sur le canapé. Il est parfaitement à l'aise. Mais cela me fait plutôt drôle de l'avoir ici, chez moi. C'est la première fois. Il a dû se souvenir du chemin depuis l'épisode de la montée des eaux.

Il attrape un tramezzino roquette et bresaola et moi un morceau de celui au gorgonzola et à l'artichaut. Je mâche nonchalamment, mais j'ai soudainement l'appétit coupé. J'ai envie de lui.

— Ça ne va pas ? s'enquiert-il.

— Si si, ça va, dis-je sans en penser un traître mot.

Tout à coup, j'ai une idée.

— Est-ce que je vais chercher quelque chose à boire ? J'ai une bouteille de dom pérignon au frais…

— Depuis quand est-ce que tu as de l'alcool dans ton frigo ? Mademoiselle se fait plaisir…, commente-t-il avec un mouvement de tête.

Je profite de ce prétexte pour me lever du canapé et me glisser à pas de loup jusqu'à la salle de bains. Je baisse ma culotte pour contrôler la situation. Je pousse un soupir de soulagement. J'ai les seins très gonflés, je dois commencer mon cycle, mais ce serait un drame si c'était ce soir… Je refais mon chignon devant la glace (j'essaie, du moins) avant de récupérer le champagne et de revenir dans le séjour.

— Me voilà.

Je pose le dom pérignon sur la table basse avant d'aller chercher deux verres. Leonardo me regarde déboucher la bouteille.

— Tout va bien ? me demande-t-il en attrapant les verres.

— Oui.

Je me rassois sur le canapé. Est-ce que ça se voit tant que ça que je ne suis pas dans mon assiette ?

Le cours accéléré de dissimulation auquel je me suis astreinte ces dernières semaines n'a pas l'air d'avoir tellement porté ses fruits : je suis incapable de cacher les émotions qu'il provoque en moi.

— À quoi trinquons-nous ?

— À nous, répond-il en me regardant droit dans les yeux.

Il fait tinter son verre contre le mien. Là-dessus, il se lève et sort un paquet blanc de son sac.

— C'est pour toi, ça vient tout droit de Sicile, me dit-il.

Un cadeau. Ça je ne m'y attendais pas.

— Merci, dis-je d'une petite voix gênée. Mais moi je n'ai rien pour toi…

— Allez, ouvre-le, insiste Leonardo.

Je défais méticuleusement l'emballage. Il a l'air de contenir quelque chose de doux.

— Comment s'est passé ton voyage ?

— Très bien, répond-il laconiquement.

Il a le regard perdu dans le vide. Je ne voudrais pas me tromper mais il y a quelque chose de mélancolique dans ses yeux. Quelque chose de fort doit le lier à sa terre. Quelque chose que je n'ai pas le droit de connaître.

J'enlève un deuxième morceau de papier. Je me retrouve avec un bout de tissu soyeux entre les mains. Je le déplie contre ma poitrine, comme si je déroulais un poster. Je baisse les yeux pour l'admirer. C'est une splendide cape en soie noire avec une capuche ourlée de satin.

— Ça s'appelle un *armuscinu*, m'explique Leonardo sans me laisser le temps de lui poser la question. Entièrement fait à la main. Autrefois les Siciliennes le mettaient pour sortir, mais on n'en trouve plus très facilement aujourd'hui.

— C'est vraiment magnifique, dis-je en le serrant contre ma poitrine.

Ce doit être un objet rare. Les images des films de Tornatore défilent sous mes yeux – c'est grâce à eux que je connais la Sicile, car je n'y suis jamais allée.

— On pouvait le porter de deux façons, me dit Leonardo en me le posant sur les épaules. Avec la capuche vers le bas, quand on sortait pour affaires. Ou bien avec la capuche vers le haut, quand on allait à l'église ou rencontrer des gens importants.

Joignant le geste à la parole, il rabat la capuche. Je souris. Avec cette capeline sur le dos j'ai l'impression d'être dans *Malèna*. Monica Bellucci peut aller se rhabiller !

Leonardo m'arrange comme un créateur de mode préparant son top model. Puis il se recule pour m'admirer, amusé lui aussi.

— *Assabinidica !* Mes hommages, madame Elena ! Ça te va à ravir.

Sans trop savoir quoi répondre, je lui fais une petite révérence.

— Mais tu es encore plus belle sans rien du tout, dit-il en s'approchant de moi.

Il attrape un bout de ma cape, puis me l'enlève. Il me retire ensuite mon sweat et mon tee-shirt. Le sentir souffler délicatement sur mes seins nus fait pointer mes tétons. Une fois rassis sur le canapé, il me fait basculer de manière à me tenir serrée entre ses jambes. Je me laisse masser par ses mains expertes, je sens ses doigts remonter en douceur autour de mon cou pour redescendre ensuite jusqu'à mes reins en dessinant de petits cercles le long de ma colonne vertébrale. Puis il me touche légèrement les seins. Mon corps tout entier est traversé par une vague de frissons.

— Ton parfum est si bon. Si doux.

Son nez effleure le creux de mon cou, tout comme sa langue brûlante. Mon sang se met instantanément à bouillir dans mes veines. J'ai envie de lui à la folie.

— Tu m'as manqué, Elena, continue-t-il à me chuchoter doucement.

Il m'embrasse la nuque et s'approche jusqu'à pouvoir coller sa poitrine, ses joues, ses lèvres contre mon dos. Il s'appuie quelques instants sur moi. Incapable de résister à l'appel de sa bouche, je me retourne. Je lui enlève son pull par l'encolure avant de me mettre à califourchon sur ses jambes. Je continue à l'embrasser jusqu'à ce qu'il me renverse sur les sièges du canapé. Il m'attrape les cuisses, sa bouche se précipite à nouveau sur moi. Il mord avidement mon sexe à travers mon jean tandis que je plonge mes doigts dans ses cheveux. Dans un gémissement, je sens une vague de plaisir total se répandre dans tout mon corps.

Soudain, il me soulève dans les airs et me renverse sur une de ses épaules comme un sac. La tête à l'envers, je m'accroche à ses poches de pantalon pour garder l'équilibre. Mais je me sens en sécurité entre ses bras puissants. Je lui demande en riant où on va.

Il s'engouffre dans le couloir d'un pas assuré, comme s'il connaissait mon appartement depuis toujours.

— Je veux voir ta chambre.

Il passe par la porte entrebâillée et me jette sur le lit.

— Sympa comme tout. J'aime bien, commente-t-il en jetant un regard circulaire tout en me pinçant un téton.

Mon cœur bat à mille à l'heure, le désir me transperce. Il m'arrache mon jean et ma culotte avant de me lécher le vagin, du bas vers le haut. Lentement, sa langue se fraie un chemin vers mon clitoris. Je bouillonne. Personne n'a jamais eu envie de moi avec autant d'ardeur. Voilà ce que me disent ses lèvres expertes, infatigables.

— Tu as bon goût, Elena. Un goût de pain chaud. Et de sel, à l'intérieur.

Sa langue s'enfonce de plus en plus loin, jamais satisfaite.

Je me sens disparaître dans le néant, comme si je ne sentais plus que mon sexe secoué de convulsions et de frissons de plaisir.

Tout à coup, il se relève, les yeux brûlants de désir, les muscles du torse tendus à rompre. Il se libère en vitesse de ses vêtements et se jette sur moi. Bloquant mes poignets, il me pénètre d'un coup de reins débordant d'envie et d'impatience. Il commence à aller et venir à un rythme effréné, ponctué par le bruit de ses halètements.

Comme une molécule au milieu d'une transformation alchimique, je fais un bond dans une autre dimension. Nos corps fondus l'un dans l'autre libèrent une énergie si puissante qu'elle me fait perdre la tête. On dirait que notre séparation n'a fait qu'exacerber notre désir pour nous faire vivre un moment bouleversant, perturbant, violent.

Leonardo me retourne. Agrippée à la tête de lit, j'accompagne les mouvements de son sexe dans le mien, en gémissant de plus belle. Il a pris un rythme infernal, mais j'arrive à le suivre.

— Tu es à moi, Elena, me dit-il en me caressant les fesses.

Et il s'enfonce encore, suffisamment pour me rendre folle.

Je ne peux pas m'empêcher de hurler à mesure que la tête de lit cogne contre le mur. Je suis aspirée dans un tourbillon de jouissance. Je sens trembler mes muscles. Mon sang m'arrive jusqu'aux dents, la tête me tourne. Sans relâcher son étreinte, Leonardo jouit à son tour. Nous nous écroulons ensemble dans les draps. Il m'emprisonne dans ses bras.

Je reste quelques instants lovée contre sa poitrine. Je contemple son corps, dont le parfum enivrant m'envahit les narines. Je me sens entièrement perdue en lui et pour lui.

— Clelia a dû nous entendre..., dis-je tout bas.

— Clelia ? C'est qui ?

— Ma voisine.

L'idée que j'aie fait plus de bruit que ses chattes en chaleur me fait sourire.

— Peu importe, c'est tellement beau de t'entendre prendre du plaisir...

Il me passe un doigt sur le nez en me jetant un regard satisfait.

Ne fais pas ça Leonardo, je vais avoir envie de te cajoler... je ne peux pas trop céder à la tendresse. Je laisse mes doigts glisser sur les poils de son torse. Il me vient soudain une idée.

— Qu'est-ce que tu dirais d'un bon bain chaud ?

— Pourquoi pas…

Je fais mine de bouger, mais il m'en empêche.

— Reste ici, je m'occupe de remplir la baignoire.

Il se lève, permettant à mes yeux de caresser son corps d'apollon. J'aime qu'il prenne les initiatives. J'aime tout chez lui. Tout sauf le fait qu'il ne pourra jamais être à moi.

Je suis encore plongée dans une douce torpeur quand Leonardo revient dans la chambre avec un air coquin et amusé :

— Et ça ?

Oh mon Dieu, le vibromasseur ! Il l'a trouvé dans mon armoire à bains moussants. Oh non, par pitié, non ! J'ai tellement honte que je voudrais me cacher sous les draps.

— C'est Gaia qui me l'a offert. Pour Noël.

J'essaie de me justifier, mais cela semble l'amuser.

— Et tu t'en es déjà servie ? me demande-t-il en s'approchant du lit.

Cet objet froid a quelque chose de terriblement érotique quand il le tient entre ses mains.

— En fait, non.

— Pourquoi, non ?

— Je ne sais pas, je ne pense pas que ça puisse me plaire.

— Tu crois ça ?

Il s'installe de nouveau sur le lit avec un regard qui en dit long.

Je dois encore me remettre de mon orgasme de tout à l'heure. Cet homme veut ma mort ! Il me caresse entre les jambes en faisant glisser ses doigts de bas en haut, comme s'il actionnait un interrupteur. Mon vagin s'ouvre à nouveau, il le réclame encore. Tout à coup, je me sens remplie par quelque chose qui a la consistance du verre. Lisse et glacé, le vibro va et vient jusqu'à me faire pousser un gémissement.

Leonardo l'enfonce encore plus profondément. Il le fait entrer et ressortir avant de le mettre en marche. C'est une sensation nouvelle, dévastatrice et excitante – comme tout ce que je fais avec lui. Rouvrant les yeux, je regarde le cadeau de Gaia briller sous la lumière diffusée par l'abat-jour. La vue de cet objet inanimé dans mon corps vivant est déroutante mais j'aime ça. Impossible d'expliquer pourquoi.

Leonardo le retire de mon corps pour me le mettre dans la main.

— Continue toi-même, Elena, me dit-il en prenant son sexe dans la main. Je veux te regarder faire.

Ses yeux débordent à nouveau de désir.

Je m'exécute, comme hypnotisée, sans trouver la force de m'opposer. Le cristal m'offre un plaisir sensuel, qu'excite encore plus le regard de Leonardo sur moi. Je ne comprends plus rien, je suis sans défense : la tête me tourne, mes mains n'ont plus de force. Il reste quelques instants à me regarder avant de me débarrasser du jouet. Il me prend alors par les cuisses et me pénètre avec ardeur. Je gémis, encore plus fort que tout à l'heure.

— Et ça, ça te plaît encore plus, hein ? me susurre-t-il.

Un gémissement éloquent jaillit de mes lèvres.

Il sort de moi pour m'emmener dans ses bras jusqu'à la salle de bains. L'eau a presque atteint le rebord de la baignoire. Il se penche pour fermer le robinet et jette une boule effervescente au patchouli qui se dissout en une myriade de petites bulles parfumées. Bravo, Leonardo. Tu sais toujours ce qui me plaît.

Poussant un profond soupir, j'entre la première en me glissant sous la mousse. Il me dévore de son regard de braise et s'installe face à moi. Un peu d'eau déborde : ma baignoire n'est pas bien grande, elle facilite le contact. Nos jambes s'entrecroisent.

Je vois ses yeux s'enflammer de désir quand il s'approche de mon visage pour m'embrasser. Il me prend le visage dans ses mains et s'empare de ma bouche.

— Viens ici, grogne-t-il en me faisant mettre à cheval sur lui.

Il caresse le petit grain de beauté que j'ai sous mon sein gauche et me sourit :

— Chaque fois que je pense à toi, je pense à ça aussi.

Je le sens maintenant. Il entre à nouveau dans mon puits d'amour enflammé. Je m'assieds doucement sur lui. Quand il s'enfonce entièrement d'un coup de reins, je cambre mon dos en poussant un gémissement. Je lui attrape la tête pour la plaquer contre ma poitrine. Mes tétons dressés s'offrent à lui. Je veux sentir sa bouche sur moi, je veux qu'il sache à quel point j'ai envie de lui.

Nous bougeons à l'unisson entre les bords étroits de la baignoire, la peau mouillée et glissante, les yeux humides de plaisir, la bouche avide de passion. Et l'eau déborde tout autour de nous.

Un nouvel orgasme se propage à l'intérieur de moi, il me dévore corps et âme. Submergée par cette sensation d'extase, je sens qu'il va perdre le contrôle lui aussi. Nous jouissons ensemble, en nous embrassant sur la bouche.

Je suis à lui. Et il est à moi, au moins pour cette nuit.

La salle de bains est maintenant pleine de vapeur. L'eau redevient peu à peu transparente, au fur et à mesure que la mousse se dissout. Nous restons dans la baignoire encore quelques instants. Allongée entre ses jambes, le ventre en l'air, je me laisse bercer.

— Tu as changé, Elena, tu sais ? dit-il en jouant avec mes cheveux.

— Qu'est-ce que tu veux dire ?

— Tu fais l'amour différemment. Tu es plus libre, plus sensuelle.

— C'est toi qui m'as transformée.

— Peut-être. En partie seulement. Je t'ai juste aidée à exprimer ce que tu avais déjà en toi.

C'est un compliment inattendu, qui me remplit de fierté et de tendresse. Mais je ne sais pas trop quoi lui répondre, alors j'opte pour le sarcasme :

— Ça veut dire que je validerai mon année, monsieur le professeur ?

Pour toute réponse il me pousse sous l'eau en m'appuyant sur la tête. Je remonte à la surface en piaillant avant de me jeter sur lui pour lui mordre un bras. Nous éclatons de rire.

Il me soulève ensuite légèrement et me passe l'éponge dans le dos en me massant. Il sait être terriblement doux quand il le veut. Les yeux fermés, je me détends, caressée par ses mains et par le bruit des gouttes qui tombent lentement dans l'eau.

— Tu restes dormir ?

Les mots me viennent spontanément, sans que je puisse m'en empêcher. J'ai peur d'avoir commis une grave erreur. Ce n'est pas le genre de questions à poser à quelqu'un comme lui.

— Oui.

J'ouvre des yeux grands comme des soucoupes. Je ne m'attendais pas à cette réponse. Les amants ne restent jamais dormir, d'habitude. Je me tourne pour m'assurer qu'il parle sérieusement.

— Ça ne me pose aucun problème, si ça ne t'en pose aucun.

CQFD. Leonardo est l'exception qui confirme la règle.

Je l'embrasse avec transport, comme je ne l'ai peut-être jamais embrassé jusqu'à aujourd'hui, comme s'il était mon compagnon et moi sa compagne, comme si nous n'étions pas unis et séparés par un pacte diabolique.

Je ne dois pas tomber amoureuse, je le sais. Mais je ne veux pas non plus gâcher ce moment de bonheur en m'encombrant l'esprit de réflexions inutiles. Je veux le vivre. Maintenant.

Nous nous mettons au lit, parfumés et réchauffés par ce long bain. Leonardo est là, dans *mon* lit, et il est là pour moi. Je me serre contre lui sous les couvertures, heureuse de savoir qu'il sera encore là demain matin.

Nous ne nous endormons pas tout de suite. Nous passons quelques instants à remuer dans tous les sens. Nous laissons nos bouches insatiables se chercher, serrés fort l'un contre l'autre, comme si nous voulions nous emparer entièrement du corps de l'autre, jusqu'à son souffle. Somnolente, je finis par basculer dans un sommeil profond sans même m'en apercevoir.

À sept heures moins le quart, une saleté de sonnerie de téléphone m'arrache à mon repos bien mérité. Entrouvrant les yeux, je l'attrape en commençant à émerger. Merde, mon entretien avec Borraccini ! Je dois être à Padoue dans deux heures. C'est moi qui ai demandé à ma mère de m'appeler pour être sûre de vraiment me réveiller, comme chaque fois que je dois me lever très tôt le matin.

Je réponds d'une toute petite voix pour ne pas réveiller Leonardo.

— Salut, maman, dis-je d'une voix pâteuse.

Je passe au séjour sur la pointe des pieds.

— Mais pourquoi est-ce que tu parles si doucement ? siffle ma mère.

— Ça capte peut-être mal.

J'oublie que je parle sur un fixe, pas sur un portable. Une chance que certains détails lui échappent.

— Alors, tu es réveillée ? Tu as ton train à quelle heure ?

Je n'en sais rien, maman. Je ne sais même pas sur quelle planète je suis en ce moment. Je lui donne une réponse au pifomètre.

— À huit heures.

— Ce sera bon ?

— Oui. Je suis parfaitement à l'heure.

Je l'espère, du moins.

— Alors sois toi-même et donne-toi à fond, comme toujours... Tu me promets, hein ? Bonne chance, mon trésor.

— Merci, maman. Ciao.

Je retourne dans la chambre, pieds nus sur le carrelage froid. Les frissons du matin picotent ma peau chaude comme de petites aiguilles. J'enfile mon chandail en laine taille XXL.

Leonardo ouvre les yeux une seconde avant de les refermer, agacé par le rayon de soleil qui filtre à travers la fenêtre.

— Le téléphone a sonné ou je rêve ? Quelle heure est-il ? demande-t-il, émergeant de son sommeil.

Il est tout chiffonné, mais il me plaît aussi comme ça. Moi, je dois avoir l'air d'un monstre avec mes cheveux en bataille et mes valises sous les yeux.

— Il est tôt, mais je dois y aller. J'ai un rendez-vous pour un travail. Rendors-toi tranquillement.

J'ai à peine fini ma phrase qu'une crampe me prend à l'estomac. Je réalise que j'ai déjà vécu cette scène il y a quelques mois, avec Filippo. À la différence près que les rôles sont inversés, cette fois-ci.

Je chasse immédiatement cette pensée désagréable. Tandis que Leonardo somnole encore, j'ouvre un battant de l'armoire. Je pioche en vitesse un ensemble avant de filer à la salle de bains mes vêtements à la main. Chemisier blanc Hermès bien ajusté, pantalon cigarette noire, cardigan gris anthracite, bottines noires à petits talons. Le temps de me passer un coup d'anticernes vite fait, je me mets un peu de fard, un peu de gloss, et je me fais un chignon derrière la nuque : le look parfait de la jeune fille modèle. Félicitations, Elena. Tu as légèrement oublié ce qu'est une jeune fille modèle, mais à part ça…

En retournant dans la chambre pour attraper mon sac et mon manteau, je m'aperçois que Leonardo m'observe, allongé sur le matelas, les bras croisés derrière la tête et les yeux grands ouverts.

— Je ne sais pas à quelle heure je vais rentrer, lui dis-je en m'approchant de lui, mais tu peux rester aussi longtemps que tu veux.

— Je vais y aller dans un moment moi aussi, marmonne-t-il d'une voix un peu bourrue.

Il m'attrape une main et me force à m'asseoir sur le lit.

— Fais juste claquer la porte en partant, lui dis-je.

— Tu es toujours aussi belle de bon matin ? me demande-t-il sans même m'écouter.

Il m'attire vers ses lèvres. J'y laisse une petite trace de gloss. Ça lui donne une drôle de touche : je ne l'avais encore jamais vu comme ça. Le temps de lui glisser un « Ciao ! » à l'oreille et je file, en faisant bien attention à ne pas m'entraver ou à me cogner dans un truc, comme à mon habitude.

— Ciao, me répond-il. Bonne journée.

Je rentre de Padoue vers treize heures trente. Je ne suis pas encore sûre d'accepter la mission qu'ils veulent me confier, mais je suis heureuse, et j'ai envie de sourire à la vie. Tout le monde s'en est aperçu, même cette harpie de Borraccini qui m'a chaleureusement accueillie en me voyant arriver ce matin :

— Bonjour Elena. Je vous trouve en pleine forme.

Je peux dire merci à Leonardo. Faire l'amour avec lui est cent fois plus efficace qu'une crème de soin ou n'importe quelle vitamine.

Je marche d'un pas léger jusqu'à chez moi, pleine d'entrain. Un beau film romantique avec Leonardo dans le rôle principal me défile dans la tête. Vite arrivée en haut de l'escalier, j'évite soigneusement le regard de la mère Clelia au moment de la croiser sur le palier. J'ouvre la porte doucement avant de jeter un œil dans tout l'appartement. Aucune trace de Leonardo.

J'entre dans la chambre. J'aimerais le trouver allongé sur le lit à m'attendre, exactement là où je l'avais laissé ce matin. J'ai encore envie de lui, de sa peau, de son odeur, de sa force. Il n'est plus là, mais la chambre est encore imprégnée de son odeur. Sur le lit tiré au cordeau, j'aperçois ma cape soigneusement étendue. Et sur l'oreiller, un bout de papier plié en deux.

J'ouvre le billet et lis :

Une nuit aussi belle ne peut qu'être le signe d'une journée réussie.

À très vite,

Leo

Je me jette sur le lit, son mot posé contre mon cœur. Les yeux au plafond, je souris. Et je me dis que cette journée est déjà réussie.

15

Voilà plusieurs jours que Venise est emportée par la frénésie du Carnaval. Les boutiques des artisans et les magasins de costumes sont en ébullition. La ville est couverte d'étalages qui vendent des masques, des chapeaux et des perruques, de toutes les formes et de toutes les couleurs. Des hordes de touristes sont arrivées du monde entier. Circuler dans les rues ou prendre un vaporetto devient un vrai parcours du combattant. Autant s'armer de patience, et se faire à l'idée que partir en avance ne garantira jamais d'arriver rapidement, où qu'on aille.

C'est Mardi gras, et je me rends chez Leonardo. Je suis souvent allée le voir au palais ces derniers temps. C'est toujours un plaisir de retrouver la fresque, qui m'accueille comme un visage familier. Il y a désormais une espèce de routine entre nous, une série de petites habitudes qui nous unissent sans pour autant nous lier. Comme ses messages, qui viennent ponctuer nos rendez-vous, à la manière d'une invitation au plaisir. « Viens chez moi vers dix-sept heures, m'a-t-il écrit hier.

Mets une tenue chic et amène la cape. On va à une fête privée. »

J'avais douze ans quand je me suis déguisée pour la dernière fois. J'étais en costume de Pierrot. J'avais le visage tout blanc, et j'étais timide comme une enfant qui n'est plus complètement une enfant mais pas encore une jeune femme. J'avais un peu honte, fagotée dans des vêtements qui n'étaient pas à moi. Je n'avais vraiment commencé à m'amuser qu'au moment où j'avais oublié que je portais un costume.

Rien de tel ce soir. J'ai mis une longue robe en soie bleue et jeté l'*armuscinu* de Leonardo sur mes épaules. J'ai hâte de me plonger avec lui dans cette atmosphère tellement enivrante et pleine de promesses. On a coutume de dire que tout peut arriver entre les murs des palais privés au moment du carnaval de Venise. Je n'ai jamais participé à l'une de ces soirées. Mais même si j'appréhende un peu, le fait d'être avec lui me rassure.

Le temps de dire au revoir à la fresque, je grimpe dans la chambre de Leonardo. Je le regarde finir de se préparer, adossée au chambranle de la porte. Il a revêtu une cape en soie vert foncé, presque identique à la mienne, par-dessus son smoking noir satiné, très élégant. Cette tenue donne une touche originale à sa beauté ténébreuse.

Il vient à ma rencontre et me donne un baiser.

— Tu es parfaite, me dit-il en m'admirant, mais il manque encore quelque chose.

Il sort de son armoire un superbe masque style Colombine et me le place sur le visage.

— Magnifique, commente-t-il en me regardant dans le miroir.

Il me couvre les yeux et une bonne partie des joues, laissant juste dépasser la bouche.

— Je l'ai pris chez Nicolao. Exprès pour toi.

Je n'ose même pas imaginer combien ça lui a coûté. C'est un authentique masque vénitien en papier mâché, fait à la main et orné d'un velours blanc précieux brodé d'arabesques. Une rose en soie blanche et une plume argentée toute douce sont accrochées au niveau de la tempe gauche.

Leonardo me l'attache derrière la tête avant de mettre le sien, un masque blanc tout simple, style XVIIIe. Il lui recouvre entièrement le visage et s'élargit au niveau de la bouche.

Nous ne sommes plus nous-mêmes, désormais. Avec nos nouveaux visages, nous voilà prêts à sortir dans le monde.

Le soir est gris et humide. Il va probablement pleuvoir, mais nous n'avons pas besoin de soleil. Je bous littéralement d'excitation. J'en ai les cheveux qui frisent, mais ça n'a aucune importance. Perdus dans la foule, nous traversons la ville en fête, emportés par un tourbillon de musique, de couleurs, de plumes, de voiles, de grelots et de piaillements. Les étudiants de l'académie des Beaux-Arts ont installé des ateliers improvisés de maquillage artistique. Ils s'amusent à recouvrir le visage des gens de couleurs bariolées et de cascades de poudres scintillantes. Il règne partout dans la ville une immense agitation et une euphorie explosive.

Leonardo et moi faisons halte à un stand de beignets au potiron. Les beignets à la vénitienne sont divins, je raffole de leur goût légèrement sucré qui me glisse directement de la bouche au cœur. Nous marchons sans but précis, en nous laissant entraîner par cette foule joyeuse ou aller là où nous portent nos pas.

Arrivés place Saint-Marc, nous tombons sur le défilé des Marie. Comme chaque année, au cours des semaines qui précèdent le Carnaval, la ville est le théâtre d'une espèce de concours de beauté visant à élire douze jeunes femmes appelées à faire étalage de leurs charmes lors du cortège de Mardi gras. On proclamera officiellement dans quelques heures le nom de la « Marie de l'année », avec à la clé pour elle une coquette somme d'argent. Les Vénitiennes se livrent à une lutte acharnée pour s'assurer une place parmi les heureuses élues. Gaia était de la partie jusqu'à l'an dernier, son carnet d'adresses joliment rempli lui permettant toujours de figurer dans les douze finalistes. Elle n'a pourtant jamais gagné, peut-être parce que le président du jury préférait les brunes. À cet échec cuisant s'est ajoutée la tristesse de devoir renoncer à participer, du fait qu'elle avait dépassé la limite d'âge. Fort heureusement pour moi, ma maladresse n'est pas spécialement compatible avec le principe d'un concours de beauté. Mon manque de confiance en moi me tient à l'écart de toute forme de compétition, et c'est très bien comme ça.

En longeant le pont des Soupirs, nous nous engageons dans une rue à l'écart. Encore quelques mètres et nous voilà devant l'entrée du palais Soranzo. Je me mets mon masque sur les yeux en demandant :

— C'est ici que ça se passe ?

— Oui, répond Leonardo avec un sourire démoniaque.

Un majordome quelque peu original nous ouvre la porte. Il est habillé en Médecin de la Peste, le visage recouvert d'un masque allongé comme un bec de cigogne. Il nous invite à entrer en nous jetant de pleines poignées de confettis argentés. J'ai l'impression d'être entrée dans une autre dimension. Même les confettis sont différents de ceux qu'on trouve dehors.

Nous traversons le jardin en passant sous une pergola. Un lierre dans les tons de jaune et de rouge a enveloppé le mur de ses feuilles larges. Quelques personnes masquées se tiennent aux extrémités de la cour, d'autres jouent à cache-cache parmi les statues tapissées de mousse. Elle se courent après en riant autour de la fontaine décorée d'angelots joufflus. Tout n'est que magie, enchantement, séduction.

Nous empruntons ce chemin pour entrer dans le palais, où nous sommes tout de suite plongés dans un univers de luxe effréné. Un luxe qui, entre ces murs, a pourtant l'air d'être le plus naturel du monde. Une foule de personnes, presque toutes masquées, occupe la pièce où règne un vacarme assourdissant. L'ambiance est survoltée. Des hommes embrassent des hommes déguisés en femmes, des filles montrent leurs seins et leurs fesses sans aucune pudeur, des gens dansent sur les tables et sur les canapés en velours, des amants s'isolent dans des coins sombres, des bouches lampent de grandes rasades de vin, des langues se cherchent, des mains s'explorent. C'est carnaval : il n'y a plus aucun tabou, plus aucune limite, plus aucune règle – si ce n'est celle de les transgresser. Dieu sait si je serai à la hauteur ! J'ai l'impression de ne pas être à ma place, même si – je l'avoue – ce climat de désinhibition la plus totale me séduit un peu.

Nous traversons plusieurs pièces, émerveillés, avant de rejoindre le grand salon. Les platines du DJ sont installées sur un podium illuminé de lumières psychédéliques. Je le reconnais. C'est Tommy Vee – Tommaso Vianello de son vrai nom. Nous allions au lycée ensemble – j'étais en seconde, lui en terminale. Il me plaisait énormément, mais je n'ai jamais eu le courage de le lui dire. Je le salue d'un geste de la main ; il me répond d'un clin d'œil, mais je doute qu'il m'ait reconnue sous mon masque, maintenant que j'y pense. Il passe son célèbre remix du *Rondò Veneziano*. C'est de la musique pour Gaia mais ça ne me déplaît même pas. Le rythme est tellement prenant qu'il me donne une irrésistible envie de danser. Tandis que les gens s'agitent dans tous les sens, l'excitation monte d'un cran.

Un groupe de filles en petite tenue se déhanche au centre de la pièce. Leur danse sensuelle captive l'assistance. Un petit cercle finit par se créer autour d'elles. Nous devenons tous les spectateurs de leur numéro improvisé. Placé derrière moi, Leonardo me serre par la taille et enlève son masque pour poser son visage contre le mien. Il me fait bouger dans ses bras au rythme de la musique. Fascinée par leur chorégraphie – il n'y a pas d'autre mot –, je n'arrive pas à détacher mes yeux de ces jeunes femmes. L'une d'elles sort particulièrement du lot. Impossible de ne pas la remarquer. Il y a quelque chose de l'ange et de la courtisane chez cette Salomé moderne au corps outrageusement parfait. Elle porte une robe ultra-courte et à moitié transparente en voiles blancs. Autour de ses mèches blondes attachées sur la nuque, on distingue une petite chaîne en strass avec une goutte au milieu de son front. Elle voltige avec la légèreté d'une gazelle en se dressant élégamment sur la pointe des pieds. Tout son être respire la sensualité et la liberté, chacun de ses mouvements ensorcelle et subjugue.

Elle finit par enlever son masque, révélant deux yeux verts à tomber à la renverse, soulignés par un maquillage intense. Tous les regards sont pointés vers elle. Les autres filles se disposent en demi-cercle autour d'elle, lui laissant le centre de la scène. Salomé est fière, elle se laisse guider par son corps sans hésiter, elle suit la musique d'un air de défi. Nos regards se croisent au moment où elle passe près de moi. Puis elle fait un clin d'œil à Leonardo. Je me retourne : il est en train de lui sourire. Mais je ne suis pas jalouse. Elle est si belle que j'ai moi aussi envie de lui sourire. J'interroge Leo :

— Tu la connais ?

— Elle s'appelle Claudia, dit-il d'un ton neutre, sans aucun sous-entendu. Je l'ai vue deux ou trois fois au restaurant.

J'aimerais en savoir plus sur eux deux, mais je n'ai pas le temps de mener ma petite enquête : Claudia vient d'arriver à la hauteur de la statue du Maure placée dans un coin du salon. Comme si c'était un homme en chair et en os, elle se met à le séduire en faisant sensuellement onduler son bassin. L'instant d'après, elle s'accroche au cou de la statue, prend son élan et s'assied élégamment sur son épaule, comme une reine sur son trône. La musique s'arrête. Sous des applaudissements nourris et les vivats du public, Salomé descend du dos du Maure. Après deux pirouettes, elle gratifie les spectateurs d'une révérence tandis qu'un arlequin lui effleure le visage d'une rose rouge. Pleine de morgue, elle saisit la fleur entre ses dents et s'éloigne en souriant.

Mon Dieu, cette femme est d'une beauté irrésistible. Je suis littéralement tombée sous le charme. Je n'ose me mettre dans la tête de ces messieurs. Je suis comme subjuguée, je n'arrive pas à la quitter des yeux. Mais voilà qu'elle s'approche de nous avec la légèreté d'une plume. Elle adresse à Leonardo un sourire ensorcelant.

— Bienvenue, Leo, lui dit-elle en lui frôlant la joue de ses lèvres.

Elle est encore essoufflée. De petites gouttes de sueur luisent sur sa peau. Puis elle se tourne vers moi. La déesse s'est aperçue de mon existence :

— Bienvenue à toi aussi… Ton prénom ?

— Elena, enchantée, lui dis-je en lui serrant la main.

— J'espère que la soirée est à votre goût.

Elle m'observe sous toutes les coutures. Dans ses yeux brille une étrange lueur.

— Bien sûr…, dis-je, un peu surprise. Te voir danser, tout à l'heure…, tu étais magnifique… je veux dire, tu *es* magnifique.

— Merci.

Elle est habituée aux compliments, elle. Elle soulève mon masque et me regarde avec curiosité :

— Que cela vienne d'une femme comme toi me fait encore plus plaisir.

Ses mots ne me laissent pas indifférente. C'est étrange, mais je n'arrive pas à dire pourquoi.

— Nous avons les mêmes goûts, Leo. Et pas seulement en matière de nourriture, poursuit-elle en lui glissant un clin d'œil.

Je ne suis pas sûre d'avoir bien saisi là où elle veut en venir, mais je vois Leonardo lui sourire. Il a l'air d'avoir tout compris, lui.

— Elena et moi avons de quoi fumer. Tu peux te joindre à nous si ça te tente.

Elena et moi ? Fumer ? Je tombe des nues. Mais le coup d'œil étonné que j'adresse à Leonardo ne lui fait ni chaud ni froid.

— J'ai encore une ou deux petites choses à faire, répond Claudia, manifestement intéressée, mais je vous retrouve tout à l'heure. Ne bougez pas...

Le temps de nous offrir un dernier sourire coquin, elle disparaît dans la foule.

Je regarde Leonardo pour tirer les choses au clair.

— C'est une de tes maîtresses ?

Ma question n'a pas l'air de le surprendre. Il lève un sourcil, l'air amusé.

— Non, du moins pas jusqu'à ce soir...

— Tu peux me dire ce que tu as derrière la tête ? dis-je d'un ton inquiet.

— Satisfaire tes fantasmes, comme toujours, répond-il avec la mine docile d'un tigre en cage. J'ai vu la façon dont tu la regardais, tout à l'heure.

— Et de quelle façon est-ce que je la regardais ?
— De la façon dont tu me regardes moi.

Mon visage vire à l'écarlate. Je me retrouve obligée de me justifier :

— Parce qu'elle est très belle, c'est ça ? Mais j'imagine que ça ne t'a pas échappé, à toi non plus. Je me trompe ?

— Tu as déjà embrassé une femme ?

Ses yeux me transpercent comme deux aiguilles.

— Non, jamais.

— Et tu n'en as jamais eu envie ? me demande-t-il avec un air de défi.

— Non…

— Du moins pas jusqu'à ce soir, conclut-il.

— Ça suffit, maintenant, lui dis-je en lui enfonçant un doigt contre le torse. Arrête ça tout de suite.

Il éclate d'un rire sonore, sans se soucier de mes menaces. Il m'attrape par la main et m'entraîne vers le bar, où il commande deux coupes de champagne. Je bois sans pouvoir m'arrêter de penser à cette femme qui, je dois l'admettre, m'a quelque peu chamboulé l'esprit. Puis je regarde Leonardo en me demandant s'il n'a pas effectivement l'intention de me pousser dans ses bras. Non, je ne le laisserai jamais faire un truc pareil. Mais l'euphorie qui règne ici est tellement contagieuse… Alors oui, c'est ce soir que tout peut arriver.

Leonardo et moi flânons encore quelques instants dans les méandres du palais avant d'entrer dans un petit salon à moitié plongé dans l'obscurité. Dans la pièce, quelques personnes clairement éméchées sont lancées dans une discussion enflammée. De quoi parlent-ils ? Mystère, leurs voix sont couvertes par la musique. Nous nous asseyons sur le canapé placé derrière eux, sans qu'ils aient l'air de s'apercevoir de notre présence. Nous enlevons nos masques. Leonardo sort de sa poche un joint déjà préparé. Il l'allume. Une volute de fumée me chatouille les narines. C'est une odeur un peu âcre, on dirait du foin brûlé. Leonardo tire une latte et me le passe. Je le regarde d'un air hésitant. Je n'ai jamais fumé ne serait-ce qu'une cigarette, alors un joint…

— Allez, m'encourage-t-il. Tu tires un peu dessus, ensuite tu aspires et tu souffles.

O.K., j'essaie. La première tentative est évidemment un désastre : la fumée m'échappe et m'arrive dans les poumons comme un coup de couteau. Je tousse jusqu'à me faire sortir les yeux du crâne sous le regard amusé de Leonardo. Je réessaye. La seconde tentative est déjà plus concluante. À la troisième, je gère déjà comme une pro. Les yeux fermés, je place le joint entre mes lèvres, en aspirant doucement. Je retiens la fumée deux secondes, le temps de savourer ce goût défendu, puis je la laisse s'échapper. Un épais nuage de fumée volette devant mon visage. Cette odeur me plaît. La tête me tourne, mes muscles se détendent. Installée bien confortablement, je m'abandonne à une douce sensation de torpeur. Puis je passe le joint à Leonardo. Il le coince entre son majeur et son annulaire. Le poing fermé, il aspire fort. Soudain, le monde me paraît loin. Je sens ma tête s'envoler, et je crois qu'un petit sourire béat s'est dessiné sur mon visage. Je perds le contact avec la réalité. Et j'aime ça. Tout à coup je me retourne. Claudia est à côté de moi.

— Salut, lui dis-je, un peu surprise.

— Salut, me répond-elle d'une voix sensuelle.

Elle attrape le joint que Leonardo lui passe sous mon nez. J'observe les lèvres de Claudia se refermer autour du filtre avant de s'entrouvrir pour laisser s'échapper une mince volute de fumée. Elles sont tellement charnues que je voudrais les effleurer du bout des doigts.

— Vu ton état, ça doit être de la bonne.

Elle me remet une mèche de cheveux derrière l'oreille.

— Ben... c'est la première fois que je fume... je ne peux pas dire, mais ça me plaît bien.

Je sens que je me libère de mes blocages et de ma gêne.

Claudia regarde Leonardo d'un air amusé.

— Elle est mignonne, ton amie, dit-elle en nous fixant intensément. Vous êtes tellement beaux tous les deux, je ne vais pas savoir qui choisir.

— Pourquoi choisir ? réplique-t-il, simplement

Avant même de comprendre sa réponse, je sens des lèvres se poser dans mon cou. Ce ne sont pas celles de Leonardo. Mais elles sont si tendres et si sensuelles que je ne songe pas un instant à me reculer. Il va se passer quelque chose, je vais être emportée par un véritable tsunami, mais je n'ai aucune intention de m'y opposer. Je croise le regard de Claudia, plein d'abandon. Elle tire sur le joint avant de me souffler la fumée dans la bouche, ses lèvres posées sur les miennes. J'avale la fumée qui se diffuse partout dans mon corps. Ne restent que sa petite bouche charnue et sa langue qui se frotte contre la mienne. J'aime ce baiser, mon Dieu, c'est si excitant… Tandis que Leonardo m'embrasse dans la nuque, je devine que ce plan à trois est une autre de ses idées. Mais ça se passe naturellement, comme toutes ces choses que j'ai faites avec lui – toutes les choses que je n'aurais jamais imaginé faire.

Claudia se détache de moi pour chercher Leonardo. Ils échangent un baiser ardent sous mes yeux, sans que cela me rende jalouse. Pourquoi ? Je ne sais pas. Mais c'est bon de les voir aussi excités. Tout ce qui avait un sens jusqu'ici – mes mots, mes pensées, mes principes – s'est évanoui.

— Et si on allait dans un endroit plus tranquille, ça vous dit ? propose tout à coup Claudia.

Elle se lève du canapé sans attendre la réponse et me prend par une main. Cherchant Leonardo du regard, je le vois prendre l'autre. Nous nous sourions d'un air complice avant de suivre Claudia. Je maîtrise chacun de mes gestes désormais : je sais ce qui va se passer.

Nous montons à l'étage. Nous nous retrouvons dans un long couloir, faiblement éclairé, donnant sur plusieurs portes. Claudia se dirige vers l'une d'elles, l'ouvre et nous laisse entrer.

La pièce est plongée dans la pénombre, les contours des choses se confondent les uns avec les autres. Exactement comme les émotions qui se partagent mon âme. Au centre de la chambre se dresse un lit à baldaquin et, dans un coin, une grande bougie en forme de pyramide brûle sur un candélabre, diffusant un arôme d'encens. Claudia se tourne vers nous.

Elle est d'une beauté à couper le souffle, on croirait une de ces statues de marbre de la Grèce ancienne. Elle m'effleure à peine le cou et me rapproche de Leonardo. Elle nous invite à nous embrasser tout en me caressant une épaule. Elle descend lentement jusqu'à mes seins. La main glisse légèrement sur ma peau. Elle est *différente*, chaude, délicate. Je me sépare de Leonardo pour la regarder. Ses yeux verts m'ensorcellent, ils m'attirent comme des aimants. La flamme qui vient de s'allumer en moi me débarrasse de toutes mes inhibitions. Sans que je puisse la contrôler, ma bouche se pose timidement sur celle de Claudia. Nos lèvres humides s'entremêlent, nos langues s'enroulent l'une autour de l'autre tandis que les mains puissantes de Leonardo courent sur nos corps brûlants. Il nous couvre de baisers.

Quant à moi, je suis en train d'embrasser une femme.

Une inconnue.

Mon homme est là, et il la touche en même temps que moi.

Il n'y a plus trace de la Elena d'autrefois, plus maintenant.

Tout d'un coup, Claudia se recule. Sa main dans la mienne, elle embrasse Leonardo puis m'embrasse à nouveau. Leurs salives se mélangent dans ma bouche assoiffée de désir. Tout en lui caressant les seins, Leonardo défait les boutons qui courent sur le devant de sa robe. Le corps de Claudia est lisse, fin, précieux : il s'offre lentement à nos regards. C'est lui qui la déshabille et elle qui me déshabille l'instant d'après. Puis nous le déshabillons lui.

Nous voilà tous les trois complètement nus. La vision de ces deux corps si différents, si proches de moi, si vivants m'enflamme d'excitation. L'écho ténu des cris et la musique du salon sous nos pieds parviennent jusqu'à nos oreilles, mais nous n'entendons que le bruit de notre respiration. Nous nous allongeons sur le lit en défaisant les draps damassés. Nous sommes trois amants. Trois désirs qui se rencontrent. Pour prendre du plaisir, rien d'autre.

Claudia s'avance vers moi et m'invite à oser. Son corps me demande de m'abandonner, d'être à elle. Ses jambes chaudes – celles d'une femme qui sait ce qu'elle veut – se déplient devant moi. Sa chair est contre la mienne. Elle est mouillée. Elle me lèche les seins en frottant son sexe contre le mien, tandis que Leonardo s'allonge à mes côtés pour m'embrasser. Nous changeons ensuite de position. Maintenant c'est moi qui suis sur elle. Impossible de résister à l'envie de goûter à ses seins. Tandis que les mains de Leonardo se fraient doucement un chemin en moi, il jette un regard à la fois sérieux et coquin. Serai-je capable de jouir ? Serai-je capable de jouer ? semble-t-il me demander. Ses doigts finissent par laisser la place à ceux de Claudia – des doigts experts et pour ainsi dire déjà familiers. Il m'attrape une main, qu'il glisse entre ses jambes à elle. Sa fente chaude et ruisselante semble m'inviter. Hésitante, j'enfonce mes doigts dans son sexe mouillé et je l'explore. Mes muscles se détendent, mon esprit se libère. Enfin je la possède ; et je me laisse posséder.

C'est ma première fois. C'est ma nuit. Mais c'est Leonardo qui guide nos gestes, qui dose notre plaisir. Avant même de pouvoir atteindre l'extase, haletantes et trempées de sueur, Leonardo nous sépare en nous embrassant les seins à tour de rôle. Il pousse ensuite Claudia à me lécher les mamelons tandis qu'il la pénètre par derrière. Je sens ses lèvres se refermer sur un téton, de plus en plus fort, à mesure qu'augmentent son plaisir et le mien. Elle se jette sur moi en plongeant son visage entre mes seins. Tandis que je resserre les bras pour profiter de son orgasme, mes yeux croisent ceux de Leonardo, maître de son désir, maître de nos corps.

Claudia se relève. Ses joues rouges et ses yeux brillants la rendent encore plus belle. Elle se laisse tomber sur le lit, comblée, tout en cherchant nos mains.

— À vous, maintenant, dit-elle en nous regardant tous les deux.

Elle m'installe doucement deux oreillers sous la tête avant d'arracher deux pans de sa robe pour m'attacher aux montants du lit en fer forgé. Leonardo la laisse faire : il aime ça.

Elle s'avance sensuellement vers moi. Je la désire, elle me veut. La façon qu'elle a de m'observer me donne la sensation d'être une déesse. Tandis qu'elle glisse sans bruit sa tête entre mes jambes, mon ventre se prépare à un plaisir déchirant, dévastateur. Il n'y a plus d'Elena. Il n'y a plus que mes sens, sa langue, ses mains et celles de Leonardo. Je suis un corps qui se donne à eux, je suis une peau qui parle et qui écoute.

Je choisis ce moment pour inviter du regard Leonardo à me faire lécher son sexe brillant de sueur et débordant de plaisir. Le voilà sur moi, dans ma bouche.

Claudia garde encore sa langue quelques instants en moi avant de laisser Leonardo enfoncer son sexe tendu, me pénétrer de ce coup de reins que je connais si bien. Nos corps affamés se mélangent, se cherchent et se possèdent, aiguillonnés par les yeux de la voluptueuse Claudia. C'est maintenant elle qui m'embrasse et qui fait courir ses mains sur ma poitrine puis sur mon sexe, où Leonardo ne cesse d'aller et venir, de plus en plus profondément. Il nous caresse l'une et l'autre, en jouissant par nous et pour nous. Son plaisir ne fait que décupler le nôtre.

L'orgasme arrive immédiatement. Il déborde comme un fleuve en crue, il gicle à travers mes yeux, colore mes lèvres et brûle ma gorge. C'est un nouvel oxygène offert à mes poumons, une nouvelle sève offerte à mes veines, une nouvelle émotion. Et Leonardo est avec moi. Il est en pleine extase lui aussi, il s'est abandonné à l'enchevêtrement de nos corps en sueur.

Allongés sur le lit, nous nous embrassons encore, complices, épuisés.

Je suis un peu désorientée au moment de quitter le palais. J'ai l'impression d'avoir perdu mes repères. J'ai besoin de quelques instants pour reconnaître le monde extérieur. Nous disons au revoir à Claudia, notre compagne de voyage pour une nuit. Il n'y a aucune gêne, juste un agréable sentiment de calme après la tempête. Leonardo et moi prenons le chemin de chez moi. Le jour ne va pas tarder à se lever. La faible lumière de l'aube commence à peine à éclairer le ciel au-dessus de nos têtes. La nuit continue encore d'envelopper la terre.

Nous marchons à pas lents au milieu d'une véritable scène de guerre. Les rues sont recouvertes des restes de la fête : des montagnes de déchets, des bouteilles, des papiers gras et des corps mal en point. Après une nuit sens dessus dessous, le monde peine à se remettre d'aplomb. Au même moment nous nous tournons l'un vers l'autre. Nous nous regardons et nous nous retrouvons l'un dans l'autre. Nous n'avons plus nos masques, nous les avons oubliés là-bas. Je souris. À la vie, à la nuit en train de mourir, à la folie en train de s'évanouir, à tous les masques dont je me suis débarrassée, au corps de femme à qui j'ai donné du plaisir et qui m'en a donné. Je souris à Leonardo, car je lui suis reconnaissante. Sans lui, rien de tout cela ne me serait jamais arrivé.

16

À neuf heures et demie du matin, Piazzale Roma est un amas informe de gens, de voitures, d'autobus et de scooters qui partent ou qui arrivent. C'est la ligne de démarcation qui sépare la Venise des canaux du reste de la région et de ses routes goudronnées. Si je suis ici, c'est parce que Leonardo a décidé de m'emmener dans les collines qui surplombent Trévise. Il doit passer me prendre avec une voiture de location. J'ignore où nous allons aller. Tout ce que je sais, c'est que je vais rencontrer un viticulteur. « Un rendez-vous de travail, mais ça me ferait plaisir que tu m'accompagnes », m'a-t-il dit une nuit alors que nous étions au lit. La chose m'a évidemment rendue folle de joie, mais j'ai fait mon possible pour ne pas le lui montrer. Depuis notre rencontre, nous ne sommes jamais partis en balade ; nous n'avons même jamais passé une journée entière ensemble.

Cela fait quelques minutes que je suis sur le parking. Je continue de regarder autour de moi pour tenter de deviner par où il arrivera, mais il règne ici une telle pagaille que je ne vois rien au-delà d'un rayon de deux mètres. Un bref coup de Klaxon m'interpelle tout à coup. Le voilà, c'est lui. Il est au volant d'une rutilante BMW blanche. Il s'approche et allume les warnings. Sans descendre de la voiture, il se penche pour m'ouvrir la portière de l'intérieur et me fait monter.

— Prête ?

Il me donne un tendre baiser sur les lèvres et passe la première.

— Oui.

J'attache ma ceinture en m'adossant au siège en cuir. Leonardo met ses Ray-Ban noires et appuie à fond sur l'accélérateur en s'engageant dans le pont de la Liberté qui relie Venise à la terre ferme. Le pâle soleil de février brille sur la lagune. Quelques groupes de mouettes ponctuent le ciel de petites taches blanches.

Je remarque que le compteur frôle déjà les cent à l'heure.

— Il ne faudra pas t'étonner si tu te prends une amende…

Si je lui dis ça, c'est uniquement pour le faire ralentir : la vitesse m'a toujours fait un peu peur.

Leonardo se met à rire et me caresse la cuisse pour me tranquilliser. Il trifouille ensuite le tableau de bord et allume la radio.

— On va se mettre un peu de musique, ça te détendra.

Il est parfaitement serein et sûr de sa conduite. Comme il l'est toujours.

La radio passe *Starlight* du groupe Muse. Nous écoutons le morceau en silence. Mais, quand arrive le refrain, Leonardo se met à remuer la tête en mesure. Le voilà qui chantonne par-dessus la musique en tambourinant sur le volant comme s'il s'agissait d'une batterie.

— Tu chantes faux..., lui dis-je, ironique.

Il me regarde du coin de l'œil :

— Tu te fiches de moi ?

— Oui.

— Méfie-toi si tu ne veux pas que je t'abandonne à la prochaine aire d'autoroute comme un petit chien..., me menace-t-il en m'ébouriffant les cheveux.

Nous voilà sur l'autoroute pour Trévise.

— On va où exactement ?

— À Valdobbiadene, le terroir du prosecco. Chez les Zanin, d'importants fournisseurs du restaurant. Ils ont une cave à tomber par terre.

Les Zanin. Je me souviens de ce nom. Ils étaient là le soir de l'inauguration, à l'époque où je voyais plutôt Leonardo comme un fantasme. Tant de choses invraisemblables se sont produites depuis. J'ai presque du mal à croire que je suis en voiture avec lui, là, à cet instant précis.

— Tu dois faire des achats pour le restaurant ? dis-je en regardant défiler le paysage à travers la vitre.

— Oui. On aimerait proposer à nos clients quelque chose de spécial, un *cartizze* de qualité supérieure.

Cela me rappelle une de ses phrases d'il y a quelques mois.

— Je pensais que c'était à tes collaborateurs de s'occuper de ce genre de choses.

— Pas aujourd'hui. Je m'en occupe moi-même, répond-il d'une voix pleine d'assurance. Et puis j'avais envie de faire un tour loin de la ville avec toi.

Pas d'épreuve, pas de défi à relever, aujourd'hui. Juste lui et moi, et une journée entière à passer ensemble. Nous allons vivre quelque chose de normal alors que notre relation est tout sauf normale. De quoi trancher avec nos étreintes et nos brefs rendez-vous habituels. Cette idée m'enchante. Leonardo me permet enfin d'avoir la sensation que nous formons un vrai couple.

Il entre l'adresse exacte dans le GPS.

— On y sera dans environ un quart d'heure.

Je le regarde, complètement détendue. Je n'ai ni angoisses, ni désirs, ni attentes. Je vis un instant parfait, en quelque sorte.

— Leo ?

— Oui…

Il tourne son visage vers moi, surpris. C'est la première fois que je l'appelle comme ça.

— Je suis heureuse.

J'aimerais dire bien plus, mais je n'en ai pas le courage.

Il hésite un peu à répondre, je l'ai vraiment pris par surprise.

— Je suis heureux que tu sois heureuse, dit-il avec un faible sourire.

Ses petites rides d'expression sourient également de part et d'autre de ses splendides yeux noirs. Il se reconcentre immédiatement sur sa conduite. Stop, je ne dois pas aller plus loin, j'ai compris.

Nous passons une matinée fort agréable chez les Zanin. Le propriétaire, un homme dans la soixantaine, soigné et élégant comme un aristocrate anglais, nous fait visiter sa propriété, ses vignes et ses vergers. Tout en nous expliquant la manière dont il travaille le raisin, il nous fait entrer dans sa cave. Tandis que Leonardo et lui discutent bitartrates, prise de mousse, levures et perlage – bref, tout un tas de sujets que je n'arrive que très vaguement à suivre –, je me promène le long des rangées de tonneaux, qui me font penser à d'énormes ventres en fermentation. Zanin finit par nous montrer fièrement les murs de bouteilles où le prosecco repose avant d'être consommé, et nous offre une dégustation de grands crus accompagnée de quelques tranches de pain et de saucisson de la région.

Plus tard, tandis que je fais connaissance avec les chiens de la maison, un pointer anglais et ses deux petits, Leonardo conclut son affaire. Le temps de dire au revoir à Zanin, et nous partons.

À bord de notre voiture, nous parcourons en sens inverse la magnifique route panoramique qui traverse les collines. Nous avons beau être en février, la douce température de ce début d'après-midi nous invite à passer le reste de la journée dehors.

— On fait une petite promenade, ça te dit ? me demande Leonardo.

J'espérais qu'il me le demande.

Une fois la voiture garée sur un terre-plein, nous empruntons une petite route caillouteuse entourée de pieds de vigne à perte de vue. À force d'habiter

Venise, on oublie qu'il existe une terre ferme, solide, de grands espaces avec de vraies routes où marcher au-delà des ponts et des canaux. La colline est d'un relief paisible, elle descend en pente douce vers la vallée en croisant une rangée d'immenses cyprès sur sa route. C'est un paysage enchanteur, qui remplit le cœur de paix et de sérénité. Nous le traversons en silence, main dans la main. Nous respirons à pleins poumons ces odeurs d'herbe et de terre humide. Tout d'un coup, quelque chose de glacé me tombe sur la joue.

— Il pleut. J'ai senti une goutte.

Je lève les yeux vers le ciel. L'horizon se fait noir.

— En voilà une autre.

Je me touche la tête pour m'assurer que je ne rêve pas.

— C'est moi qui invente ou quoi ?

Leonardo tend une main, la paume vers le haut.

— Non, j'en ai senti une, moi aussi, dit-il en la refermant sur une goutte d'eau.

En quelques minutes le ciel se bouche complètement ; il commence à pleuvoir des cordes. On se croirait au début du printemps, en pleines giboulées de mars.

— Qu'est-ce qu'on fait, maintenant ?

Je suis déçue que notre promenade se finisse comme ça. D'autant plus déçue parce que je sais que c'était une occasion rare, peut-être même unique...

Leonardo me couvre la tête de son blouson en cuir et regarde autour de lui à la recherche d'une solution.

— Nous sommes trop loin pour retourner à la voiture. Viens. Piquons un sprint jusque là-bas, me dit-il en m'indiquant une maison rouge, isolée du reste du monde, au beau milieu de la vallée.

Nous courons une centaine de mètres sous la pluie battante en nous tenant par la main. Il y a de l'eau partout, j'ai presque l'impression de nager. Tant pis pour la balade mais cet orage inattendu a le goût de l'aventure.

Nous voilà à l'abri sous le porche de la maison. Je suis essoufflée et trempée comme une soupe. La chemise de Leonardo a tellement pris l'eau qu'elle lui colle au torse. De grosses gouttes dégoulinent de ses cheveux et de sa barbe rousse. Son allure me donne envie de rire mais une sensation de froid vient soudain me saisir au niveau de la colonne vertébrale. Grelottante, je suis obligée de me pelotonner. Leonardo me prend dans ses bras. Son corps me réchauffe.

— Cet endroit a l'air habité, me fait-il remarquer en apercevant de la lumière à l'intérieur. On essaie de sonner ?

— Je ne sais pas… c'est une bonne idée, tu penses ?

Entre-temps, un homme âgé, grand et maigre, vient de sortir d'une sorte de grange à côté du corps de maison. Le propriétaire, sans doute. Il court vers nous en portant un plein panier de radicchio. Pour ne pas l'inquiéter, Leonardo le salue d'un signe de la main :

— Bonjour. Excusez-nous, nous avons profité de votre porche pour nous abriter…

— Mais qu'est-ce que vous faites là ? Entrez, je vous en prie…, s'exclame immédiatement le vieil homme d'un ton sans réplique.

Nous acceptons d'un bref regard.

— Mettez-vous au chaud, vous allez attraper la mort.

Il ouvre la porte de la maison et nous invite à entrer.

L'intérieur est coquet et accueillant. Le mobilier est modeste, très simple ; il a l'air de venir d'un autre temps. Il flotte dans l'air une bonne odeur d'herbes aromatiques et de bois, cette odeur typique des maisons de campagne. Des plantes d'ornement et des fleurs fraîches sont disposées un peu partout dans la pièce.

Notre hôte anonyme nous conduit dans la cuisine où une femme d'environ soixante-dix ans travaille aux fourneaux.

— Adele, nous avons des invités, dit-il tout haut en posant son panier sur la table.

La femme se retourne et nous accueille d'un regard curieux.

— Bonsoir.

— Ils se sont pris une saucée pas possible. Ils se sont abrités sous le porche, les pauvres petits, poursuit-il en indiquant nos vêtements trempés.

Adele nous invite à nous installer devant la grande cheminée où brûle un feu vif.

— Venez, asseyez-vous ici, bien au chaud.

Sa voix est délicate, ses mains claires et calleuses – les mains d'une vie de travail.

— Merci, répondons-nous en chœur.

Je suis frappée par tant de gentillesse. Je ne sais pas si j'ouvrirais aussi facilement ma porte à des inconnus. Mais ce qui me fascine le plus, c'est bien l'atmosphère sereine et rassurante qu'on respire ici.

— Je vais voir si je trouve des vêtements propres à l'étage, dit Adele en se dirigeant à petits pas vers l'escalier.

— Non non, ne vous dérangez pas, madame, dis-je en essayant de l'arrêter. Nous avons déjà abusé de votre gentillesse !

— Si si, Adele, vas-y, lui lance son mari. Ils ne peuvent pas rester mouillés comme ça !

Tandis que la vieille femme disparaît à l'étage, le vieil homme s'assied à côté de nous. Il nous demande nos prénoms en se réchauffant les mains devant l'âtre.

— Moi, c'est Sebastiano, nous dit-il, mais ici, tout le monde m'appelle Tane.

Nous lui expliquons d'où nous venons et comment nous avons échoué ici. Il a l'air sincèrement content de nous recevoir. Il nous observe avec les yeux de quelqu'un qui a appris à écouter les autres.

Adele revient quelques instants plus tard avec deux cintres où sont accrochés des vêtements propres, simples et un peu datés.

— Tenez, c'était ceux de mes enfants. C'est le mieux que j'aie pu trouver, dit-elle en nous les tendant. Si vous voulez pendre les vôtres près du feu… ils sècheront plus vite.

Je ne la connais même pas depuis une demi-heure, mais j'ai déjà envie de la serrer dans mes bras.

— Si vous avez besoin de la salle de bains, c'est là-bas derrière, m'explique-t-elle en m'indiquant une porte dans le couloir.

— Merci beaucoup, Adele, nous revenons dans une minute, répond Leonardo.

Il me fait sortir de la pièce en me prenant par la main.

Nous nous changeons en vitesse. J'enfile un jean trop grand pour moi et un vieux sweat à rayures multicolores Benetton. Leonardo, lui, passe un pull-over en laine et un pantalon en velours côtelé. Il me lance un regard affectueux et me colle un tendre baiser sur le front en me demandant si ça va. Avant de sortir, nous nous arrêtons un instant devant le miroir, côte à côté. Notre nouveau look nous fait sourire.

Une fois de retour dans la cuisine, nous installons nos vêtements sur deux sièges, face à la cheminée. Adele nous offre un verre de vin chaud et une part de tarte aux pommes.

— Vous n'en prenez pas ? demande Leonardo à Sebastiano.

— J'ai le diabète, répond-il en faisant non de la tête. Et avec la patronne, ça file droit.

Il tend la main vers sa femme qui l'attrape en riant. Il y a une douceur infinie dans leur façon de se regarder, un amour solide, sans réserve, qu'ils ont l'air d'avoir accepté comme si c'était leur destinée. Leonardo et moi échangeons un sourire fugace. Peut-être sommes-nous en train de penser la même chose : qu'Adele et Sebastiano sont un spectacle rare, qu'ils inspirent une tendresse immense quand ils se tiennent la main. À ceci près que j'ignore s'il les envie, lui aussi, et s'il se demande, comme moi, ce que nous réservera le futur.

— Depuis combien de temps êtes-vous mariés ?

— Cinquante-deux ans, me répondent-ils d'une même voix.

— Mais vous, quand comptez-vous vous marier

avec votre fiancé ? me demande Adele à brûle-pourpoint. Excusez-moi de vous demander ça, mademoiselle, mais comme je ne vous vois pas porter d'alliance... Vous n'avez pas peur qu'on vous le pique ? me dit-elle d'un ton d'amical reproche.

Je m'apprête à lui répondre que non, qu'elle fait fausse route, que nous ne sommes même pas ensemble, mais avant même de me laisser dire quoi que ce soit, Sebastiano intervient :

— Occupe-toi un peu de tes oignons, ma chérie, ne les mets pas mal à l'aise... On voit qu'ils sont très amoureux, ça crève les yeux.

Mon cœur se glace. Il n'a dit qu'une phrase, et le plus naïvement du monde, mais elle a fait l'effet d'une bombe. Cet homme que nous ne connaissons même pas n'a eu aucun mal à comprendre ce que nous n'avons jamais voulu voir. Ses mots viennent de rendre terriblement réel ce que nous avons toujours pensé impossible. Je n'ose pas me tourner vers Leonardo, mais je le sens se lever d'un bond et s'éloigner de la cheminée, comme s'il voulait fuir. Il s'approche d'un meuble où sont disposées plusieurs photos et se met à les regarder, dos à nous.

— Ce sont vos enfants ? demande-t-il en prenant un cadre entre ses mains.

Il a préféré changer de conversation avec une désinvolture qui n'a rien de naturel. Et cette fois-ci, je m'en aperçois.

Adele le rejoint pour lui faire les présentations :

— Là, c'est Marco, l'aîné, il travaille en Allemagne. Et elle, c'est Francesca, qui vit à Padoue avec son mari.

— À l'heure actuelle, il n'y a plus rien pour les jeunes dans les collines, m'explique Sebastiano d'un air fataliste.

Encore troublée, je ne trouve rien pour alimenter la conversation. Adele, de son côté, continue à parler de ses enfants en montrant d'autres photos :

— Regardez comme ils sont mignons sur celle-là. Ils allaient encore à l'école primaire…

En levant les yeux dans sa direction, je croise soudainement le regard de Leonardo. Il tient le cadre dans la main, mais c'est moi qu'il regarde. Et dans ces yeux je lis quelque chose que je n'avais jamais vu auparavant, un désir fou, un besoin désespéré, une tendresse infinie. De l'amour. L'espace d'un bref instant, j'en ai la certitude.

Mais cela ne dure pas. Son regard me fuit pour se réfugier ailleurs. Et là, je ne suis plus sûre de rien. Si ce n'est que mon cœur ne se contente plus de ce qu'il a déjà.

Il est dix-sept heures, et il a enfin arrêté de pleuvoir. Nos vêtements sont secs. Nos hôtes ont beau avoir insisté pour que nous restions encore un peu, nous décidons de repartir. Une fois rhabillés, nous leur disons chaleureusement au revoir :

— Et surtout, promettez-nous de revenir nous voir si vous passez dans le coin, dit Sebastiano en nous serrant la main.

— Qui sait ? fait Leonardo.

Mais il est déjà loin, perdu dans ses pensées.

Sortir de cette maison me donne l'impression d'avoir voyagé dans le temps. La nuit est tombée, le monde n'est plus dans l'état où nous l'avions laissé. Tout est sombre et froid. Leonardo aussi. Il a le regard vide. Son visage figé me met mal à l'aise. Il me prend par la main et me ramène jusqu'à la voiture sans dire un mot. J'ai peur de lui demander ce qu'il pense, je n'ose troubler ce silence tellement pesant.

L'espace d'un instant, j'ai la sensation très nette qu'il va se passer quelque chose de terrible. Mais je chasse cette pensée d'un léger mouvement de tête.

Nous reprenons la route. Pendant tout le trajet, Leonardo reste distant, fermé, comme s'il ruminait quelque chose. Il croise de temps en temps mon regard, et cherche à me rassurer d'une caresse. Mais sa main est froide, je le sens sur ma peau. J'ai l'étrange sensation que cet homme a besoin d'être sauvé de lui-même.

Nous rentrons à pied après avoir rendu notre voiture de location. Je décide alors d'en avoir le cœur net :

— Bon, je peux savoir ce que tu as ? Ça rime à quoi, cette tête d'enterrement ?

Dans un profond soupir, il s'arrête d'un coup et m'oblige à en faire autant. Nous sommes à deux pas de chez moi, au même endroit où nous nous étions arrêtés voilà plusieurs mois, quand il m'avait ramenée sur ses épaules à cause de (ou grâce à) la montée des eaux.

— C'est la dernière fois que nous nous voyons, Elena, me dit-il en me regardant droit dans les yeux.

C'est une affirmation simple, et sans réplique.

Je sens mon sang se glacer dans mes veines et mon cœur se briser.

— Pourquoi ? Qu'est-ce que tu veux dire..., dis-je en balbutiant, sans comprendre.

— À quoi bon s'acharner à renvoyer cet instant à plus tard ? Cela fait déjà quelque temps que j'en ai pris conscience, mais j'ai préféré attendre, comme un crétin, en m'imaginant que... Nous avons conclu un pacte, et je crois qu'il est temps de le rompre, désormais.

Je suis complètement perdue, un cri rauque me jaillit de la gorge :

— Quoi ? Pourquoi est-ce que tu me parles de ce pacte ?

— Parce que ce que nous nous étions dit au début tient toujours, pour ce qui me concerne. Je t'ai menée jusqu'ici, et c'est ici que nos routes se séparent.

Sa décision est prise. Inutile d'espérer lui faire changer d'avis. Mais j'insiste :

— Pourquoi est-ce que tout devrait s'arrêter maintenant ? Pourquoi est-ce que nous ne pourrions pas continuer à nous voir, comme nous l'avons toujours fait ?

Leonardo secoue la tête.

— Nous nous sommes donné tout ce que nous pouvions, Elena, et c'était fantastique. Il n'empêche, le moment est venu de nous séparer, avant que le plaisir ne se transforme en habitude ou en besoin.

Une ride profonde se dessine sur son front. On dirait presque qu'il lutte contre lui-même.

Ça n'est pas possible. Je ne peux pas croire que

Leonardo décide de me quitter, pas après une journée comme celle-là, la plus belle que nous ayons passée ensemble. À moins que ce ne soit précisément pour cette raison. Qui sait si les émotions d'aujourd'hui ne lui ont pas fait peur ?

— C'est quoi, le problème ? Tu as peur que je tombe amoureuse de toi ? Ou du contraire, peut-être ?

Je hurle après lui, folle de rage. J'ai perdu le contrôle. Je ne pense pas vraiment ce que j'ai dit. J'ai juste voulu le provoquer, mais j'espère avoir touché un point sensible. Leonardo est ébranlé, il ne s'attendait peut-être pas que je me montre si courageuse.

Il se défend avec un sourire sarcastique :

— Comment pourrais-je avoir peur d'une idée qui ne m'a même pas effleuré l'esprit ?

Plus que ses mots, c'est sa soudaine froideur, son détachement qui me font mal :

— Elena, il y a eu du sexe entre nous. De la complicité et de la légèreté, aussi. Mais jamais d'amour…

— Je t'envie, tu sais ? lui dis-je d'un ton caustique. J'aimerais avoir toutes ces certitudes moi aussi, j'aimerais savoir exactement ce qui est de l'amour et ce qui n'en est pas, comme toi.

J'aimerais surtout avoir la force de ne pas pleurer, mais je dois déjà avoir les larmes aux yeux, car Leonardo n'arrive plus à me regarder en face.

— Je t'en prie, ne complique pas la situation.

Il avale sa salive et m'attire vers lui. Il me serre fort entre ses bras comme pour me protéger du mal qu'il est lui-même en train de me faire. Je me sens terriblement attachée à la chaleur de son corps, je ne supporte pas l'idée d'avoir à m'en séparer.

— Si je restais avec toi, je te ferais encore plus souffrir. Et c'est la dernière chose que je veux, crois-moi, me chuchote-t-il tout bas.

Il se recule pour essuyer une larme qui coule sur ma joue.

— Au début, quand je t'ai rencontré, j'étais convaincu que tu n'étais qu'un défi, un jeu, pour moi. Je pensais que tu n'étais qu'une jeune fille qu'il fallait choquer, provoquer. Mais j'ai découvert beaucoup plus. Je t'ai vue te transformer, t'épanouir sous mes yeux. Tu es une femme splendide, Elena. Tu es libre et forte, tu n'as pas besoin de moi.

— Mais j'ai encore envie de toi, lui dis-je avec la certitude douloureuse de l'avoir déjà perdu.

Leonardo ferme les yeux un instant. Je vois une foule d'émotions traverser son visage. Au moment de les rouvrir, son regard est absent, perdu dans le vide.

— Pardonne-moi, Elena, je dois m'en aller, dit-il précipitamment.

Le temps de me donner un baiser sur le front, il lâche ce mot que je n'aurais jamais voulu entendre :

— Adieu.

Il se libère de notre étreinte en emportant une partie de moi. Je reste là, comme amputée, les bras douloureusement vides, les yeux remplis de larmes. Tout ce que j'arrive à voir, c'est son dos qui s'éloigne. La première chose que j'ai vue de Leonardo, la dernière qui me reste de lui.

17

Aujourd'hui, j'ai pleuré deux heures d'affilée. De grosses larmes, des larmes de douleur que je n'ai même pas essayé de retenir. Cette nouvelle journée de déchirement vient s'ajouter à celles qui l'ont précédée. Voilà quatre jours que je suis barricadée chez moi, incapable de défaire le nœud qui me serre la poitrine et me donne une sensation de nausée étouffante. Je ne fais que penser à lui. Je mange à peine deux ou trois bricoles, juste assez pour ne pas mourir de faim. J'ai une boule à la place de l'estomac. Mon corps est une loque et ma tête une enclume. Mon cœur déborde de colère. Je déteste Leonardo de m'avoir abandonnée de cette façon. Je me déteste de m'être bercée de l'illusion que tout cela aurait pu finir autrement. Comment peut-on être aussi bête ? Je me serai répété des millions de fois de ne pas tomber amoureuse mais cela n'aura servi à rien. En fin de compte je suis tombée dans le piège des sentiments. Mais, au fond, à quoi d'autre pouvais-je m'attendre, venant de moi ? À devenir quelqu'un d'autre, quelqu'un de plus fort, de plus autonome, de plus courageux ? Je n'ai pas su devenir la femme émancipée que je pensais pouvoir être. Toute cette histoire n'a été qu'une erreur monumentale. Maintenant, je souffre, d'un mal qui me vide de mes forces et me tourmente l'esprit.

Je ne réponds pas au téléphone. Gaia a plusieurs fois essayé de m'appeler, mais je n'ai jamais décroché. Je ne réponds même pas à ma mère. Elle doit être à deux doigts d'appeler *Perdu de vue*, à l'heure qu'il est. Je veux rester seule, me morfondre dans ma solitude et ma tristesse. Je suis parfois tellement effondrée que j'ai du mal à bouger. Me traîner de mon lit jusqu'au canapé me demande un effort surhumain. Mais il m'arrive aussi d'entrer dans une colère telle que j'ai envie de foutre en l'air tout ce qui me tombe sous la main. Hier ou avant-hier, j'ai réduit en miettes un paquet de gâteaux à coups de poing. J'ai ensuite jeté le tout par la fenêtre. Je ne pensais pas qu'être abandonnée par Leonardo puisse me mettre dans un état pareil. Combien de temps me faudra-t-il pour m'en remettre ?

Je regarde tout autour de moi. Mon appartement est dans un foutoir innommable : le carrelage est recouvert de poussière et de miettes, j'ai des tonnes de vaisselle en retard et un monceau de vêtements sur mon lit défait. Ce lit encore imprégné de son odeur, de notre odeur. Je veux rester là, pour me sentir proche de Leonardo.

J'enlève mes pantoufles en laine pour me jeter sous les couvertures. Je suis dans mon fameux pyjama en pilou décoré de petits ours polaires. Il est trois heures de l'après-midi. Je me glisse dans le lit en accrochant mes pieds aux bords du matelas pour laisser mes sens se remplir de lui. Je vois son visage, je respire son odeur, je sens ses mains et sa bouche sur moi. C'est une émotion déchirante. Je ne peux pas m'en empêcher, mais j'aimerais aussi que tous ces souvenirs disparaissent d'un coup.

Dehors, un terrible sirocco souffle sur la ville. Il fait crisser les fenêtres et s'incruste entre les contrevents avec des bruits inquiétants. Une violente angoisse m'envahit. Mes peurs d'autrefois reviennent me hanter, toutes ces peurs difficiles à gérer : celle de ne pas être à la hauteur, de ne pas être assez bien, de ne pas être aimée.

La peur de rester seule.

La vie était merveilleuse entre ses bras. J'étais heureuse. Après avoir tant ri, je n'arrive plus qu'à pleurer.

Dans un moment d'égarement, il me vient à l'esprit ces idées noires que la plupart des gens n'admettent jamais avoir, comme engloutir une douzaine de comprimés en les faisant passer avec de la vodka, ou me jeter du douzième étage d'un immeuble. Si tant est que je trouve un immeuble aussi haut à Venise. Ce qui est loin d'être gagné…

Qu'est-ce que je peux être bête. Une chance que je trouve encore à sourire au milieu de toute cette souffrance.

Est-ce que ce serait vraiment une erreur de lui envoyer un message pour lui dire qu'il me manque et lui demander de revenir ?

Oui, c'est une erreur, je le sais. Mais au fond, je n'ai plus rien à perdre… J'attrape mon iPhone sur la table de nuit et je commence à taper son nom sur le clavier. J'ai les doigts qui tremblent et le cœur qui bat la chamade. Soudain, avant même d'avoir écrit le début d'un SMS, mon téléphone bugue. L'écran devient tout noir. Dans un instant de panique totale, je l'éteins et je le rallume, déjà horrifiée à l'idée de perdre tous mes contacts. Je dois attendre de voir lentement réapparaître les icônes avant de pouvoir me calmer.

C'est un signe, j'en suis sûre. L'univers se sert de mon iPhone pour m'envoyer un message – pour l'originalité, on repassera. Je ne dois plus contacter Leonardo, je dois l'oublier ! C'est un salaud, un égocentrique, un égoïste, un lâche. Mets-toi bien ça dans la tête, Elena. Est-ce que tu veux encore souffrir ? Non, je ne veux pas.

M'armant de tout mon courage, j'efface son numéro de mon répertoire. À cet instant j'ai vraiment le moral dans les chaussettes, mais c'était le seul moyen de ne plus succomber à la tentation. Leonardo a maintenant définitivement disparu de mon existence. J'ai touché le fond, mais je fais partie de ces gens qui ont besoin de se faire mal avant de se réveiller, et de voir la vérité en face. Le voilà, l'intérêt de toute cette souffrance. Leonardo a été une erreur. Il m'a fait du mal, il m'a mise en danger. J'ai fait un saut dans le vide et je me suis écrasée.

Le moment est véritablement venu de dire stop.

Je pense à toutes celles et à tous ceux qui, au même instant, souffrent par amour, à Venise et dans le monde entier. J'ai l'impression d'être moins seule. Je me répète que je m'en sortirai, que ce ne sera pas aussi difficile que ça en a l'air. J'arrête de pleurer et je me concentre sur ma respiration, comme on me l'a appris au cours de barre au sol. J'inspire, j'expire. Lentement.

Qu'est-ce que je vais faire, maintenant ?

Alors que je rumine une quantité insupportable de réflexions incohérentes, j'entends sonner à la porte. C'est Gaia, ça ne peut être qu'elle, je la reconnais à sa façon d'appuyer comme une sourde. Je n'ai aucune intention de me lever de ce lit pour aller lui ouvrir. Je ne veux pas qu'elle me voie dans cet état, je ne supporterais pas ses questions.

Je reste là sans bouger et sans faire de bruit. Gaia a arrêté de sonner. Elle a dû se dire qu'il n'y avait personne à la maison et elle a renoncé. Mais ce n'est pas spécialement son genre. De fait, elle se remet à sonner quelques secondes plus tard, de façon encore plus insistante. Et puis c'est à nouveau le silence.

— Elena !

J'entends sa voix résonner dans ma tête comme dans une pièce vide.

— Elena, ouvre, je suis morte d'inquiétude !

Je me traîne comme un poids mort jusqu'à l'entrée. Je reste face à la porte, en silence.

— Je sais que tu es là ! Si tu refuses de m'ouvrir, je vais appeler les pompiers et leur faire défoncer cette putain de porte ! crie-t-elle en cognant dessus comme si elle voulait effectivement la fiche par terre.

Je finis par lui ouvrir. Elle entre.

Elle ouvre des yeux grands comme des soucoupes en me voyant.

— Je peux savoir ce qui t'arrive ? demande-t-elle.

Sans attendre ma réponse, elle me serre dans ses bras jusqu'à l'asphyxie en me donnant un baiser sur la joue.

Ce câlin me fait chaud au cœur. Je me sens fondre, je me laisse aller. Comment ai-je pu imaginer me passer d'elle ? Gaia est la seule personne à qui je puisse confier ce qui reste de moi.

Alors je lui raconte tout. Avec courage, honnêteté et sans pudeur. Je lui explique toute la triste vérité sur Leonardo, épisode par épisode. La première étreinte au palais, le pacte diabolique, les épreuves, le sexe, mes réticences, ma déchéance. Elle m'écoute en silence, assise en face de moi sur le canapé. Ses grands yeux plongés dans les miens, elle secoue plusieurs fois la tête d'un air incrédule.

Quand s'achève mon récit, Gaia est choquée et émue. Elle est à deux doigts de laisser une larme couler le long de sa joue. J'ai même réussi à la faire taire – chose assez rare pour être signalée. Sans un mot, elle se penche vers moi pour me faire un énorme câlin. Son geste veut tout dire. Je me réfugie dans ses bras comme on plonge dans une piscine chaude où l'on a toujours pied, où l'on ne coule jamais. Je sens dans ses bras la force de la véritable affection. Rester quelques instants serrée contre elle, joue contre joue, me fait un bien fou, mais j'ai presque du mal à accepter. Je ne suis plus vraiment toute seule, maintenant.

— Pourquoi est-ce que tu n'as rien voulu me dire ? me demande-t-elle sans comprendre, en m'écartant une mèche de cheveux du front.

— Parce que j'avais peur que tu me juges mal.

— Moi ? ! s'exclame-t-elle. Elé, depuis quand est-ce que je pourrais mal te juger ?

Je baisse un instant les yeux avant de les relever.

— J'avais honte.

En réalité, j'ai surtout honte de lui avoir menti, mais je vois à ses yeux verts qu'elle me pardonne complètement.

— Eh..., chuchote-t-elle en me secouant par l'épaule. Tu sais que je suis toujours là pour toi, quoi qu'il arrive.

— Je sais...

Ça fait tellement plaisir à entendre.

— Et maintenant ? Qu'est-ce que tu veux faire vis-à-vis de Leonardo ? demande-t-elle avec une discrétion que je ne lui ai jamais connue.

— L'oublier. Laisser tout ça derrière moi. Je souffre comme ce n'est pas permis, mais en même temps je suis tellement en colère...

Gaia prend mes mains entre les siennes, ce qui m'encourage à parler.

— C'est juste que je m'en veux encore plus que je ne lui en veux à lui. C'est moi qui suis tombée amoureuse comme une idiote ! dis-je avec des éclairs dans les yeux. Il m'avait pourtant prévenue, et pas qu'une fois. Je pensais pouvoir accepter les règles du jeu, mais en fait... Mon Dieu, quand j'y pense...

Mes mots s'étranglent dans ma gorge. Gaia secoue la tête :

— Si tu m'en avais parlé plus tôt, j'aurais peut-être pu t'aider. Tu as gardé tout ça pour toi... et moi qui ne me suis aperçue de rien !

Elle s'en fait presque le reproche, elle, mon amie. Que j'ai délibérément tenue à l'écart de tout ça.

— C'est ma faute... Je me suis plantée sur toute la ligne, Leonardo m'a fait mentir à toutes les personnes auxquelles je tiens le plus. C'est terrible, je sais. Je suis désolée.

— Non ! Enlève ce mot de *faute* de ta bouche, s'agace-t-elle. Ça s'est mal fini, mais ça ne sert à rien d'avoir des remords, maintenant.

— Oh mon Dieu, Gaia...

Je plonge la tête contre son épaule, désespérée. Je ferme un instant les yeux. Quand je les rouvre, je laisse à nouveau couler mes larmes.

— Hé, tu veux bien arrêter de pleurer ? Tu ne t'es pas plantée, tu as suivi ton cœur, c'est tout.

Gaia se penche vers moi et me tire les joues jusqu'à leur faire dessiner un sourire.

— Dis-moi au moins que tu t'es un peu amusée, me lance-t-elle d'un air à la fois provocateur et complice.

Je ne peux pas m'empêcher de lui sourire (pour de vrai), tout en essuyant mes larmes. Je commence à arrêter de ruminer.

— Mais toi, comment vas-tu ? On a assez parlé de moi...

— Il y a du changement, avoue Gaia en poussant un long soupir. Je voulais te voir à cause de ça aussi.

— De bonnes ou de mauvaises nouvelles ?

— Je n'en sais rien moi-même, dit-elle en haussant les épaules.

— C'est-à-dire ?

— J'ai cassé avec Jacopo.

Son visage s'assombrit dans la seconde.

— Non !

Je suis sincèrement désolée. J'étais heureuse de les savoir ensemble.

— Qu'est-ce qui s'est passé ?

— Il m'a demandé de venir vivre avec lui, m'explique-t-elle d'un ton neutre et posé. Ça voulait dire franchir un cap important, et j'ai compris que je ne pouvais pas lui mentir ni me mentir à moi-même.

D'habitude si impulsive et si frivole, Gaia semble avoir un début de prise de conscience – un signe d'équilibre.

— Ça a quelque chose à voir avec Belotti ?

Je suis sûre que c'est le cas.

— Elé, j'ai essayé de l'oublier, mais je n'y suis pas arrivée, dit-elle, les yeux brillants. Jacopo a été parfait avec moi, il m'a comblée d'attentions et de cadeaux, mais ça n'a pas suffi. Je continue à penser à ce salaud.

— Vous vous êtes vus ?

— Je l'ai juste eu au téléphone, répond-elle, presque avec résignation. Il s'entraîne dur en ce moment. C'est une année très importante pour lui, il doit se remettre de ses chutes des mois précédents.

— Et donc ?

— Et donc ça n'a aucune importance.

Une ombre de tristesse traverse son visage.

— Même s'il est loin, même si je ne le verrai probablement qu'à la fin de sa saison… je l'attendrai. Qu'est-ce que je peux faire d'autre ?

Je lui fais un signe de la tête pour lui montrer combien je partage et combien je comprends son sentiment.

— J'ai peut-être fait une connerie que je vais amèrement regretter, soupire Gaia. Jacopo a salement morflé. Il est vraiment amoureux, tu sais ?

— Je sais. J'étais à cent pour cent derrière lui. Je tenais tellement à avoir une amie comtesse.

J'essaie de détendre l'atmosphère. Un sourire point sur ses lèvres, mais elle prend bien soin de l'effacer aussitôt.

— Au lieu de ça, il te reste juste une amie idiote.

— Bah, au moins on sera deux.

Après le départ de Gaia, la foule de pensées dans laquelle j'étais plongée se dissipe peu à peu, comme si l'enclume qui me pesait sur l'estomac s'était soudainement envolée. Je me sens plus libre, plus légère. Parler avec elle m'a fait du bien. Lui avoir raconté toute la vérité m'a aidée à voir les choses autrement, de façon plus détachée.

J'ai été heureuse, je ne le suis plus, mais je peux encore l'être. Je dois relativiser ma douleur, considérer Leonardo comme un épisode de ma vie – magnifique, certes, mais qui restera une exception. L'avenir m'attend, il me suffit juste de savoir dans quelle direction aller. Je pourrais par exemple me jeter à corps perdu dans le travail, décider d'accepter cette mission à Padoue, même si j'arrive un peu après la bataille. Je veux être forte, rationnelle, j'ai presque trente ans et je veux gérer ma vie, me concentrer sur les choses qui me tiennent à cœur, trouver ma place dans le monde. La Elena qui jouait dans les bras de Leonardo, qui attendait confiante chacun de ses gestes, chacun de ses mots, qui était prête à faire tout ce qu'il lui demandait, cette Elena-là n'existe plus. Je dois maintenant redevenir moi-même, mais sans Leonardo, une Elena qui n'appartient qu'à Elena.

Je soupire. C'est plus facile à dire qu'à faire. Alors autant commencer par de petits détails : je vais dans ma chambre faire le lit. Après avoir mis des draps propres, je jette les sales dans le tambour de la machine à laver pour me débarrasser de son parfum et de son image. Puis j'ouvre les fenêtres pour chasser l'air renfermé de cette chambre. Il faut qu'un courant d'air vienne balayer tous ces souvenirs. Une pensée me traverse alors l'esprit. Et si ce que j'avais éprouvé avec Leonardo n'était pas de l'amour ? Et si je m'étais simplement laissé emporter par le charme de l'interdit, par le goût d'enfreindre les règles ? Cette idée me trotte dans la tête. Et pas qu'un peu. Mais si c'était le cas ?

Ça suffit, oublions ça.

Et pourtant, si notre histoire se résumait effectivement à un désir caché de transgression, j'arriverais peut-être à remettre les choses en perspective…

Je passe dans le salon. Je sors de ma bibliothèque un somptueux volume illustré sur Michel-Ange et la Chapelle Sixtine. Regarder les œuvres d'art des grands maîtres m'aide à me détendre, d'habitude. Je m'allonge sur le canapé, la tête appuyée sur un coussin, et je commence à feuilleter mon livre en m'attardant sur d'innombrables détails.

Arrivée vers la moitié de l'ouvrage, une feuille glisse des pages et me tombe sur le ventre. Je la regarde : c'est le portrait que Filippo avait fait de moi la nuit avant son départ. Je l'avais rangé là pour qu'il ne s'abîme pas. Je l'avais presque oublié. Le retrouver maintenant me donne un pincement au cœur.

Tu es tellement belle…

Tu dormais si bien, cette nuit…

Je deviens soudainement nostalgique de ces instants passés ensemble. Fil, pourquoi n'as-tu pas compris tout de suite que tu étais l'homme idéal pour moi ? Que c'était toi qui me permettais vraiment de me sentir en sécurité ? Que c'était toi qui m'acceptais pour ce que j'étais, avec mes limites et mes défauts, sans vouloir à tout prix me changer ? Quant à moi, je n'ai rien fait pour protéger ce sentiment pur et sincère qui nous unissait. Je n'ai pas su en prendre soin, tout ça pour poursuivre des chimères, comme une idiote. C'est seulement maintenant que je me rends compte de ce que j'ai perdu.

Une larme me monte aux yeux. Puis une autre, et encore une autre. Je pleure sans me retenir, pour me libérer, sans colère, sans douleur. Je pleure comme on pleure pour ceux qui comptent vraiment pour nous, ceux à qui nous sommes liés par quelque chose qui va au-delà du cœur, du corps et de l'esprit. Ces larmes balaient toutes les émotions que j'ai pu éprouver ces derniers mois. Elles finissent par arrêter de couler : je me sens épuisée. Mais je me sens animée d'un regain de détermination et de force. Je suis prête à renaître. Il ne me reste plus qu'à demander pardon à celui qui a été victime de mes erreurs. Voilà la première chose que j'ai à faire.

18

J'observe le paysage à travers la vitre, la tête appuyée sur mon siège, les mains sur les genoux. Les collines de Toscane m'ont toujours procuré une sensation de profonde sérénité. Vues d'un train en marche, on les croirait presque en mouvement, comme si leurs reliefs en terre rouge me poursuivaient. Je reste immobile. Plutôt que de laisser vagabonder mon esprit, je me concentre sur ce qui se passe autour de moi : un bruit de roues, des voix qui s'entremêlent, des sonneries de portable, des portes qui s'ouvrent et qui se ferment. Et des tunnels : l'ombre, puis la lumière, de nouveau l'ombre, de nouveau la lumière.

Je recommence d'ici, depuis ce train qui file vers Rome. Encore deux petites heures et je serai dans la capitale, chez Filippo. C'est un coup risqué. Je ne suis pas coutumière de ce genre de décisions, mais à force de remuer la situation dans tous les sens, j'ai fini par comprendre que c'était ce qu'il y avait de mieux à faire. Que c'était même la seule chose à faire. Je suis partie les mains vides mais avec l'intention de lui faire mes excuses sans lui demander de me pardonner en retour. Peut-être que Filippo sera heureux de me revoir, peut-être que nous ne pourrons jamais oublier notre dispute ni même repartir de là où nous nous étions séparés. Toujours est-il que je voudrais au moins lui parler. Lui dire que je suis désolée et que j'ai pris conscience que je me suis trompée. J'aurais pu lui écrire ou lui téléphoner, mais j'ai pensé que ce voyage serait au minimum une façon d'expier ma faute. J'ai réservé une chambre dans un petit hôtel près de Saint-Jean-de-Latran. Au pire, ce ne sera qu'un bref séjour.

J'arrive à la gare de Termini vers quinze heures, accueillie par le soleil qui inonde mon visage de sa chaude lumière. Je quitte mon blouson. L'air de Rome est tiède, ce petit changement me réchauffe le cœur. Traînant ma petite valise à roulettes, je sors de la gare et je grimpe dans le premier taxi libre.

— Viale della Musica, dis-je gentiment au chauffeur.

Je veux aller au chantier. Filippo m'a donné l'adresse la dernière fois que nous nous sommes parlé au téléphone. J'ai l'impression qu'il s'est écoulé un siècle depuis ce coup de fil, et je ne suis même pas sûre de le trouver là-bas. Mais c'est la seule indication précise qu'il m'ait donnée pendant nos conversations vidéo. Alors autant tenter ma chance.

Le taxi traverse la ville bruyante et animée jusqu'à ce que le quartier de l'EUR nous apparaisse dans tout ce qu'il a de plus austère et de plus monumental.

Une fois descendue du taxi, je fais quelques mètres sans trop savoir où aller. J'aperçois au loin un immense bâtiment en verre et en ciment entouré de grues et d'échafaudages et je prends sa direction. Arrivée au pied de l'édifice, je lève les yeux. Même si la construction n'est pas encore terminée (et Dieu sait quand elle le sera), on peut déjà y discerner la quête d'harmonie et de beauté qui l'anime, tournée droit vers l'avenir.

D'un pas hésitant je pénètre dans le chantier avec mon iPhone dans une main et dans l'autre la poignée de ma valise. Je jette des regards un peu anxieux tout autour de moi. Quelques ouvriers m'observent d'un air surpris, mais personne ne s'arrête. Je ne suis animée que par un seul et unique espoir. Celui de le retrouver.

Ça y est, le voilà, je le reconnais de loin, il me tourne le dos. Même s'il porte son casque de protection, je suis sûre que c'est lui. Il n'y a que Filippo pour gesticuler de façon aussi drôle. Il discute avec deux ou trois ouvriers, le doigt pointé vers un côté du bâtiment. Il a l'air sûr de ce qu'il fait et de ce qu'il dit. Mon cœur se met à battre à toute vitesse, comme en surchauffe. Mais je ne dois pas avoir peur. Je sais ce qu'il y a à la fin et au début d'un voyage : il y a la vie, il y a l'amour, il n'y a qu'un instant, et la certitude merveilleuse de ne pas savoir ce que le destin nous réserve.

J'attends que les ouvriers soient partis pour l'appeler sur son portable. Filippo fouille dans la poche de son Burberry. Je le vois hésiter un instant. Il secoue la tête et hausse les sourcils avec une drôle de grimace. Est-ce qu'il est surpris ? Oui, j'ai un peu peur, maintenant. On dirait presque qu'il n'a pas envie de répondre, comme s'il en avait vraiment fini avec moi.

Je prie pour qu'il décroche. C'est alors que sa voix se glisse dans mon oreille comme une brise d'été.

— Allô ?

— Retourne-toi, lui dis-je simplement.

Il s'exécute, et nos regards se croisent. Les yeux écarquillés, il reste comme figé, les pieds cloués au sol, avant d'enlever son casque. Il l'abandonne sur un assemblage en ciment et vient à ma rencontre, lentement. J'ai un nœud dans la gorge, je sens mes genoux ployer, mais je me prépare à l'affronter.

Il s'arrête à cinquante centimètres de moi, le regard dur, impénétrable.

— Qu'est-ce que tu fais ici, toi ?

— Je suis venue te demander pardon, lui dis-je dans un souffle. Je me suis trompée, Fil, je voulais juste que tu le saches.

— Tu es folle.

Il n'en croit pas ses yeux.

— Oui, mais je l'étais encore plus quand je t'ai dit toutes ces choses et que je t'ai laissé t'en aller. Je sais qu'il n'est plus possible de revenir en arrière, maintenant que j'ai tout foutu en l'air. Alors je te présente mes excuses, au moins ça. Et je le désire de tout mon cœur. Qui est aussi un peu à toi…

Tandis que je parle à en perdre haleine, je vois son regard retrouver sa douceur et son sourire rayonnant étirer ses lèvres.

— Viens là, Bibi, me dit-il soudain en m'attirant vers moi.

Mon Dieu, qu'est-ce que ces bras et cette chaleur réconfortante ont pu me manquer ! Je me détends enfin, tout contre lui. Je me sens en sécurité pour la première fois depuis si longtemps. Si le passé n'est plus qu'un mauvais rêve à chasser de mon esprit, le futur est rempli de promesses.

Je le regarde. Il me regarde. Puis il pose sa joue contre la mienne. Son cœur bat aussi vite que le mien. Je sens ses mains. Je sens ses lèvres s'avancer lentement vers mon visage et glisser sur mes lèvres. Filippo me veut encore, et je le veux moi aussi.

Tout le reste n'a aucune importance.

MERCI

à Celestina, ma mère.
à Carlo, mon père.
à Manuel, mon frère.
à Caterina, Michele, Stefano, mes phares, de jour comme de nuit.
à Silvia, ma guide précieuse.
à l'ensemble des éditions Rizzoli, du rez-de-chaussée au dernier étage.
à Laura et Al, et leur présence importante.
à tous mes amis, inconditionnellement.
à Diana et Annamaria, mes tantes, dans mon cœur et dans mon âme.
à Filippo P. et au train du retour.
au 14 septembre 2012, 16 h 10.
à Venise.
au destin.

PAPIER À BASE DE FIBRES CERTIFIÉES

Le Livre de Poche s'engage pour l'environnement en réduisant l'empreinte carbone de ses livres. Celle de cet exemplaire est de :
350 g éq. CO_2
Rendez-vous sur www.livredepoche-durable.fr

Composition réalisée par NORD COMPO

Achevé d'imprimer en février 2015 en France par
CPI BRODARD ET TAUPIN
La Flèche (Sarthe)
N° d'impression : 3009449
Dépôt légal 1re publication : mars 2015
LIBRAIRIE GÉNÉRALE FRANÇAISE
31, rue de Fleurus – 75278 Paris Cedex 06

37/0000/8